KB196235

센트리움

센트리움

CENTRIUM

인간과 동물, 그 무너진 경계에서 드러난 진실

복일경 장편소설

세종마루

인간에게는 동물을 다스릴 권리가 있는 것이 아니라

모든 생명체를 지킬 의무가 있다.

— 제인 구달

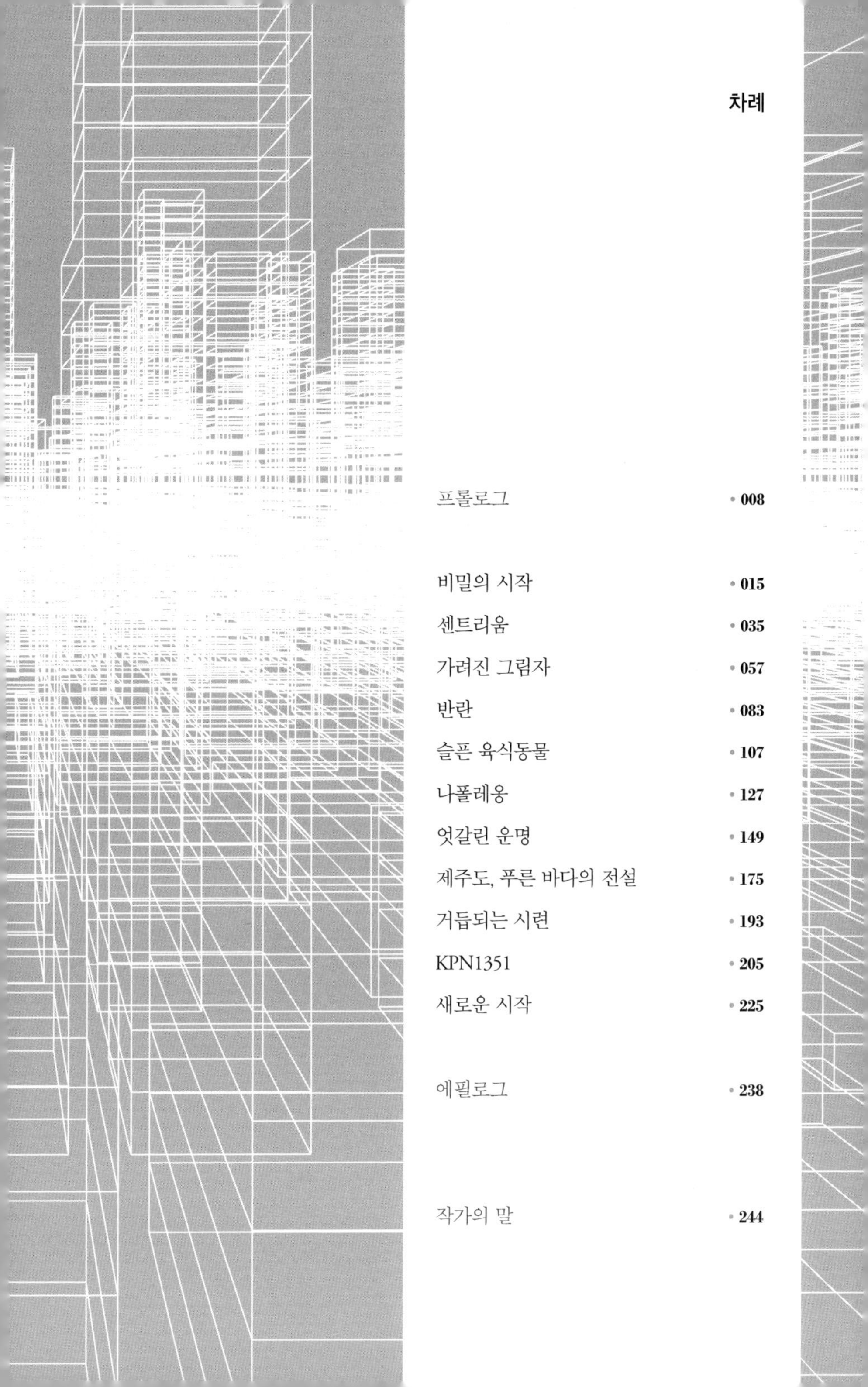

차례

프롤로그

서기 2110년 9월 5일, 나는 백 번째 생일을 맞이했다. 이른 아침, 모처럼 단잠에 빠져 있는데 갑자기 침실 문이 활짝 열리며 온 가족이 우르르 몰려들었다. 제일 먼저 아내가 문을 열더니, 아들 내외가 생일 축하 노래를 목청껏 부르며 들어왔다. 둘의 머리엔 노란 고깔모자가 어색하게 얹혀 있었고, 마흔이 넘은 손녀는 케이크를 들고 촛불이 꺼질까 조심조심 그 뒤를 따랐다. 갑작스러운 방문에 정신이 혼미해진 나는 멍한 눈으로 그들을 바라보았다. 사실 속으론 밀려드는 짜증을 참기 위해 최선을 다해 연기하는 중이었다.

침실에 들어온 건 가족들만이 아니었다. 문이 채 열리기도 전에 뛰어 들어온 건 어린 수퇘지였고, 늙어 비틀어진 암탉 세 마리가 아들 내외를 뒤따랐다. 수십 마리의 병아리는 손녀와 함께 느긋하게 입장했다. 가족들은 생일 축하 노래를 목청껏 부르더니 그때까지도 정신을 차리지 못한 나를 차례로 안아주었다. 하지만 나는 털끝만큼도 기쁘지 않았다.

대체 그것들을 왜 내 방까지 끌어들이냔 말이다. 아들 내외와 손녀는 그것들을 마치 소중한 가족이라도 되는 양 정성 들여 먹이고 재운다. 심지어 외출할 때도 옷을 입혀 그것들을 데리고 다닌다. 그 빌어먹을 돼지 녀석은 내 침대 곁에 자리를 잡더니 침을 흘리며 나를 올려다보았다. 암탉 한 마리는 날개를 푸덕거리며 침대 위로 날아오른 뒤 알이라도 품듯 나의 담요 위에 안착했다.

나는 백 년간 쌓아온 인내심을 총동원해 그 모든 것들을 묵묵히 견뎌냈다. 기꺼이 케이크의 촛불을 껐고, 그들의 방문이 무척이나 기쁜 것처럼 웃고 떠들었다. 그것도 모자라 비혼주의자인 손녀가 입양했다는 돼지 녀석을 몇 번 칭찬하기도 했다. 손녀는 나랑 이야기하는 내내 수트를 걸친 돼지에게 챙이 달린 모자를 계속 씌워주려 애썼다. 하지만 그 돼지 녀석은 고개를 흔들어 모자를 바닥에 내팽개쳤다. 옆에 있던 아내와 며느리는 노란 양말을 신고 있는 닭들을 바라보며 대견하다는 듯 그들의 머리를 연신 쓰다듬었다.

그런 가족들을 보며 나는 말없이 웃고 있었다. 하지만 속으론 부아가 치밀어 돌아버릴 지경이었다. 이 얼마나 어처구니없는 일이란 말인가! 도대체가 요즘 것들은 세상의 주인이 누구인지 전혀 알지 못한다. 그들이 아무리 아니라고 해도 세상의 주인은 바로 인간이다. 인간이야말로 우주의 중심이며 지구상에 있는 모든 생명체의 주인이다.

우리는 그 사실을 아주 오랫동안 믿어 의심치 않았다. 오죽하면 아리스토텔레스는 인간만이 이성을 가졌으므로 동물을 계급에서 하위에 두고 자원으로 이용하는 것이 정당하다고 했겠는가. 데카르트는 어떠한가. 그는 동물이 기호나 신호, 언어를 사용할 수 없을 뿐만 아니라 이성도 없으므로 동물을 차별하는 것은 정당하다고 주장했다.

사실이 이럴진대 요즘 세상 돌아가는 꼬락서니를 보면 세상의 주인은 동물이고 인간은 그들을 돌보는 하인이나 하녀처럼 굴고 있다. 그들은 우리가 땀 흘려 키워낸 곡식들을 편안히 앉아 받아먹기만 한다. 물도 정수된 것만 마시려 하고 이삼일만 같은 사료를 줘도 먹이통을 뒤집기 일쑤다. 게다가 그것들은 시원한 그늘을 독차지하고 앉아 온종일 먹고 싸기만 한다. 심지어 그것들이 싸질러놓은 똥과 오줌을 치우는 것도 바로 인간의 몫이다. 그야말로 이 세상은 동물의 천국이 된 것이다. 이러니 그것들의 수가 나날이 늘어날 수밖에.

반면 인간의 수는 계속 줄고만 있다. 젊은이들이 아이 대신 그것들을 키우기 때문이다. 한때 젊은이들은 개와 고양이를 키우지 않으면 큰일이라도 나는 것처럼 굴더니, 이제는 닭과 돼지를 키우는 걸 당연하게 여긴다. 그것들이 안방을 차지하고 사람들과 함께 식사하는 꼴이라니! 생각만 해도 구역질이 나고 화가 치밀어 오른다.

아들 이야기에 따르면 친구 하나가 소를 입양해 키우고 있었는데 어느 날 녀석의 뒷발질에 넘어져 갈비뼈가 으스러지고 말았다고 한다. 그런데도 아들 친구는 소가 굶는 걸 걱정해 입원 대신 통원 치료를 택했다고 한다. 정말이지 이게 말세가 아니면 뭐란 말인가.

손녀는 침실을 나가기 전, 나를 꼭 안아주더니 백오십 살까지 건강하게 사시라고 속삭였다. 나는 고맙다며 웃었지만, 속으론 비웃었다. 앞으로 오십 년간 이 꼴을 보고 사느니 차라리 죽는 편이 훨씬 낫다.

요즘 젊은이들은 더이상 '채식주의'나 '비건'이란 단어를 쓰지 않는다. 이제는 굳이 그런 단어를 억지로 만들어 쓸 필요가 없어졌기 때문이다. 본래 이데올로기란 좀처럼 모습을 드러내지 않는 법이다. 존재를 철저히 감춘 채 세상을 지배하는 게 바로 이데올로기의 본질인 까닭이다. 그래서인지 손녀 세대는 채식주의란 단어를 생소하게 여긴다. 오래전 내게 육식주의란 단어가 낯설었던 것처럼 말이다. 이처럼 세상은 변했고, 모든 것은 뒤집혔다.

식구들은 한바탕 소란을 피운 뒤 다 함께 침실을 떠났다. 아마도 부엌으로 몰려가 생일상을 차린다며 부산을 떨고 있을 게 분명하다. 물론 생일상이라고 해봤자 잡곡이 잔뜩 들어간 밥과 기름기라곤 없는 미역국에 샐러드 몇 가지, 젓갈을 넣지 않은 김치가 전부겠지만. 나는 다시 한번 인내력을 쥐어짜 그 맛대가리 없는 음식들을 먹어야 한다. 생각만 해도 짜증스럽고 진저리가 쳐진다.

요즘 사람들은 맛있는 음식이 뭔지 도통 알지 못한다. 생일상이라면 응당 소고기가 잔뜩 들어간 미역국에, 달고 짭조름한 갈비찜 그리고 돼지고기를 듬뿍 넣은 잡채가 있어야 한다. 샐러드 따위는 없어도 좋다. 일 년 중의 하루뿐인 그 좋은 날에 뭣 하러 콜레스테롤이나 지방간 따위를 걱정한단 말인가.

아, 고기! 나는 그것들이 못 견디게 그립다. 어린 시절 나는 고기를 무척 좋아했고, 또 많이 먹기도 했다. 주중에 한 번은 치킨을 먹었고, 주말이면 가족이 모두 모여 삼겹살이나 목살을 구워 먹기도 했다. 한우는 자주 먹지 못했지만, 생일처럼 특별한 날에는 식당에서 꽃등심이나 살치살을 구워 먹기도 했다. 그 부드러운 살과 육즙이라니, 생각만 해도 침이 고인다. 60년 넘게 그 맛을 잊고 살아왔지만, 고기의 고소한 냄새와 부드러운 식감은 여전히 나의 기억 속에 또렷이 남아 있다.

이런 말을 하면 아들 내외와 손녀는 노발대발하며 나를 미개인 취급할 게 분명하다. 얼마 전엔 키우던 닭을 잡아먹은 중국 노인의 일이 알려져 전 세계로부터 비난과 질시를 받았다. 그 가엾은 노인네는 어릴 적 먹었던 고기 맛을 여태껏 기억하고 있었던 것이다. 나는 그 노인이 불쌍해 미칠 지경이었다. 그까짓 닭 한 마리가 뭐라고, 잡아먹을 수도 있지. 훔친 것도 아니고 자기가 키워 먹겠다는데 뭐가 문제란 말인가!

전 세계가 고기를 한 번도 먹지 않은 것처럼 뻔뻔하게 굴고 있지만, 우리가 고기를 먹었다는 건 숨길 수 없는 사실이다. 그것도 하루도 빠짐없이 먹고, 또 먹었다. 닭과 돼지는 죽여 피를 뺀 뒤 살과 근육을 먹었고, 심지어 피부를 벗겨 먹기도 했다. 또한, 소는 머리부터 발끝까지 하나도 버리지 않고 먹고 입고 신었다.

한국뿐만이 아니었다. 세계가 고기를 먹지 못해 안달이었다. 한때 우리는 전 세계 인구의 약 10배인 600억 마리의 동물을 오로지 먹기 위해 사육했고, 해마다 3억 톤 이상의 고기를 먹어 치웠다. 일부 국가에 남아 있는 육식 문화를 완전히 소멸해야 한다며 꼴값을 떨어대는 미국은 당시 인구의 30배가 넘는 100억 마리의 동물을 매해 도살함으로써 명실공히 세계 최강의 육식 국가임을 증명하기도 했다. 64년 전 그 일이 일어나지 않았다면, 우리는 지금까지도 닭과 오리를, 돼지와 소를 도살해 먹고 있을 것이다. 그것도 아무런 죄책감이나 문제의식 없이.

나의 아들과 손녀는 모른다. 우리가 고기를 먹기 위해 어떤 짓을 했는지. 어떻게 그들을 사육하고 도살했는지 상상조차 할 수 없을 것이다. 그들은 한국이 채식을 이끌었다며 자긍심을 가져야 한다고 떠들어대지만, 이는 가당치도 않은 말이다.

그래서 나는 결심했다. 어쩌다가 우리가 채식주의자가 되었는지, 어떻게 육식을 포기했는지 지금까지 아무도 말하지 않은 그 비밀을 낱낱이 밝히기로 마음먹었다.

이 이야기가 세상에 알려지면 누군가는 괴로워하거나 슬퍼할 수도 있다. 하지만 어쩔 수 없는 일이다. 앞으로 내가 쓸 이야기는 틀림없는 진실이니까.

이제부터 나는 그 이야기를 하나씩 써나갈 계획이다. 제법 많은 시간과 힘이 필요하겠지만, 아무래도 괜찮다. 어차피 나에겐 차고 넘치는 게 시간이니.

자, 이야기를 시작해 볼까. 잠깐, 너무 놀랄 수도 있으니 임산부나

허약자는 읽지 않는 게 좋겠다. 부디 진실을 마주할 용기가 있는 자들만이 나와 함께 하기를.

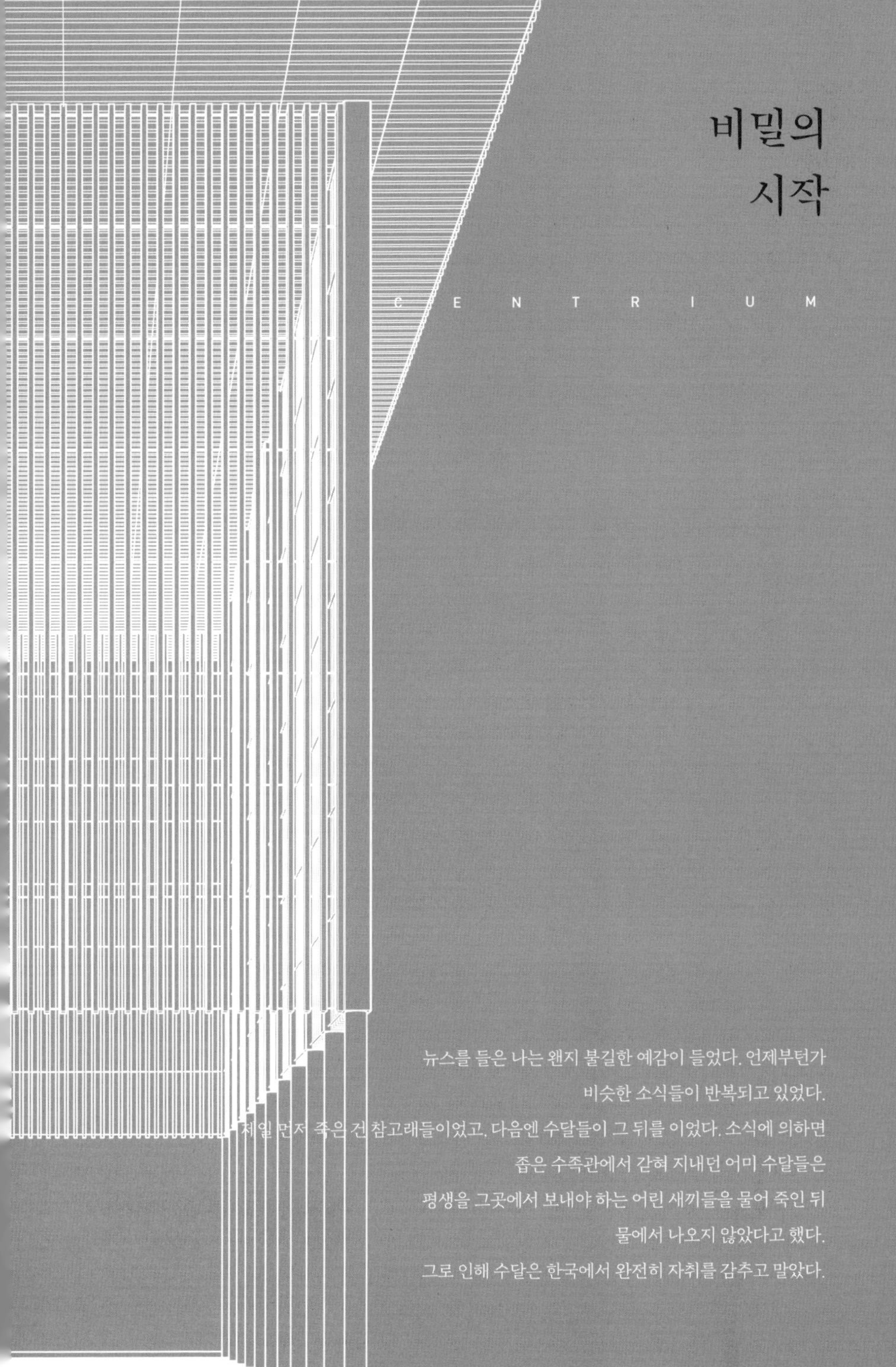

비밀의 시작

C E N T R I U M

뉴스를 들은 나는 왠지 불길한 예감이 들었다. 언제부턴가
비슷한 소식들이 반복되고 있었다.
제일 먼저 죽은 건 참고래들이었고, 다음엔 수달들이 그 뒤를 이었다. 소식에 의하면
좁은 수족관에서 갇혀 지내던 어미 수달들은
평생을 그곳에서 보내야 하는 어린 새끼들을 물어 죽인 뒤
물에서 나오지 않았다고 했다.
그로 인해 수달은 한국에서 완전히 자취를 감추고 말았다.

생각해 보면 조짐은 분명히 있었다. 알 수 없는 원인으로 혹등고래 여섯 마리가 한꺼번에 죽었다는 뉴스를 나는 화장실 변기에 앉아 들었다. 볼륨을 키우려고 패드에 손을 대는 순간 머리를 감싸고 있던 샴푸머신이 다음 단계로 넘어간다는 신호를 보내왔다. 수분 모드가 마사지 모드로 전환되면서 실리콘으로 만들어진 솔이 내려와 두피를 천천히 마사지하기 시작했다. 패드에서 손을 뗀 나는 머리를 완전히 뒤로 젖혔다. 온몸이 나른해지면서 몸과 마음이 편안해졌다.

변기 위에 설치된 이 샴푸머신은 옛날 우주 비행사들이 우주선에서 썼던 방식을 응용해 만든 제품이라고 했다. 물을 절약할 요량으로 과학기술부가 기술을 총동원해 만들었다는 샴푸머신은 당시 최고의 히트 상품이었다. 하지만 보통 회사원 월급의 두 배가 넘을 정도로 비싼 가격이 흠이었다. 그런데도 샴푸머신은 출시되자마자 부리나케 팔려나갔다. 매일 머리를 감지 않고선 배길 수 없는 사람들에게 샴푸머신은 목돈을 주고서라도 들여놔야 할 필수품이었다.

샴푸머신은 변기 위에 고정대를 세우고 아래에 있는 배관에 연결하면 쉽게 설치할 수 있었는데, 둥그렇게 생긴 기계에 머리를 넣기만 하면 샴푸부터 건조까지 모든 과정을 단 5분 안에 끝낼 수 있었다. 게다가 물 사용량도 거의 없다시피 해 사용해 본 사람들은 몹시 만족했다.

먼저 변기에 앉아 전원 버튼을 누르면 헬멧처럼 생긴 원형의 기계가 머리카락을 순식간에 빨아들였다. 그리고 물기가 새어나가지 못하도록 머리카락을 흡착 상태에서 분무기로 적시기 시작했다. 이어서 드라이 샴푸를 꼼꼼히 바른 뒤 두피를 부드럽게 마사지했다. 마지막으로 뜨거운 바람으로 말리면 먼지와 유분으로 더러웠던 머릿결이 순식간에 보송보송해졌다.

화장실 벽에 설치된 패드에서는 그 순간에도 세계 곳곳의 소식이 흘러나왔다. AI의 부드러운 목소리는 주가와 날씨를 전하며, 탄소 배출량이 꾸준히 감소하고 있다는 희소식을 이어갔다. 그리고 밀과 옥수수 수확량이 증가해 식량 보급에 청신호가 켜졌다는 소식도 전해졌다. 전년보다 완화된 더위와 비 예보를 전할 때는, AI의 목소리마저 기쁨이 묻어나는 듯했다.

마사지 모드가 끝나자 나는 패드의 이전 메뉴를 눌러 고래에 관한 뉴스를 찾아보았다. 기사 제목을 클릭하자 허연 배를 드러낸 채 양식장 위로 떠오른 혹등고래들의 사진이 전면에 나타났다. 인터뷰한 사육사에 의하면 대형 수족관의 고래들이 약속이라도 한 듯 함께 바닥으로 내려갔고, 숨을 쉬기 위해 물 밖으로 나오지 않았다고 했다.

포유류에 속하는 고래는 아가미가 아닌 폐로 숨을 쉬기 때문에 정기적으로 수면 위로 올라와 숨을 쉬지 않으면 익사할 수밖에 없었다. 소식을 전한 기자는 고래의 죽음을 알아내기 위한 부검에서 죽은 고래들의 폐와 위가 진흙으로 가득 차 있는 데다가 물고기라곤 한 마리도 발견되지 않았다고 설명했다. 이로써 혹등고래는 참고래에 이어 한국에서 멸종되었노라고 보도를 끝냈다.

뉴스를 들은 나는 왠지 불길한 예감이 들었다. 언제부턴가 비슷한 소식들이 반복되고 있었다. 제일 먼저 죽은 건 참고래들이었고, 다음엔 수달들이 그 뒤를 이었다. 소식에 의하면 좁은 수족관에서 갇혀 지내던 어미 수달들은 평생을 그곳에서 보내야 하는 어린 새끼들을 물어 죽인 뒤 물에서 나오지 않았다고 했다. 그로 인해 수달은 한국에서 완전히 자취를 감추고 말았다.

한편 조류 연구소에선 새들이 시도 때도 없이 죽어갔다. 한국의 흔한 텃새였던 직박구리는 일제히 연구소 유리 벽을 들이받아 모두 사라졌고, 얼마 남지 않은 청둥오리는 알을 낳는 즉시 주둥이로 쪼아 깨버리는 바람에 멸종에 이르고 말았다.

이러한 소식들은 나를 점점 불안하게 만들었다. 수의사라는 나의 직업 때문이기도 했지만, 다시 한번 생태계가 무너질 수 있다는 위기감이 나를 초조하게 했다. 십 년 전 세계를 강타했던 위기가 한 번만 더 찾아온다면 인류는 더이상 살아남을 수 없을 거란 건 누구나 아는 사실이었다.

물론 서해안 근처의 수족관에는 수백, 수천만 종의 바다 생물이 인간의 보살핌 속에서 생명을 이어가고 있었다. 어제 죽은 혹등고래는 한국에서 멸종되고 말았지만, 다른 나라에는 남아 있을 테니 종이 완전히 사라진 건 아니었다. 하지만 계속되는 동물들의 죽음은 단순한 사고라고 하기엔 어쩐지 석연치 않은 구석이 있었다. 나는 출근하자마자 다른 나라에서도 비슷한 일이 벌어졌는지 조사해보기로 마음먹었다.

패드를 끄려는데 문득 기사 하단에 달린 댓글 하나가 눈에 들어왔다. 자신을 전직 수의사라고 밝힌 작성자는 고래들이 동반자살을 한 것이라고 주장했다. 순간 피식 웃고 말았다. 동물이 자살하다니 듣도 보도 못한 이야기였다. 다른 사람들의 생각도 나와 비슷했는지 댓글 아래에는 '좋아요' 대신'싫어요'를 나타내는 아래 엄지가 수백 개가 매달려 있었다. 나 역시 아래 엄지를 꾹 누른 뒤 패드의 전원을 껐다.

마침 샴푸가 끝났다는 알람음이 울렸다. 나는 변기에서 일어나 세면대로 다가갔다. 거울 앞에 서서 나의 얼굴을 찬찬히 들여다보았다.

엄마를 닮아 넓적하고 까만 얼굴 위로 밤새 자란 수염이 삐죽삐죽 솟아 있었다. 샴푸를 했는데도 좀처럼 차분해지지 않는 곱슬머리가 오늘따라 마음에 들지 않았다. 평균을 훨씬 웃도는 큰 키에도 불구하고, 근육이라곤 찾아볼 수 없는 몸은 서른두 살 또래보다 훨씬 더 나이 들어 보였다.

나는 한숨을 내쉬며 세면대에 설치된 자동 면도기로 수염을 깎기 시작했다. 덥수룩하던 수염이 깎여 나가면서 지저분했던 얼굴이 서서히 깔끔해졌다. 면도를 하면서도 나의 시선은 자꾸만 샤워머신으로 향했다. 당장이라도 샤워머신에 들어가 온몸을 구석구석 씻어내고 싶었지만, 이번 주 남은 물로는 꿈도 꿀 수 없는 일이었다.

물론 욕조 앞에 설치된 샤워머신에서 하는 샤워는, 예전처럼 머리 위로 뜨거운 물을 콸콸 틀어놓고 온몸에 거품을 칠하던 방식과는 전혀 달랐다. 긴 원통 형태의 샤워머신은 샴푸머신과 비슷한 방식으로 작동했다. 전원 버튼을 누르고 잠시 기다리면 준비가 완료되었음을 알리는 파란불이 켜졌다. 1.5미터 길이의 원통 안에 들어가 두 팔을 올리면, 뜨거운 스팀이 온몸에 퍼지며 샤워가 시작되었다. 다시 신호음이 울리면 다음 단계로 넘어가 보디용 드라이 샴푸가 분사되어 온몸을 마사지했다. 마지막으로 스팀타월이 겨드랑이부터 무릎까지 꼼꼼히 닦아주면 샤워가 끝났고, 산뜻해진 몸으로 욕실을 나설 수 있었다. 이 샤워머신 역시 고가의 제품이었지만, 정부 보조금 덕분에 대부분의 아파트와 숙소에는 설치되어 있었다.

이처럼 편한 샤워를 매일같이 즐길 수 있는 건 아니었다. 일주일에 한 번씩 채워지는 물탱크의 양에 맞추려면 샤워는 일주일에 세 번, 빨래는 한 번, 식기 세척기는 두세 번만 돌려야 했다. 그나마 신관에는 샴푸머신이 설치되어 있어 머리라도 매일 감을 수 있었다.

화장실에서 볼 일을 마친 나는 곧장 거실로 나섰다. 내가 머무는 신관 숙소는 방 하나, 거실 겸 부엌, 그리고 화장실이 일렬로 배치된 단순한 구조였다. 삼 년 전에 지어진 이 신관은 구관보다 평수는 작았지만, 깔끔한 디자인과 넉넉한 수납장 덕분에 공간 활용이 훨씬 뛰어났다. 덕분에 가구라곤 침대와 식탁이 전부였던 숙소는 언제나 정돈되고 깔끔해 보였다. 더욱이 신관은 물 재활용 시스템을 갖추고 있어 구관과 비교해 인기가 훨씬 높은 편이었다. 물 재활용 시스템은 식기세척기의 마지막 헹굼 물을 세탁기에, 세탁기의 사용된 물을 변기에 재활용할 수 있도록 설계된 순환식 물탱크를 의미했다. 이 시스템 덕분에 정해진 양보다 조금 더 많은 물을 사용할 수 있었다. 특히, 세탁에 사용된 마지막 물은 탱크 아래에 따로 보관되어 필요할 때 언제든지 활용할 수 있었다.

방과 화장실 사이에 있는 거실 공간에는 식탁과 커다란 냉장고가 자리 잡고 있었다. 여전히 잠옷 차림인 나는 냉장고 문을 열고, 선반을 가득 채운 파이렉스 그릇들을 하나씩 살펴보았다. 모두 마트에서 구매한 레토르트 제품들로, 전자레인지에 데우기만 하면 바로 먹을 수 있는 음식들이었다. 일회용기 사용이 금지된 마트에서는 반드시 그릇을 가져가야 음식을 살 수 있었다. 게다가 국이나 찌개 같은 수분이 많은 음식은 일주일에 두 번으로 제한되었고, 나머지는 샐러드나 생선구이 같은 건조한 식품들만 구매할 수 있었다.

나는 냉장고에서 순두부찌게를 꺼내 밥과 함께 전자레인지에 돌리기 시작했다. 순두부찌개는 금요일 아침에 먹으려고 일주일 내내 아껴두었던 메뉴였다. 월요일 아침은 국으로, 금요일 아침은 찌개로 시작하는 것은 한 주를 열고 마무리하는 나만의 작은 의식이었다. 어릴 적에는 아침 식사로 대부분 빵과 우유를 먹었지만, 이제는 빵이 어떤 맛이었는지 기억조차 가물가물했다. 마트에선 쌀로 만들어진 빵을 몇 가지 팔기도 했으나 밀가루가 조금도 들어가지 않은 빵은 모양만 다를 뿐 맛은 떡과 비슷했다.

한국에 돌아온 뒤, 빵에 익숙해진 입맛을 다시 밥으로 돌리는 데는 꽤 많은 시간이 걸렸다. 얼마 동안은 아침 식사를 거른 채 일하러 나가기도 했다. 하지만 점심시간까지 견디기 힘들어 먹기 시작한 아침밥은 머릿속에서 빵을 완전히 잊게 해주었다. 이제는 식사라면 뜨거운 국이나 찌개를 떠올릴 정도여서 일주일에 두 번만 먹을 수 있다는 게 오히려 아쉬울 뿐이었다.

전자레인지의'삐-'소리가 울리자, 나는 뜨거워진 파이렉스들을 꺼내 식탁으로 가져갔다. 뚜껑을 열자 뜨거운 김과 맛있는 냄새가 동시에 피어올랐다. 나는 입으로 '호호' 불어가며 뜨거운 밥과 순두부찌개를 먹기 시작했다. 뜨겁고 매콤한 국물이 바짝 마른 입안을 촉촉하게 적셨다. 되도록 천천히 씹으며 음식의 맛과 질감을 최대한 음미했다. 찌개 속에 든 호박의 달큼한 맛과 순두부의 부드러운 식감이 혀끝으로 전해졌다. 특히 새끼손가락 크기로 가늘게 채 썰어진 돼지고기는 지방과 살의 비율이 적당해 맛이 좋았다. 한동안 씹고 넘기는 일련의 과정에 집중하던 나는 파이렉스 두 개를 깨끗이 비운 후에야 수저를 내려놓았다. 포만감이 밀려들면서 기분이 좋아졌다. 여기에 뜨거운 커피 한 잔만 있다면 천국이 부럽지 않을 테지만 이 정도면 충분하다고 나 자신을 애써 타일렀다.

식탁에 앉아 잠시나마 행복을 만끽하려는데 식탁에 올려두었던 스마트폰이 오늘의 일정을 알려왔다. 의자에 기댄 채 무심코 일정들을 살펴보던 나는 깜짝 놀라 자리에서 일어섰다. 하마터면 한 달에 한 번뿐인 월례 회의에 늦을 뻔했기 때문이었다. 재빨리 파이렉스들을 식기 세척기에 넣고 화장실에 들어가 액체 치약으로 입을 헹궜다. 그리고 서둘러 방에 들어가 옷장 문을 열었다.

옷장에 걸려 있는 옷이라곤 바지 두 개와 셔츠 두 개가 전부였다. 긴바지와 긴팔 셔츠는 햇빛이 아주 강한 날에 입었고, 그나마 견딜 수 있는 날은 반소매 셔츠와 반바지를 입었다. 나는 옷장 앞에 서서 잠시 망설이다 잠옷을 벗고 반소매 셔츠와 반바지로 갈아입었다. 오늘은 왠지 날씨가 좋을 것 같은 예감이 들었다.

출근 준비가 끝나자 재빨리 숙소를 나왔다. 10층짜리 건물인 신관은 복도식 아파트로 비슷한 숙소가 이백 개 넘게 들어서 있었다. 나는 빠른 걸음으로 계단을 타고 내려와 건물 앞에 세워둔 자전거에 올라탔다. 곧바로 시동을 켜고 손잡이에 걸어두었던 헬멧을 썼다. 숙소에 함께 사는 수의사들은 대부분 출근했는지 자전거가 몇 대 남아 있지 않았다. 태양에너지를 이용한 전기 자전거는 속도를 높이면 시속 60킬로미터까지 달릴 수 있었다.

속력이 올라가면서 헬멧의 센서가 작동하기 시작했다. 온도를 감지한 헬멧이 쿨링시스템을 가동했다. 눈 아래까지 내려오는 헬멧을 쓰지 않으면 40도가 넘는 열기에 그대로 노출돼 일사병에 걸릴 수 있었다. 이윽고 스마트센서가 켜지면서 오늘 기온과 습도를 알려왔다. 영상 41도에 습도는 14%, 거의 사막에 가까운 기후였으나 갑자기 소나기가 쏟아져 주위가 얼마든지 물에 잠길 수 있는 날씨였다.

신관에서 구관을 거쳐 정문 앞 골목으로 나오자 타는 듯한 햇볕이 온몸을 찔러왔다. 정문을 나서기도 전에 반소매 옷을 입은 걸 후회했다. 햇빛은 평소처럼 뜨거웠고, 구름 한 점 보이지 않았다. 온도가 올라갈수록 몸에 걸친 기능성 옷은 열과 자외선을 차단하고 냉각시스템을 가동해 체온을 내려줬다. 하지만 가려지지 않은 팔과 다리는 타는 듯한 열기에 방치될 수밖에 없었다.

프랑스의 한 의류회사가 개발했다는 기능성 옷은 입는 사람에 따라 사이즈가 조절되었는데, 소매 안쪽에 보이는 작은 버튼을 누르면 원하는 색깔과 무늬를 선택할 수 있었다. 나이가 지긋하신 분들은 대부분 한 가지 색이나 무늬를 선택해 입었지만, 젊은 사람들은 오 분에 한 번씩 무늬와 색깔이 바뀌는 스타일을 선택했다. 덕분에 사람들은 기능성 옷 두 벌만으로도 더위와 추위를 막을 수 있음은 물론이고 자외선과 습도까지 제어할 수 있었다. 게다가 매일 다른 색과 다른 무늬로 자신만의 스타일을 연출할 수도 있었다. 이처럼 스마트한 기능성 의류는 세계 곳곳에 넘쳐나던 의류 쓰레기를 점차 줄여나갈 수 있도록 해주었다.

골목에 들어서기도 전에 팔과 다리가 빨갛게 타들어 가기 시작했다. 잠시 집으로 돌아가 옷을 갈아입고 나올까 생각했지만, 회의 시간에 맞추려면 참고 견딜 수밖에 없었다. 자전거 속도를 최대로 높여도 사무실에 도착하려면 앞으로 십 분을 더 달려야 했다.

그래도 기분만은 최고였다. 나의 머릿속은 이미 커피 생각으로 가득했다. 골목 어딘가에서 구수한 커피 향이 나는 것도 같았다. 월례 회의에 늦어선 안 되는 이유는 다름 아닌 커피 때문이었다. 한 달에 한 번만 마실 수 있는 커피는 회의가 시작되기 십 분 전에만 주어졌다. 덕분에 지루하기 짝이 없는 회의와 최 실장의 신경질도 모두 참을 수 있었다. 나는 자전거의 속도를 최고로 높여 골목을 달렸다. 달고 쌉싸름한 커피 향이 나의 주위를 맴돌았다.

숙소 정문에서 이어지는 골목을 지나면 왕복 8차선의 큰 도로가 나왔다. 다른 날보다 집을 일찍 나섰는데도 도로는 이미 자전거로 꽉 차 있었다. 같은 속도로 달리는 자전거들은 흡사 공장 작업대 위에 있는 부품처럼 비슷해 보였다. 햇빛에 반짝이는 기능성 옷만이 사람들의 성별과 나이를 짐작하게 했다.

나는 다른 자전거들에 맞춰 속도를 낮췄다. 속도를 맞추지 않으면 자전거끼리 부딪쳐 대형 사고로 이어질 수 있었다. 도로에는 수백 개의 자전거가 달리고 있었지만, 휠이 돌아가는 소리를 제외하면 아무 소리도 들리지 않았다. 숨소리조차 들리지 않는 도로 주변은 적막감마저 맴돌았다.

나는 차선을 바꾸는 척하며 주위를 둘러보았다. 거리를 오가는 사람들의 얼굴을 훔쳐보는 건 한국에 와서 생긴 습관이었다. 물론 헬멧 밖으로 보이는 코와 입술만으론 표정을 읽기 힘들었다. 하지만 사람들의 무표정한 얼굴을 볼 때마다 나는 왠지 모를 슬픔과 아픔을 느꼈다. 그들 중엔 누군가는 가족을 잃고, 또 다른 누군가는 친구나 동료를 잃었을 터였다. 수많은 상처를 감춘 채 묵묵히 앞만 보며 가는 사람들을 볼 때면 나도 모르게 코끝이 찡했다.

자전거 전용도로에 접어들자 기어를 크루저에 맞춰놓고 페달에서 발을 뗐다. 머릿속으로 이런저런 생각이 몰려들었다. 내 앞을 달리고 있는 사람들은 어떻게 살아남은 걸까. 누군가를 잃고 살아난 사람들의 마음은 과연 어떠할까. 여전히 죽은 사람들을 그리워하고 있을까. 아니면 살았다는 안도감으로 희망찬 하루를 시작하고 있을까. 수많은 생각들이 파도처럼 밀려들었다. 그중에서도 가장 궁금한 건 사람들이 살아남은 걸 다행이라 여길까 하는 거였다. 도대체 어떤 마음으로 이 지옥 같은 삶을 이어가고 있는지 알고 싶었지만, 사람들의 꼭 다문 입술은 아무것도 말해주지 않았다.

* * *

2033년, 전 세계인들은 지구 온도가 기어이 1.5도를 넘기는 모습을 지켜봐야만 했다. 그전까지 지엽적으로 나타났던 기후변화가 세계 곳곳에서 발생했다. 과학자들은 빙하가 서서히 녹기 시작하면 해수면이 1미터 상승하리라 예측했고, 그로 인해 4억 이상의 인구가 피해를 볼 것으로 전망했다. 하지만 과학자들의 예견은 크게 빗나가고 말았다.

북극에 이어 남극 빙하가 녹아내리기까지는 채 일주일도 걸리지 않았다. 해수면의 높이는 1미터가 아닌 2미터로 올라갔고, 그로 인해 해안가에 근접한 주요 도시들이 완전히 물속에 잠기고 말았다. 중국 동부와 남미 지역의 아마존 유역 등 수많은 도시와 섬나라가 지도상에서 흔적도 없이 사라지면서 10억 명 이상의 이재민과 난민이 발생했다.

한국 역시 갑작스러운 재앙을 비켜 가지 못했다. 인천을 비롯한 서해 지역과 남해, 제주도 지역 등 서울 크기의 80%에 해당하는 지역이 물에 잠겨버렸고, 시도 때도 없이 해일이 발생했다. 해안가에선 높은 곳을 찾아 죽을힘을 다해 도망친 사람들 일부만이 간신히 목숨을 건질 수 있었다.

폭풍과 해일이 가라앉은 뒤에도 재앙은 쉽게 물러서지 않았다. 폭우와 불볕더위가 주기적으로 반복되면서 농작물이 거의 말라 죽다시피 했고, 강물은 곧 바닥을 드러냈다. 사방이 물인데도 식수를 구하지 못해서 난리였다. 노인과 아이들은 일사병에 걸렸고, 더위를 견디지 못한 동물원과 축사의 동물들도 빠른 속도로 죽어갔다.

빙하의 물이 바다로 스며들면서 염도의 변화로 인해 해양 생물 대부분이 죽음을 맞이했다. 해안에는 물에 빠져 죽은 사람들과 죽은 물고기들이 밀려와 악취가 진동하고 파리가 하늘을 뒤덮었다. 산간 지역에서는 가뭄이 계속되었고, 마른번개로 인한 산불이 곳곳에서 발생했다.

반면 지구 반대편에서는 지구온난화라는 단어가 무색할 정도로 기록적인 폭설이 쏟아졌다. 심지어 사막에도 폭우가 쏟아졌는데, 이는 기후변화로 인해 대기 순환이 비정상적으로 변한 탓이었다. 평소 물을 머금지 않던 사막의 건조한 땅은 갑작스러운 폭우를 흡수하지 못했고, 이는 곧 홍수로 이어졌다. 결국 사막에는 물이 넘쳐났지만, 정작 식수로 사용할 수 있는 깨끗한 물은 부족했다. 세계 곳곳의 농경지는 극한 기후로 생산량이 급감했고, 식량 창고는 빠르게 비워졌다.

설상가상으로 북극의 빙하와 함께 영구 동토층이 녹으면서 그 안에 갇혀 있던 탄소가 빠져나와 지구온난화를 더욱 부채질했다. 또한, 빙하 안에 갇혀 있던 바이러스가 출몰해 수십만의 사람을 죽음으로 몰아넣었다. 지반이 불안정해지면서 수많은 건물이 붕괴했고, 탄소가 빠져나간 자리에는 거대한 싱크홀이 만들어졌다.

전 세계에 비상사태가 선언되었다. 가까스로 살아남은 사람들은 또 다시 식량부족이라는 재앙과 마주해야 했다. 각국 정부는 비축 식량을 서둘러 내놓았지만, 불안에 떠는 사람들을 먹이기에 충분하지 않았다. 결국 더위와 배고픔에 지친 사람들은 주인 없이 떠돌아다니는 동물들을 하나둘씩 잡아먹기 시작했는데, 그 안에는 새나 강아지, 고양이 같은 작은 동물도 포함되어 있었다. 먹이 부족으로 버려진 개와 고양이로 잠시 몸살을 앓았던 야산은 시간이 흐르면서 풀 한 포기, 새 한 마리 볼 수 없는 벌거숭이 산이 되고 말았다.

강대국들은 세계를 향해 빗장을 단단히 걸어 잠갔다. 식량이 부족한 나라들이 앞다퉈 도움을 청했지만, 선진국으로 불리던 나라들은 옥수수와 밀의 수출을 철저히 막았다. 돈은 말 그대로 휴지 조각이 되어 버렸고, 식량은 최대의 무기로 변신했다. 식량 없이는 해열제 하나, 백신 한 개조차 구매할 수 없었다. 한국에서 커피와 빵이 보기 힘들어진 것도 바로 그때부터였다.

반면 '대재앙'이라 불렸던 세계의 위기로부터 인류를 구한 건 UN이나 WHO가 아니었다. 역사를 통해 증명된 것처럼 말 많은 정치인들은 재난으로부터 자신을 구하기에 바빴다. 절망에 빠진 사람들은 그 누구의 도움 없이 먹거리를 구하고 변덕스러운 날씨로부터 자신들을 지켜야만 했다. 그렇게 멸망으로 치닫던 세계를 일으킨 건 힘없는 민간단체와 환경 보호단체들이었다. 그들이 과학자들과 손잡고 나서지 않았다면, 결코 대재앙을 극복할 수 없었을 거란 사실은 누구나 인정하는 바였다. 분노에 찬 사람들을 위로한 것도 그들이었고, 약자와 병자를 보호하는 동시에 모자란 식량을 재분배한 것도 그들이었다. 그들만이 지구의 분노를 잠재울 방법들을 알아냈고, 두려움이나 체념 없이 해결책을 묵묵히 실천해 나갔다.

그들은 제일 먼저 무능한 정치인들을 설득해 자동차 대신 자전거와 대중교통수단을 이용하는 특별법을 만들었다. 일회용 제품 사용을 전면 금지하고, 하루에 사용하는 전기량과 물 사용량을 철저히 제한했다. 그때부터 사람들은 물을 적게 쓰고 쓰레기양을 줄이기 위해 집밥 대신 레토르트 식품으로 끼니를 때우기 시작했다. 어차피 먹을 수 있는 거라곤 한두 가지 채소와 쌀로 만든 멀건 국밥이나 죽이 전부였다. 그렇게 자연의 화살을 가까스로 피한 사람들은 하루에 한 끼를 먹으며 몇 년을 버텼노라고 했다.

대재앙이 세계 곳곳으로 번져나가고 있을 당시 나는 남아프리카공화국에서 야생동물을 돌보고 있었다. 수의대학에 다닐 적에도 선후배와 보호센터를 만들어 운영할 만큼 나는 야생동물에 관심이 많은 편이었다. 동기들이 개와 고양이 같은 반려동물을 집중적으로 공부할 때, 나는 로드킬 당한 고라니와 두더지를 살리기 위해 많은 시간을 할애했다. 본과 2학년이 끝나갈 무렵에는 급기야 학교를 휴학하고 야생동물의 천국으로 알려진 남아프리카공화국의 크루거 국립공원

(Kruger National Park)으로 날아가 자원봉사를 시작했다.

불행 중 다행으로 남아프리카공화국은 대재앙이 슬쩍 비켜 간 얼마 되지 않는 나라 중의 하나였다. 지대가 낮은 해안가는 다른 나라들과 비슷한 해를 입었지만, 국토 대부분을 차지하는 내륙공원은 울창한 산림이 뜨거운 햇볕과 폭우를 막아주었다. 전 세계인이 식량부족으로 내전과 쿠데타를 겪고 있을 때도 나는 그곳에서 부드러운 빵과 커피를 계속 즐기며 별 탈 없이 지낼 수 있었다. 그 덕에 우리 가족은 내 몫으로 배급되는 식량이나마 나누어 먹을 수 있었고, 정부의 배급이 중단되었을 때도 내가 우편으로 보낸 캔 음식과 시리얼로 최악의 고비를 넘길 수 있었다. 엄마인 권 여사는 그 시절을 떠올릴 때마다 그때 내가 한국에 있었더라면 나는 물론이고 가족 모두 목숨을 부지하기 힘들었을 거라고 회상하곤 했다.

그로부터 7년이란 시간이 흘러 내가 한국으로 돌아왔을 때는 그나마 식량 문제가 어느 정도 해결된 상태였다. 그동안 과학자들은 사막화된 지구에서 식물을 재배하고 동물을 키워내기 위한 다양한 방법을 연구했다. 그 결과 46도가 넘는 햇빛을 피하고 최소한의 물로 채소를 재배할 수 있는 기상천외한 농법과 연구들이 탄생했다. 얼마 뒤엔 50층 높이의 건물에서 삼모작이 가능한 계단식 논이 만들어졌고, 논 주변에는 각종 채소와 과일이 재배되었다. 또한, 비슷한 구조로 만들어진 공장형 농장이 전국 곳곳에 생겨났다.

덕분에 사람들은 더 이상 하루 한 끼로 연명하지 않아도 되었고, 이 전만큼은 아니어도 썩 괜찮은 식단을 꾸려갈 수 있었다. 식량 문제로부터 한숨 돌린 정부와 과학자들이 수산업과 축산업으로 고개를 돌린 것도 바로 그 무렵이었다.

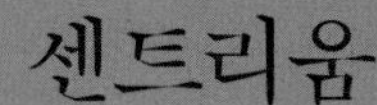

C E N T R I U M

맨 앞에 있는 관리동을 통과하면
거대한 구조물들이 눈앞에 펼쳐졌다. 서로 마주하고 있는 빌딩들은 바로
양계장인 A동과 양돈장인 B동이었다. 정사각형 모양의 두 빌딩은
위에서 내려다보면 뒤편의 C동 축사와 함께
완벽한 정삼각형을 이루었다. 그 가운데에는 그보다 작은 정삼각형 모양의
도축장이 있었는데, 100층짜리 빌딩에 가려져 거의 눈에 띄지 않았다.
도축장은 다른 빌딩과 마찬가지로 창문 하나 없는 데다
출입구마저 없어 밖에서 보면 그저 커다란 시멘트 덩어리처럼 보였다.
그런 도축장으로 들어가려면 B동 오른쪽에 있는 넓은 길을 따라 지하로 들어간 뒤
엘리베이터를 타야만 했다.

자전거들이 하나둘씩 사라질 때쯤이면 직선이었던 도로는 왼쪽으로 방향을 틀어 해안가로 이어졌다. 도로 오른편에는 거대한 빌딩 세 개가 높은 벽으로 둘러싸여 있었다. 도로와 빌딩을 제외한 주변은 나무 한 그루 보이지 않는 황무지였다. 서울에서 인천으로 가는 길목에 놓인 이 지역은 대재앙으로 인해 오랫동안 바다에 잠겨 있던 땅이었다. 시간이 흘러감에 따라 물은 빠졌지만 원래 있던 건물들과 땅은 이미 엉망이 되어 버린 상태였다. 정부는 수많은 인력과 재원을 동원해 그곳을 말끔히 정리했다. 하지만 언제 다시 물에 잠길지 모르는 그 땅에 새로운 터전을 마련하고 싶어 하는 사람은 거의 없었다. 결국 정부는 그 땅을 헐값에 매입한 뒤 커다란 빌딩 세 개를 지었다.

멀리서 보면 황금빛으로 빛나는 빌딩들은 사실 닭과

돼지, 소를 키우는 공장형 축사였다. 빌딩에는 간판 하나 없었지만, 100층짜리 건물이라는 이유로 다들 '센트리움'이라 불렀다. 빌딩 세 개가 삼각형 구조로 세워진 센트리움은 세련된 디자인과 미학적인 구조로 한때 건축상을 받기도 했다.

맨 앞에 있는 관리동을 통과하면 거대한 구조물들이 눈앞에 펼쳐졌다. 서로 마주하고 있는 빌딩들은 바로 양계장인 A동과 양돈장인 B동이었다. 정사각형 모양의 두 빌딩은 위에서 내려다보면 뒤편의 C동 축사와 함께 완벽한 정삼각형을 이루었다.

그 가운데에는 그보다 작은 정삼각형 모양의 도축장이 있었는데, 100층짜리 빌딩에 가려져 거의 눈에 띄지 않았다. 도축장은 다른 빌딩과 마찬가지로 창문 하나 없는 데다 출입구마저 없어 밖에서 보면 그저 커다란 시멘트 덩어리처럼 보였다. 그런 도축장으로 들어가려면 B동 오른쪽에 있는 넓은 길을 따라 지하로 들어간 뒤 엘리베이터를 타야만 했다.

오후 무렵이면 고기들을 실어 나르기 위한 트럭들이 도축장으로 줄지어 들어갔다. 이윽고 고기를 가득 실은 트럭들이 전국으로 흩어지면 도축장은 잠시 적막에 잠겼다. 하지만 밤사이 스러진 동물들로 다시 채워졌고, 그 적막은 이내 새로운 고통의 울림으로 깨어났다.

그런데 센트리움을 자세히 들여다보면 이상한 점이 한두 군데가 아니었다. 우선 다른 빌딩과 달리 창문 하나 보이지 않는 데다가 규모에 비해 작은 입구는 주위를 몇 번이나 돌아야 간신히 찾을 수 있었다.

물론 축사에서 일하는 사육사와 수의사를 제외하면 센트리움을 찾는 사람은 거의 없었다. 만약 볼 일이 있다고 해도 수십 가지의 서류를 작성한 뒤 샤워와 소독을 끝내야만 간신히 출입할 수 있었다. 그토록 철저한 출입 통제와 방역을 요구했던 이유는 센트리움이 전 국민이 먹을 달걀과 우유, 고기를 모두 책임지고 있기 때문이었다.

대재앙은 사람에게만 닥친 게 아니었다. 3년 이상 지속된 대재앙은 사자와 호랑이 같은 동물에게도, 축사에서 기르는 닭과 돼지, 소에게도 견디기 힘든 시련이었다. 참을 수 없는 열기와 사료 부족은 동물원 관리인들과 축사 주인들에게도 어쩔 수 없는 일이었다. 식수와 식량 부족으로 허덕이던 사람들은 그토록 애지중지했던 동물과 가축의 죽음을 손 놓고 지켜볼 수밖에 없었다. 결국 동물원과 아쿠아리움은 하나둘씩 문을 닫았고, 축사는 텅텅 비어갔다. 변덕스러운 날씨가 차츰 잦아들 무렵 축사에 남아 있는 가축의 수는 손가락으로 꼽을 수 있을 정도였다.

뒤늦게 정신을 차린 정부는 과학자의 도움으로 부족한 식량을 채우기 위해 전력을 다하는 한편, 그동안 방치했던 수산업과 축산업을 손보기 시작했다. 센트리움이 세워진 것도 바로 그때였다. 정부는 할 일이 없어진 전국의 축산농장 주인들을 사육사로 고용해 축사를 관리하도록 했다. 마찬가지로 직장을 잃은 수의사들을 불러들여 가축의 건강을 책임지게 했다. 다행히 백 마리도 되지 않았던 닭은 5~6년 만에 2천만 마리로늘어났고, 돼지는 80만, 소는 30만 마리 이상을 유지했다. 물론 전에 비하면 십분의 일도 되지 않는 생산량이었지만, 절반으로 줄어든 인구가 일주일에 한 번 정도는 먹을 수 있는 고기양이었다.

도로에서 빠져나와 센트리움에 도착한 나는 주차장에 자전거를 세워두고 재빨리 관리사무소로 뛰어 들어갔다. 관리사무소는 정문에서 직선 방향으로 50미터도 떨어지지 않은 곳에 있었지만, 생체인식과 적외선 센서를 거쳐야만 통과할 수 있었다.

15층짜리 관리동에는 센트리움에서 근무하는 500여 명의 사육사와 백 명이 넘는 수의사들이 모여 있었다. 1층에는 수십 개의 샤워장과 소독실이 있어서 센트리움의 전 직원은 축사에 들어가기 전에 의무적으로 온몸을 소독해야 했다. 또한, 다른 빌딩으로 가기 위해선 반드시 관리동으로 돌아와 다시 한번 샤워와 소독을 해야 했기 때문에 사육사와 수의사들은 하루 평균 2~3번씩 샤워와 소독을 하는 셈이었다.

한편 관리동의 2층에는 커다란 식당이 있어 전 직원에게 점심과 저녁 식사를 제공했다. 편안한 의자들과 각종 운동 기구를 갖춘 휴게실에선 식사를 마친 직원들이 몸을 풀거나 쉬었다 가곤 했다. 3층부터 7층까지는 종합병동을 방불케 하는 약제실과 연구실, 각종 검사실 등이 위치했고, 그 위로는 사육사와 수의사 사무실들이 모여 있었다.

나는 샤워와 소독도 건너뛴 채 곧바로 10층에 있는 회의실로 향했다. 어차피 오늘은 최 실장에게 붙잡혀 온종일 회의실에 있을 가능성이 켰다. 노크를 한 뒤 문을 열자, 사람들의 시선이 일제히 나에게로 향했다. 테이블 주위로 매니저급 수의사 열 명과 사육사 임원 열다섯 명이 앉아 있었다. 분위기를 보아하니 다들 내가 오기만을 기다렸던 모양이었다.

나는 정면에 보이는 최 실장에게 고개를 조금 숙여 인사한 뒤 테이블 끝의 빈자리에 앉았다. 이윽고 최 실장이 입을 열었다.

"다 온 것 같으니, 회의 시작하지."

수의사들이 한 명씩 일어나 축사에 있었던 사건, 사고에 관해 보고하기 시작했다. 수십, 수백 마리의 닭과 돼지가 죽었고, 수십 마리의 소가 병들었다는 소식이 전해졌다. 수의사는 죽은 가축들의 사고 원인을 조사하는 한편 이상이 발견되지 않은 사체들은 곧바로 처리장으로 옮겼노라고 보고했다. 이어서 사육사 한 명이 부식된 콘슬라트 바닥 교체와 오물로 인해 막힌 배관 세척에 관한 계획을 발표했다.

계속되는 보고에도 나의 귀에는 아무것도 들리지 않았다. 나의 관심은 온통 테이블 중앙에 있는 커피포트와 커피잔에 쏠려 있었다. 여기저기서 풍겨오는 커피 향이 나를 점점 미치게 했다. 당장이라도 일어나 커피를 가져오고 싶었지만, 이어지는 보고 때문에 좀처럼 기회를 잡기 힘들었다.

초조한 마음으로 커피만 바라보는데, 테이블 중앙에 앉은 준영 선배와 눈이 마주쳤다. 선배는 손을 뻗어 커피를 잔에 따른 뒤 눈짓으로 나를 가리키며 옆 사람에게 주었다. 몇 사람의 손을 거쳐 마침내 커피가 나에게 전달되었다. 두 달 만에 맛보는 커피는 조금 식기는 했어도 감동 그 자체였다. 지난달에는 최 실장의 출장으로 회의가 취소되는 바람에 커피를 마시지 못해 실망이 이만저만 큰 게 아니었다. 행복에 취한 나는 커피를 천천히 마시기 시작했다. 커피의 쌉쌀함과 고소함이 내 안을 파고들었다. 그때 테이블 반대편에서 최 실장의 목소리가 들려왔다.

"휴, 좀 올라가나 싶더니 또 내려갔네. 양계장은 도대체 뭐가 문제야?"

짜증을 내는 걸 보니, 이번 달 달걀과 닭고기 생산량을 보고받은 모양이었다. 실장은 축사의 생산량이 줄어드는 걸 절대로 용납하지 않았다. 하지만 작년 최고치에 이르렀다가 한풀 꺾인 생산량은 좀처럼 다시 오르지 않았다. 나는 커피를 마시며 테이블 중앙에 앉은 최 실장의 얼굴을 천천히 바라보았다.

테 없는 안경 뒤로 가늘고 긴 눈이 날카롭게 빛나고 있었다. 작고 마른 체구와 창백한 얼굴에도 불구하고 늘 사람들을 기죽게 만드는 눈빛이었다. 가운데 우뚝 솟은 코와 깎아지른 듯한 턱선은 전체적으로 신경질적인 인상을 풍어냈다. 실장의 말에 겁에 질린 담당 사육사가 쭈뼛대며 말했다.

"요즘 저층에 장 패혈증이 돌고 있는 데다, 고층에선 카니발리즘이 다시 문제가 되고 있습니다. 아무래도 밀집 사육으로 인한 스트레스 때문인 것 같습니다."

"젠장. 양돈 쪽은 왜 그래?"

옆에 있던 사육사가 엉거주춤 일어섰다.

"아무래도 축사 바닥을 기울어지게 만든 게 문제인 것 같습니다. 배설물 처리는 쉽지만, 잠자리가 편치 않다 보니 면역력이 떨어질 수밖에 없습니다."

"그럼, 항생제 양을 늘리면 되잖아!"

"이런 밀집 사육에선 항생제를 늘린다 해도 별 소용이 없을 것 같습니다. 이미 정해진 투약량을 초과하기도 했고요."

다른 수의사가 기어들어 가는 목소리로 말했다.

"그놈의 밀집 사육, 밀집 사육! 우리가 언제는 닭들을 풀어놓고 키웠나! 대재앙 전에도 그런 적은 없었어. 그래도 다들 잘 키우고, 잘 자랐다고!"

"지금의 축사 환경이 그때보다 나쁘다는 건 실장님도 잘 아시지 않습니까?"

준영 선배의 목소리였다. 선배는 다른 수의사들에 비해 경력도 긴데다 실력이 좋아 최 실장조차 함부로 대하지 못하는 인물이었다. 하지만 사사건건 대들고 문제를 제기하는 준영 선배를 실장은 대놓고 싫어했다. 둘은 축사 사람들이 다 아는 앙숙이었는데, 실장이 생산량을 높이라고 윽박지르면 선배는 축사 환경의 개선 없이는 불가능하다고 맞받아쳤다.

"지금 센트리움이 문제라는 뜻이야? 피죽 한 그릇도 제대로 못 먹던 사람들이 일주일에 한 번씩 고기를 먹을 수 있게 된 게 모두 센트리움 덕분이라는 걸 잊었나!"

"센트리움은 축사가 아닙니다. 고기를 만들어내는 공장이라고요. 옛날 방식의 축사가 얼마나 많은 문제를 일으키는지 여기 있는 사람들은 다 압니다. 그런데도 우리는 축사 환경을 개선 시키기는커녕 오히려 예전 방식으로 돌아가고 있어요."

"그럼 어떻게 하자고. 조선 시대처럼 마당에 닭 풀어놓고, 구정물에 돼지 키우자고?"

"센트리움은 현재 한계에 달했습니다. 더 이상의 고기 생산은 불가능하다고요. 실장님 눈엔 지친 동물들의 모습이 보이지 않으십니까?"

둘이 싸우는 틈을 이용해 나는 옆 사람에게 커피 한 잔을 더 부탁했다. 아무래도 싸움이 길어질 모양이었다. 일단 준영 선배가 나서기만 하면 그때부터 싸움이 시작되었고 쉽게 끝나지도 않았다. 최 실장이 언성을 높이면 준영 선배는 핏대를 세우며 받아쳤다. 그러다 실장이 보고서를 집어 던지면 선배가 욕설을 내뱉으며 회의실을 나가는 게 정해진 패턴이었다. 그런데 우스운 사실은 둘의 관계가 겉으로 보기보다 나쁘지 않다는 거였다. 선배는 실장과 부딪힐 때마다 고래고래 소리를 질러댔지만, 뒤에서는 늘 실장을 칭찬했다. 실장 역시 센트리움에 큰일이 생길 때마다 제일 먼저 준영 선배를 찾았다.

성미가 급하긴 해도 최 실장은 실로 대단한 인물이었다. 대재앙이 끝난 후 축산경영과의 일개 사원이었던 최 실장은 얼마 남지 않은 전국의 닭과 돼지를 끌어모아 버려진 건물을 축사로 개조해 사육하기 시작했다. 얼마 뒤 닭과 돼지 수가 열 배로 늘어나자, 최 실장은 정부의 도움을 받아 축사를 대대적으로 키워나갔다. 그렇게 축산경영과는 축산경영국으로 바뀌었고, 다시 축산경영실로 발전했다. 그와 함께 최 실장은 과장에서 국장을 거쳐 지금의 실장으로 진급되었다.

대재앙 이후 영원히 고기를 먹을 수 없을 거라 낙담했던 사람들은 생각보다 빠른 정부의 대처에 박수를 보냈다. 그럴수록 최 실장은 직원들을 닦달했고, 축사 규모는 나날이 커져만 갔다. 마침내 100층 높이의 센트리움이 세워지던 날, 최 실장은 꿈에 그리던 무궁화 훈장을 목에 걸 수 있었다. 실장은 그때 받은 훈장을 사무실 벽에 턱 하니 걸어두고 틈만 나면 헝겊으로 닦곤 했다.

내가 커피 두 잔을 다 마실 때까지도 둘의 싸움은 계속되었다.

"여기가 무슨 동물복지센터라도 되는 줄 알아? 잔말 말고 생산량을 높일 방안이나 내놔!"

준영 선배가 미처 대답하기도 전에 최 실장은 고개를 돌려 재빨리 다음으로 넘어갔다.

"박 선생이라고 했나? 어제 문제 있다는 병아리들은 어떻게 됐지?"

내 옆에서 함께 커피를 즐기고 있던 수의사가 놀란 얼굴로 일어섰다. 호리호리한 몸매에 창백한 얼굴의 그는 센트리움에 들어온 지 일 년도 안된 신입이었다. 아직 매니저급 수의사는 아니었지만, 병아리를 담당하다 보니 회의에 참석한 모양이었다.

"네? 그게……일종의 피부병이었습니다. 그런데 이상한 점은 병아리들이 6주가 넘어가면 피부병을 앓기 시작한다는 겁니다. 호흡기 상태도 나빠지고요. 아마도 선천적으로 갖고 태어난 면역력이 약해지면서 여러 가지 질병이 발생하는 것 같습니다."

대답을 들은 최 실장은 잠시 생각에 잠기는 듯하더니 다시 신입에게 물었다.

"6주면 몸무게가 얼마나 되지?"

"2킬로그램 가까이 됩니다."

"그 정도면 다 큰 거 아니야? 앞으로 5주 넘기면 출하시키도록 하지. 그래도 1.5킬로그램은 넘을 테니."

"네? 그러면 사이즈가 너무 작을 텐데요. 그렇지 않아도 우리 닭이 유럽에 비해 너무 작다고 여기저기서 비난하고 있습니다."

"대재앙 전에는 한 달만 지나면 다 출하시켰어. 소비자들에게 병든 닭을 출하시키는 것보다 훨씬 낫잖아. 6주를 넘겼다간 병으로 다 죽고 말 거야. 그 전에 다 출하시켜. 알겠나?"

"네, 알겠습니다."

신입이 힘없이 의자에 앉았다. 맞은 편의 준영 선배 얼굴을 보니 기가 막혀 말이 안 나온다는 표정이었다. 나는 선배의 표정을 보며 어서 빨리 회의가 끝나기를 바랐다. 준영 선배가 다시 한번 일어나면 오늘 회의는 영원히 끝나지 않을 터였다. 다행히 그때 최 실장이 모두에게 말했다.

"오늘 회의는 이것으로 마치고 다들 밥이나 먹으러 가지. 오늘 점심이 뭐지?"

"제육볶음이라고 하던데요. 어떻게 반주라도 한잔 준비하라고 할까요?"

최 실장 옆에 있던 사육사가 갑자기 나서며 대답했다. 양돈장에서 일하는 그 사육사는 최 실장만 보면 온갖 애교를 떨다가도 기분이 안 좋으면 돼지들에게 화풀이를 해대는 이상한 사람이었다. 나와 준영 선배는 그 사육사를 '변태'라고 불렀다. 반주 얘기에 기분이 좋아진 최 실장이 갑자기 웃는 얼굴로 변태와 수다를 떨기 시작했다.

"오늘 소식 들었지? 수산 쪽 놈들 골치 꽤나 썩겠던데."

아침 뉴스에 나왔던 혹등고래 이야기를 하는 모양이었다. 하지만 최 실장의 관심사는 혹등고래가 아니었다.

서울 근교에는 전 국민의 식량 보급을 위해 국가가 운영하는 세 개의 단지가 있었다. 그중에서도 제일 먼저 높은 성과를 올린 센트리움은 서울의 북서쪽에 있었고, 남서쪽에는 바닷물을 막아 만든 거대한 양식장이 자리했다. 양식장은 한국인들이 좋아하는 어종을 주로 생산하고 관리했는데, 바다에서 완전히 사라진 명태와 조기는 물론이고 오징어나 해파리 같은 연체류까지 양식에 성공해 많은 관심을 받았다. 나머지 하나는 서울의 남동쪽에 있는 민간형 농업 단지였다.

최 실장의 경쟁 상대는 바로 수산경영국이었다. 최 실장은 한때 동기였던 수산 쪽 국장이 자신보다 높은 실적을 낼까 봐 늘 노심초사했다. 겉으로는 아닌 척해도 수산경영국을 신경 쓰고 있다는 걸 센트리움의 수의사 중에 모르는 사람이 없을 정도였다.

"그러게나 말입니다. 우리 따라 100층짜리 양식장을 짓겠다고 난리를 피우더니 그 꼴이지 뭡니까?"

그 옆에 있던 수의사가 끼어들었다. 실력은 형편없지만, 아부에서만은 둘째라면 서러울 정도인 '딸랑이'였다.

"친구가 수산경영국에 있는데요. 글쎄 수족관에만 문제가 있는 게 아니라, 양식장도 난리라고 하더라고요. 벌써 일주일째 집에 못 들어갔다고 징징대더라니까요. 아무래도 그쪽 국장이 실장 달기는 다 틀린 것 같던데요."

"그거참 안됐구먼. 열심히 하는 친군데 말이야."

말은 그렇게 해도 최 실장의 표정은 전혀 그렇지 않아 보였다. 최 실장은 변태와 딸랑이를 데리고 껄껄 웃으며 회의실을 나갔다. 보나마나 축사를 한 바퀴 돌고 제일 먼저 점심을 먹으러 갈 거였다. 지겨운 표정으로 앉아 있던 사람들도 하나둘씩 회의실을 빠져나갔다.

준영 선배는 그대로 의자에 앉아 있었다. 내가 가까이 다가가자 선배가 희미하게 웃으며 나를 바라보았다.

"선배, 어떻게 해요?"

물론 선배에게 말해봤자 아무 소용 없다는 건 나도 잘 알았다. 하지만 무슨 말이라도 해야 할 것 같았다.

"뭘 어떻게 하긴 어떻게. 보스가 하라는 대로 해야지." 선배가 체념

한 듯 말했다.

"그래도 그건 너무 한 거 아니에요? 5주면 그냥 병아리잖아요."

"너까지 미운털 박히지 말고 그냥 내버려둬. 한국 사람들 영계 좋아하는 거 몰라?"

"아무리 그래도 이건 좀……."

"괜찮아, 문제없을 거야. 걱정 말고 가서 일 봐."

"알았어요, 선배. 그럼 나중에 봐요."

나는 선배에게 인사한 뒤 회의실을 나왔다. 문을 닫으려는데 어느새 창가로 간 선배의 모습이 눈에 들어왔다. 선배의 야윈 어깨 위로 무거운 햇살이 쏟아져 내렸다. 창틈으로 불어온 바람이 머리카락을 쓸어 넘기자 선배의 하얀 얼굴이 투명하게 빛났다. 테이블 쪽으로 불어온 바람은 식은 커피잔을 훑은 뒤 조용히 창문 밖으로 사라졌다.

관리사무소로 돌아와 아침에 건너뛴 샤워와 소독을 마쳤다. 딱히 할 일이 있는 건 아니었지만, 만일의 사고에 대비해 늘 준비하고 있어야 했다. 하지만 축사는 오늘따라 유난히 조용했다. 돼지들도 문제없이 잘 먹고 자는지 아무도 나를 찾지 않았다. 오전이 지나도록 할 일이 없어 축사와 관리실 근처를 배회하다가 선배가 있는 12층 사무실로 향했다. 회의실에서 봤던 선배의 뒷모습이 이상하게 마음에 걸렸다. 마침 선배는 아무도 없는 사무실에서 홀로 책상에 앉아 컴퓨터를 들여다보고 있었다. 얼마나 열중했던지 내가 옆에 다가가는 것도 모를 정도였다.

"선배, 바빠요?"

내 목소리에 선배가 고개를 들었다. 표정을 보니 최 실장과의 일은 모두 잊은 듯했다.

"아니, 왜?"

"그냥 와봤어요. 그나저나 오늘 점심은 어떻게 할 거예요?"

"그러게. 나도 걱정이다."

선배가 의자를 뒤로 젖히며 한숨을 내쉬었다. 선배의 그런 모습이 오늘따라 짠하게 보였다. 나는 애써 쾌활한 척하며 다시 선배에게 물었다.

"선배, 저랑 나가서 밥 먹을까요?"

"내가 이 근처 다 돌아다녀 봤는데, 갈만한 곳이 없더라고……."

"그럼 선배는 점심에 주로 뭐 먹어요?"

"도시락 싸 와서 먹거나, 귀찮으면 떡 사 먹어. 숙소 근처에 떡집이 하나 있거든."

선배의 말에 나는 고개를 끄덕였다. 문득 한국에서 채식주의자로 산다는 게 여간 고된 일이 아니라는 생각이 들었다.

준영 선배와의 인연은 수의대 시절 활동했던 야생동물 구조관리센터에서 시작되었다. 당시 수의과 대학에서는 학생과 교수들이 모여 야생동물을 구조하고 치료하는 관리센터를 운영하고 있었다. 관리센터라고 해봤자 학생들이 판자로 얼키설키 만든 창고에 스티로폼과 낡은 담요 몇 개 가져다 놓은 게 전부였다. 그런데도 로드킬 당한 고라니

몇 마리와 덫에 걸린 수달은 물론이고 축구 골대에 걸려 날개가 부러진 부엉이 등의 많은 야생동물이 그곳에서 치료받았다. 당시 나를 비롯한 수의대 학생들은 학업만으로도 버거운 나날을 보내면서도 수업이 끝나는 대로 관리센터로 달려가 동물들을 보살피고 치료하는 데 온 정성을 쏟았다.

준영 선배는 관리센터에서 일하는 학생 중에서도 눈에 띌 만큼 열성적이었다. 선배는 수업을 마침과 동시에 곧바로 관리센터로 달려가 밤늦게까지 동물들을 보살폈다. 새끼 고라니의 배변을 유도하고, 동물에 맞춰 다양한 먹이를 준비하는 것도 언제나 준영 선배의 몫이었다. 선배는 동물을 치료하는 데도 노력을 아끼지 않았지만, 회복한 야생동물을 자연의 품으로 돌려보내는 일을 최우선으로 삼았다.

별생각 없이 관리센터 일을 시작했던 나도 선배의 열정을 지켜보며 열성 멤버 중의 한 명이 되었다. 수로에 빠진 너구리를 구하고, 농기계에 걸린 까치의 목을 봉합하고 힘없는 올빼미에게 억지로 밥을 먹이는 일은 고되었지만, 다른 한편으론 재미있고 보람찬 일이기도 했다. 하지만 잘 버텨주리라 여겼던 고라니가 아침에 죽은 채로 발견되는 일이나 척추가 부러진 삵의 안락사를 결정하는 일 등은 아무리 시간이 흘러도 적응하기 힘들었다.

그렇게 야생동물에 매료된 나는 더 많은 동물을 접하고 다양한 경험을 쌓기 위해 학교를 휴학하고 남아프리카공화국으로 떠났다. 물론 나의 어머니 권 여사의 튼튼한 재력이 아니었다면 불가능한 일이었다. 나는 아프리카로 떠난 뒤에도 전화와 이메일을 통해 선배와 연락을 주고받았다. 그러다가 대재앙이 시작되었고, 간간이 이어지던 선배와의 연은 어느 틈엔가 끊어지고 말았다.

한국으로 돌아와 센트리움에서 선배를 만난 건 정말로 뜻밖의 일이었다. 동물병원이 사라진 한국에서 내가 센트리움에서 일할 수 있었던 건 오랫동안 축산과에서 근무했던 아버지 덕분이었다. 한때 아버지의 직장 부하였던 최 실장은 아무것도 묻지 않고 곧바로 나를 채용했다.

준영 선배는 모든 면에서 나와 달랐다. 조류학자였던 아버지를 따라다니다 야생동물에 관심이 생겨 수의대에 들어왔다는 선배는 동물을 가둬 기르고 도살하는 축사의 행위를 늘 부당하다고 여겼다. 어쩌다가 함께 밥을 먹을 때도 멀쩡한 동물을 죽여 그 사체를 먹는 행위라며 고기를 절대로 입에 대지 않았다. 그나마 고기를 제외한 달걀과 유제품은 어느 정도 먹는 것 같았다.

내가 남아프리카에서 환희에 찬 시간을 보내는 동안, 본과 4학년에 올라간 선배는 수의대의 필수 과정인 축사 실습을 나가게 되었다는 소식을 전해주었다. 하지만 그 4주간의 실습은 선배로 하여금 세상의 모든 축사를 혐오하도록 만들었고, 결국 달걀과 유제품마저 먹지 않는 완전한 비건으로 이끌었다.

그런 준영 선배가 센트리움의 수의사로 일한다는 건 좀처럼 이해하기 힘들었다. 물론 대재앙 이후로 수의사들의 입지가 좁아진 건 누구나 아는 사실이었다. 더위와 사료 부족으로 반려동물과 가축이 모조리 씨가 말라버린 상황에서 센트리움은 당시 수의사들에겐 유일한 선택지였다. 나는 선배가 조류학자였던 아버지를 대신해 가족의 생계를 책임지고 있으리란 생각에 아무것도 묻지 않았다. 아무튼 센트리움에서 만난 이후로 내가 선배와 나눈 대화는 점심 먹었냐는 틀에 박힌 말이 전부였고, 그때마다 선배는 내게 희미한 웃음만 지어 보일 뿐이었다.

선배와 내가 서먹해진 또 다른 이유는 바로 최 실장 때문이었다. 최 실장은 자신이 존경하던 직속 상사의 아들이란 이유로 쓸데없이 나를 편애했다. 축사에 대해 아무것도 모르는 나를 팀장 자리에 앉히는가 하면, 가끔 축사의 중요한 결정을 신입과 다를 바 없는 나에게 맡기곤 했다. 다른 수의사들과 사육사들은 그런 나를 두고 뒤에선 늘 쑥덕댔지만, 앞에선 아무 말 없이 나의 결정을 따랐다.

그에 비해 준영 선배는 그야말로 최 실장에게 눈엣가시 같은 존재였다. 선배는 생산성을 지상 최대 목표로 하는 실장에게 동물 복지를 위한 여러 가지 개선책을 늘 요구했다. 만약 이를 들어주지 않으면 게시판에 글을 올리고 동료들을 설득해 시위를 벌이기도 했다. 하지만 실장은 선배의 요구를 절대로 들어주지 않았다. 오히려 팀장인 선배에게 보고서만 쓰게 한다거나 먼 곳으로 출장을 보내 다른 수의사들과 멀어지게 했다. 결국 선배는 시간이 흐르면서 센트리움에서 철저히 외톨이가 되어갔다. 그런데도 준영 선배는 절대로 굴하지 않고 자신의 신념을 계속해서 지켜나갔다. 선배가 센트리움에 들어온 이유도 축사의 열악한 환경을 개선하고 동물 복지를 실천하기 위해서였다는 걸 나는 시간이 한참 흐른 후에야 어렴풋이 깨달았다.

점심시간이 되자 센트리움의 직원들은 기다렸다는 듯이 식당으로 향했다. 점심으로 제육볶음이 나온다는 소식 덕분인지 다들 한껏 상기된 표정이었다. 외부 사람들은 축사에서 일하니 고기를 많이 먹을 거로 생각했지만, 다른 사람들과 마찬가지로 고기 메뉴는 일주일에 딱 한 번만 먹을 수 있었다. 그나마 부족하지 않게 먹을 수 있다는 게 축사에서 일하는 최고의 혜택이었다.

대재앙 때에 비하면 많이 좋아졌다고 해도 고기는 여전히 부족했고 가격도 비싼 편이었다. 그 때문에 사육사들은 적어도 일주일에 한 번 치킨과 삼겹살을 먹을 수 있는 그날까지 고기 생산량을 계속해서 늘려야 한다는 최 실장의 말을 다들 군말 없이 따랐다.

준영 선배와 헤어진 나도 빠른 걸음으로 2층 식당으로 향했다. 벌써 많은 사람이 식판을 든 채 배식을 기다리고 있었다. 이윽고 식판을 들고 창가에 자리 잡은 나는 수북이 쌓인 고기를 정신없이 먹기 시작했다. 오늘따라 달고 매콤한 제육볶음이 기가 막히게 맛있었다. 함께 나온 쌈 채소는 거들떠보지도 않은 채 밥과 고기만을 입이 미어지도록 쑤셔 넣었다. 식판의 고기가 완전히 사라진 후에야 허리를 펴고 물을 마시며 창밖을 내려다보았다. 그때 누군가가 관리실을 나가는 게 보였다. 그는 주차장으로 걸어가더니 한껏 달궈진 자전거에 올라탔다.

뜨거운 태양을 등에 지고 센트리움을 나서는 사람은 다름 아닌 준영 선배였다. 선배는 헬멧도 쓰지 않은 채 자전거를 타고 천천히 마을로 향했다. 정오의 햇살이 선배의 뒤를 조용히 따라갔다.

가려진 그림자

C E N T R I U M

A동 빌딩에 들어서자 뜨거운 열기와 함께 역겨운 냄새가 몰려들었다.
나는 주머니 안에 있던 마스크를 재빨리 쓰고
엘리베이터에 올랐다. 그리고 사육사가 오라고 했던 50층 버튼을 눌렀다.
잠시 뒤 엘리베이터 문이 열리고 눈앞에 캄캄한 공간이 나타났다.
처음 본 양계장의 모습은 충격 그 자체였다.
닭똥과 먼지가 가득한 축사는 어둡고 갑갑해 숨쉬기조차 어려웠다. 창문 하나 없는 공간에
길이라곤 사람 한 명이 간신히 지나갈 수 있는 좁은 통로뿐이었다.
나머지 공간에는 정사각형 모양의 케이지들이 바닥부터 천정까지
차곡차곡 쌓여 있었다.

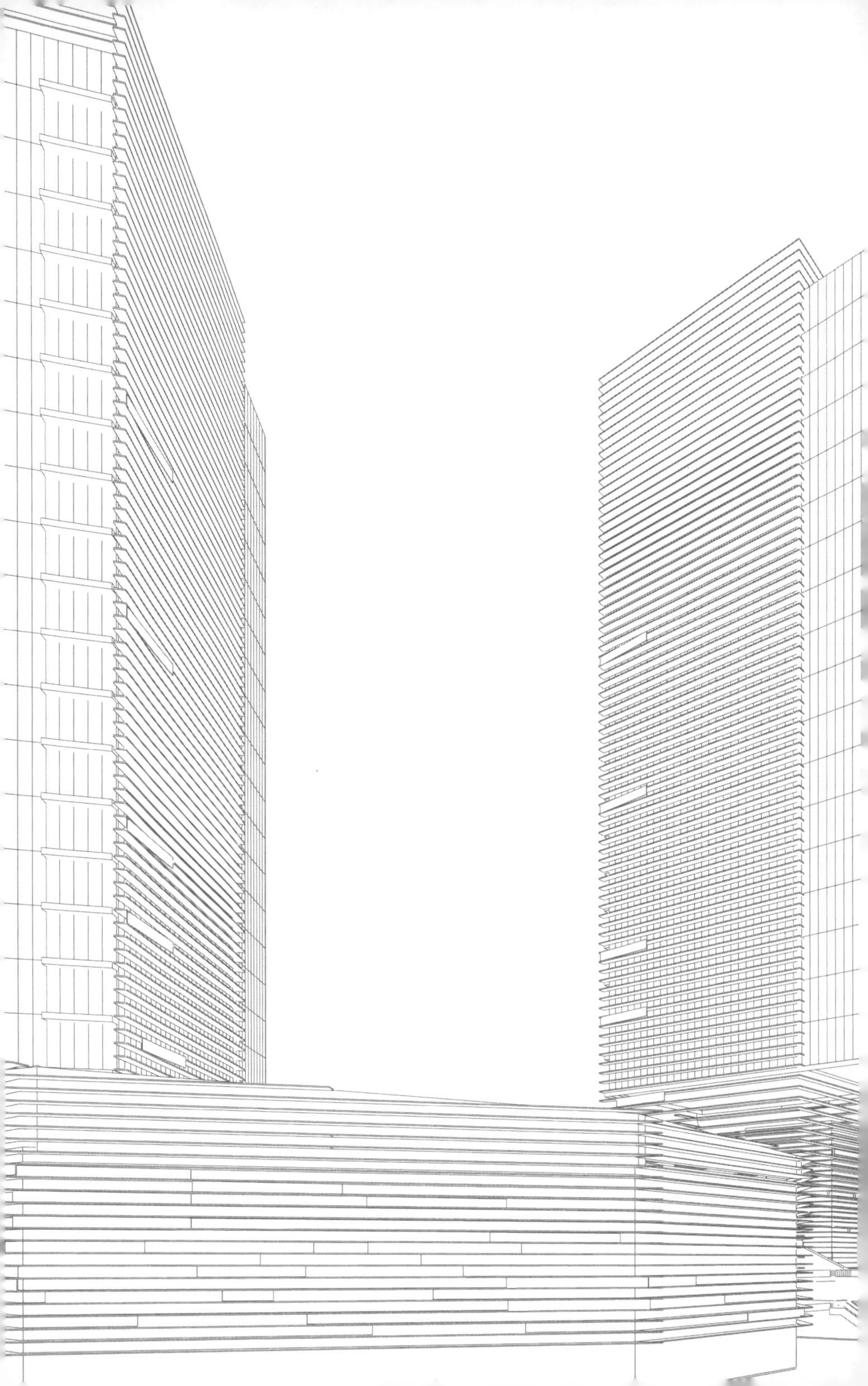

축사에선 하루에도 몇 번씩 닭과 돼지, 송아지가 죽어 나갔다. 특히 양계장 쪽이 심했는데, 배터리의 닭들은 운동 부족으로 골위축증을 겪는 데다가 너무 많은 사료 공급으로 간질환을 앓는 경우가 많기 때문이었다. 여기서 배터리란 가로 50센티미터, 세로 50센티미터의 닭 사육장으로, 전쟁에서 대포를 정렬하듯이 차곡차곡 쌓여 있어서 붙은 별명이었다. 그런 배터리에 사는 닭들이 죽어 나가는 건 어찌 보면 당연한 일이었기에 수의사들은 전염병이 아니라면 크게 신경 쓰지 않았다.

그날은 다른 날과 조금 달랐다. 퇴근할 시간이 다 되어서 시계만 보고 있는데 양계장 사육사 한 명이 심각한 얼굴로 나에게 다가왔다.

"팀장님, A동에 좀 가보셔야겠는데요."

A동은 센트리움의 정문 앞에 있는 양계장 빌딩이었다.

"왜요? 무슨 문제라도 생겼어요?"

"좀 전에 축사를 돌아보다가 병아리들이 죽어 있는 걸 발견해서요."

잠시 긴장했던 나는 시큰둥한 목소리로 대답했다.

"병아리들이 죽는 게 어제오늘 일은 아니잖아요. 게다가 양계장은 제 담당이 아닌데요."

"양계장 담당 선생님들이 오늘 단체로 교육받으러 가셔서요. 잠깐만 봐주시죠."

나이 많은 사육사가 애원하는 눈빛으로 나를 바라보았다. 퇴근을 앞두고 이미 옷까지 갈아입었는데 냄새나는 양계장을 간다는 게 무척이나 귀찮게 여겨졌다. 게다가 퇴근 후에는 친구들과 약속이 있어서 축사 특유의 냄새를 없애려 미리 향수까지 뿌린 상태였다. 하지만 아버지뻘 되는 사육사의 청을 물리치기란 쉽지 않았다. 나는 하는 수없이 곧 가겠다고 말하고 사육사를 돌려보냈다. 곧바로 연구실 아래로 내려가 다시 한번 샤워와 소독을 끝낸 뒤 방역복으로 갈아입고 양계장으로 향했다.

최 실장 덕분에 주로 돼지 축사에서만 일해왔던 내가 양계장을 가는 건 그때가 처음이었다. 양계장은 워낙에 환경이 열악한 것으로 악명이 높은 데다가 크게 할 일도 없어 신입 수의사들에게 맡기거나 방치하기 일쑤였다.

A동 빌딩에 들어서자 뜨거운 열기와 함께 역겨운 냄새가 몰려들었다. 나는 주머니 안에 있던 마스크를 재빨리 쓰고 엘리베이터에 올랐

다. 그리고 사육사가 오라고 했던 50층 버튼을 눌렀다. 잠시 뒤 엘리베이터 문이 열리고 눈앞에 캄캄한 공간이 나타났다. 처음 본 양계장의 모습은 충격 그 자체였다. 닭똥과 먼지가 가득한 축사는 어둡고 갑갑해 숨쉬기조차 어려웠다. 창문 하나 없는 공간에 길이라곤 사람 한 명이 간신히 지나갈 수 있는 좁은 통로뿐이었다. 나머지 공간에는 정사각형 모양의 케이지들이 바닥부터 천정까지 차곡차곡 쌓여 있었다. 나는 최대한 빠른 걸음으로 배터리를 지나가려 했다. 하지만 보지 않으려고 노력할수록 병들고 지친 닭들의 모습이 더욱더 선명하게 보였다.

컴컴한 케이지 사이를 걷다 보니, 복도 끝에 작은 안내판이 보였다. 하지만 주위가 어두워서 글자가 제대로 보이지 않았다. 닭들을 보지 않기 위해 천정만 보며 걸어가는데 졸고 있던 닭들이 갑자기 나타난 나를 보고 일제히 꽥꽥대기 시작했다. 놀란 나는 결국 케이지 안을 들여다보고 말았다.

과연 식용을 위한 육계들의 상태는 좋지 않았다. A4용지보다 작은 케이지 안에는 태어난 지 한 달도 안 된 대여섯 마리의 닭들이 뒤엉켜 있었다. 일제히 고개를 밖으로 내민 닭들의 부리는 하나같이 끝이 잘려 나간 상태였다.

축사에서 태어난 병아리들은 부화한 지 며칠 만에 기계에 끼워져 부리가 잘려 나갔다. 밀집 사육 환경으로 인해 스트레스를 받은 닭이 서로를 공격하는 '카니발리즘'을 막으려는 조치였다. 그나마 얌전히 있으면 별 탈 없이 지나갔지만, 몸을 움직여 부리가 잘 못 잘리면 평생 사료를 먹을 수 없는 상태가 되었다. 사육사들은 이러한 병아리들을 선별해 가차 없이 폐기했다.

길고 긴 통로의 중간쯤에 이르렀을 때였다. 갑자기 천정에 붙어 있는 스피커에 불이 들어오더니 괴상한 음악이 터져 나왔다. 동시에 배터리 앞의 기다란 사료통에 사료가 뿌려지기 시작했다. 어두운 케이지 안에서 꾸벅꾸벅 졸고 있던 닭들이 마치 기계처럼 사료를 먹기 시작했다.

'브로일러'라고 부르는 식용 닭의 사명은 되도록 많이 먹고 몸무게를 늘리는 일이었다. 하지만 주어진 사명에 따라 몸무게를 늘린 닭들은 제 몸무게를 지탱하지 못해 뼈대가 부러지곤 했다.

진땀을 흘리며 통로를 걷는데 좁아터진 케이지에서 몇몇 닭들이 구석에 쭈그리고 앉아 있는 게 보였다. 그들은 머지않아 화난 동료에게 쪼여 축 늘어진 상태로 발견될 운명이었다.

저 멀리서 사육사 하나가 카트를 끌고 나타났다. 머리에 헤드라이트를 두른 사육사는 사료가 제대로 공급되는지 확인하면서 케이지에서 죽은 닭들을 꺼내 카트에 던져넣었다. 지나가면서 본 카트에는 온몸이 피투성이가 된 닭들이 수북이 쌓여 있었다.

사육사의 헤드라이트가 케이지를 비추자 안에 있던 닭들이 더욱 선명하게 보였다. 바로 그때 지금까지도 잊을 수 없는 광경이 눈앞에 드러났다. 불빛 아래 닭들은 모두 기이하고 섬뜩한 모습을 하고 있었는데, 희미한 조명 때문에 깃털로 착각했던 몸통은 사실 닭의 속살이었다. 깜짝 놀란 나는 헤드라이트의 불빛을 따라 주변에 보이는 닭들을 자세히 살펴보았다. 닭들은 하나같이 붉은 살을 드러낸 채 힘없이 사료를 먹고 있었다. 깃털 하나 보이지 않는 피부는 조금만 충격을 받아도 찢어질 것처럼 연약하고 위태로워 보였다. 그 순간 예전에 준영 선배가 했던 말이 떠올랐다. 그때도 최 실장과 대판 싸운 뒤였다. 텅 빈 회의실에서 내가 선배에게 물었다.

"선배, 선배는 최 실장을 왜 그렇게 싫어해요?"

"너 A동에 가본 적 없지?"

"네, 아직은요."

"거기 가면 놀라 자빠질걸."

"왜요? A동이 어떤데요?"

"네 눈으로 가서 직접 봐. 거기에서 일하다 보면 하루에도 몇 번씩 최 실장 면상을 때려주고 싶어질 테니까. 넌 몰라, 그 인간이 어떤 짓을 저질렀는지."

그날 선배는 최 실장이 어떻게 해서 무궁화 훈장을 받았는지 자세히 설명했다. 선배 말에 따르면 최 실장은 대재앙 이후 양계장을 빠른 속도로 재건하기 위해 정부에 엄청난 연구를 승인해 달라고 요청했다. 그 연구란 새와 닭을 강제 교배시켜 깃털 없는 닭을 생산하는 일이었다.

사실 그 연구는 대재앙이 일어나기 한참 전에 이스라엘의 히브리

대학 연구진에 의해 이루어졌다. 당시 연구진은 깃털 없는 닭을 개발하는 이유로 편의성과 효율성을 들었다. 깃털을 뽑을 필요가 없어 추가적인 도축 비용이 들지 않는 데다, 도축 과정도 단축돼 시간과 돈을 절약할 수 있다는 이유에서였다. 하지만 동물복지협회 회원들이 효율성만 따진 비윤리적이고 무자비한 행태라고 비난하자 깃털 없는 닭은 자취를 감추고 말았다.

그 연구를 잊지 않고 있던 최 실장은 때가 오자 정부를 설득했다. 최 실장은 이런저런 장점을 들어 설명했는데 닭의 체온을 낮추기 위해 별도의 냉방 장치를 설치할 필요가 없다는 점을 최대한 부각했다. 결국 위기에 몰린 정부는 최 실장의 연구를 허락하고 말았다. 물론 대재앙으로 인해 동물 복지협회가 흩어지지 않았다면 절대로 불가능한 일이었다.

그때부터 센트리움의 육계는 하나같이 깃털 없이 태어났다. 그들은 모기와 파리에 시달리다가 날개 한 번 파닥이지 못한 채 6주 만에 도축장으로 끌려갔다. 그나마도 앞으론 최 실장의 명에 따라 5주 만에 죽게 될 운명이었다. 준영 선배가 최 실장을 그토록 혐오하는 이유를 나는 비로소 이해할 수 있었다.

최대한 닭들을 보지 않으려 재빨리 걷다 보니 복도 끝에 이르렀다. 벽에 붙은 안내판에는 부화실이 아니라 49층이라고 적혀 있었다. 아무래도 엘리베이터 버튼을 잘못 눌러 엉뚱한 곳에 내린 모양이었다. 나는 서둘러 엘리베이터로 되돌아갔다.

50층은 49층과는 다르게 눈이 부실 정도로 밝았다. 배터리는 아래 층과 비슷했지만, 케이지 앞에 가늘고 긴 통로가 붙어 있다는 점이 달랐다. 천천히 움직이는 통로 위로 금방 낳은 달걀이 쉴 새 없이 쏟아졌다. 배터리 반대편에는 부화실과 감별실이 있어서 위생복을 착용한 사람들이 분주히 일하고 있었다. 나는 50층부터 산란계용 배터리가 시작된다는 것을 직감적으로 깨달았다.

'레이어'라 불리는 산란계 암탉들은 모이 먹는 시간을 제외하면 칠흑 같은 어둠 속에서 지내다가 알 낳을 시기가 되면 24시간 내내 밝은 조명 아래 놓였다. 그러다 조명을 조금 낮추고 2시간마다 조명을 켰다 껐다 하면 닭의 생체리듬이 바뀌어 하루에 한 번 낳던 알을 두 시간에 한 번씩 낳게 되었다.

이후 탈진한 닭들이 알 낳는 속도가 느려지면 사육사들은 '강제 털갈이'를 시작했다. 이는 닭들에게 일주일 넘게 물과 사료를 주지 않고 빛을 차단하는 방법이었다. 완벽한 암흑 속에서 먹지도 마시지도 못한 닭들은 스트레스로 인해 털이 모두 빠지게 되었다. 이를 이기지 못한 많은 닭은 죽음에 이르지만, 여기에서 살아남은 닭들은 생체리듬을 되찾으면서 다시 알을 낳기 시작했다. 결국 강제 털갈이란, 암탉을 강제 리셋시키는 비인도적인 방법이었다. 이 또한 동물 복지 5개년 종합계획으로 오래전에 사라진 관행을 최 실장이 나서서 부활시킨 거였다.

센트리움은 대외적으로 보면 자동 유급기와 스마트 공기 여과기, 실시간 소독시스템을 갖춘 것은 물론이고, 동물의 분뇨를 청정에너지로 변환하는 바이오가스 기반의 폐기물 처리 시스템까지 구축한 최첨단 축사였다. 사육사 500명에다 수의사가 100명이었고, 팀장급 수의사만도 10명이 넘었다. 더욱이 식당과 소독실, 기계관리실 인원을 합하면 어마어마한 인력이 동원된 대규모 산업단지에 속했다.

반면 안을 들여다보면 동물을 기르고 관리하는 방식은 이루 말할 수 없을 정도로 참혹하고 잔인했다. 축사의 동물들은 옥수수 사료를 고기로 변환시키는 기계에 지나지 않았다. 산란계는 일년내내 달걀을 생산하다가 때가 되면 가차 없이 처분되었고, 육계는 앉은 자리에서 사료만 먹다가 한 달 만에 도살장으로 보내졌다. 돼지나 소 역시 기간만 좀 다를 뿐 비슷한 경로를 밟았다. 그렇게 축사의 모든 동물은 주어진 생의 10분의 1도 채우지 못한 채 생을 마감했다.

준영 선배는 때때로 말했다.

"영재야, 축사랑 도축장 벽을 유리로 만들면 어떨 것 같아?"

"글쎄요. 뭐가 좀 달라질까요?"

"그럼. 축사나 도축장 안을 제대로 본다면 많은 사람이 고기를 먹지 못하게 될걸."

"에이, 그럴 리가요. 여기 직원들 고기 먹는 거 못 보셨죠? 그 사람들은 매일 보면서도 고기 잘 먹던데요. 저도 그렇고요."

"그건 처음부터 끝까지 제대로 보지 못해서 그런 거야. 너 도축장 안 가봤지?"

"아직요. 그럼 도축장 사람들은 고기 안 먹어요?"

"응. 대부분 못 먹어. 닭 도축하는 사람들한테 물어봤더니 절대로 닭고기 안 먹는다고 하더라고. 다른 도축장 사람들도 비슷하대."

"정말요? 몰랐어요."

"너 강아지 좋아하지?"

"그럼요. 그래서 수의대에 진학했는걸요. 선배도 마찬가지잖아요."

"아니, 나는 큰 동물을 좋아했어. 소나 말 같은. 우리 할아버지가 목장 하셨잖아."

"아, 맞다. 형은 그럴 수밖에 없었겠네요."

"그런데 생각할수록 참 이상하더라고."

"뭐가 이상해요?"

"사람들은 개나 고양이는 사랑하면서, 닭이나 돼지는 먹는다는 게. 게다가 소가죽으로는 옷, 신발, 가방, 벨트까지 별의별 걸 다 만들잖아."

"선배도 참, 선배야말로 별의별 걸 다 따지고 드네요."

"넌 그게 이상하지 않아?"

"그게 뭐가 이상해요. 원래 그런 거지. 그건 태어날 때부터 정해진 그들의 운명이라고요."

선배는 나의 말에 아무런 대꾸도 하지 않았다. 그저 씁쓸한 표정만 지어 보일 뿐이었다.

복도 끝에 불이 환하게 켜진 부화실 간판이 보였다. 사무실로 들어가자 조금 전에 찾아왔던 사육사가 나를 안쪽으로 안내했다. 그곳에는 부화한 지 일주일도 안 돼 보이는 병아리 수백 마리가 축 늘어진 채 쌓여 있었다. 죽은 병아리들은 노랗고 부드러운 털 때문에 그저 잠든 것처럼 보였다. 부리가 아직 아물지 않은 걸 보니 감별실을 거쳐 부리가 잘린 암컷 병아리들이었다. 옆에 있는 감별실에선 쓸모없는 수컷 병아리들을 골라내 가스로 질식사시키거나 분쇄기에 갈아 버렸다.

"죽은 지 얼마나 됐죠?" 내가 물었다.

"좀 전에 발견했어요. 그런데 하도 이상해서요. 아침까지만 해도 멀쩡한 놈들이었거든요."

"전염병 징후는 없었고요?"

"그런 증세는 없었는데, 죽고 나서 보니 모이를 전혀 먹지 않았더라고요. 물도 그대로고요."

"부리가 잘 못 된 건 아닐까요?"

"제가 확인했죠. 그건 아니었어요. 한두 마리였으면 그냥 지나갔을 텐데, 같은 케이지에 있는 놈들이 모조리 먹이를 먹지 않았다는 게 마음에 걸려서요."

"말씀을 듣고 보니 이상하긴 하네요."

"더 이상한 건 죽은 병아리들을 낳은 암탉들도 얼마 전에 모두 죽었다는 겁니다."

"정말요? 그런데 죽은 병아리를 낳은 암탉들이란 걸 어떻게 알죠?"

"알에 일련번호가 쓰여있거든요. 어떤 병아리들이 어떤 암탉에서 나왔는지 알아야 문제가 생기면 처리할 수 있으니까요."

"그럼, 사육사님 말씀은 어미 닭들이 먼저 죽었고 그 닭들이 나은 병아리들이 모조리 죽었다는 말씀인가요?"

"네. 게다가 그 암탉들은 같은 케이지 안에 있다가 한꺼번에 죽었어요."

"모두 몇 마리였는데요?"

"케이지가 열 개쯤 됐으니까, 60마리 정도였겠네요. 죽은 병아리들은 300마리 정도 되고요."

"그럼 그 닭들은 어떻게 하셨어요?"

"며칠 전 일이라 벌써 처리했죠. 죽으면 바로 폐기 처분하는 게 원칙이라서요. 이럴 줄 알았으면 보고라도 드렸을 텐데, 그때는 그런 생각을 못했어요. 워낙에 하루에도 몇 번씩 닭들이 죽어 나가니까요."

사육사는 그렇게 말하고 죽은 병아리들을 발로 툭 건드렸다. 위에 있던 병아리 한 마리가 힘없이 바닥으로 떨어졌다.

나는 바닥에 쭈그리고 앉아 병아리들을 살펴보기 시작했다. 노란빛의 병아리들은 좀 마른 걸 빼면 상처 하나 없었다. 죽은 지 얼마 되지 않았는지 털도 부드럽고 윤기가 흘렀다. 잠시 고민한 나는 사육사에게 말했다.

"우선 얘네들은 냉동실에 보관해 주세요. 내일 와서 자세히 살펴보도록 할게요. 혹시 모르니까 바이러스나 세균 검사도 해야 할 것 같아요."

"네, 알겠습니다."

겉으로는 아무렇지 않은 척했지만, 머릿속엔 어서 빨리 그곳에서 벗어나고 싶다는 생각뿐이었다. 돼지 축사에선 한 번도 느껴보지 못했던 뭔가가 나를 불안하고 초조하게 했다. 지금 와 생각해 보면 그때 그 무언가는 축사 곳곳에 드리운 죽음의 그림자였고, 동물들을 그 지경으로 몰아넣은 인간의 광기였다. 센트리움에서 벌어지는 각종 사건과 사고가 눈에 들어오기 시작한 것도 바로 그 무렵이었다.

사무실을 나서려는데 사육사가 물었다.

"수의사님, 동물들도 자살을 하나요?"

"자살요? 글쎄요. 그런 사례가 있긴 하지만, 확실하진 않아요. 그런데 왜요?"

"저는 왠지 암탉들이 자살한 것 같은 느낌이 들어서요. 물론 다른 사람이 들으면 미쳤다고 하겠지만요."

"왜 그런 생각을 하셨는데요?"

"케이지 안에서 죽는 닭들은 대개 작고 약한 놈들이거든요. 그런데 몸도 크고 힘센 놈들이 제일 먼저 죽었어요. 다들 약속이라도 한 것처럼 제일 큰 놈을 쪼아 죽이고, 그다음엔 두 번째로 힘센 놈을 죽였어요. 오히려 제일 약한 놈들만 살아남았더라고요. 게다가 죽은 놈들은 반항조차 하지 않았어요. 마치 기다렸다는 듯이 당하고만 있더라고요."

"정말요? 그런데 그걸 계속 지켜보셨던 거예요?"

"네, 좀 이상해서 오며 가며 눈여겨봤죠."

"음, 그럼 닭들이 자살한 사례가 있는지 한번 조사해 봐야겠네요. 그런데 사육사님께서 절 부르신 건 병아리들 때문이 아니었나요?"

"네. 사실 그게……자살도 유전이 되나 싶어서요. 일 년 넘게 축사에서 혹사당한 암탉들은 그렇다 쳐도 이제 막 태어난 병아리들이 죽은 건 너무 이상해요. 혹시라도 자살을 일으키는 뭔가가 병아리들에게까지 유전된 게 아닐까요?"

"그럼 자살한 암탉의 유전자를 물려받은 병아리들이 태어나자마자 자살했다는 말씀이세요?"

"헤헤, 제가 생각해도 미친 소리 같네요. 여기서 지내다 보니 제 머리가 이상해졌나 봐요. 병아리들은 말씀하신 대로 냉동실에 보관해 둘 테니 얼른 퇴근하세요."

사육사는 그렇게 말하며 죽은 병아리들을 네모난 상자에 담기 시작했다. 나는 사육사에게 인사한 후 부화실을 나왔다. 이번에는 케이지를 지나는 동안에도 닭의 모습이 전혀 눈에 들어오지 않았다. 대신 닭과 병아리가 자살한 것 같다는 사육사의 말이 머릿속을 맴돌았다. 하지만 갓 태어난 병아리들이 자살한다는 게 말이 되는가. 그것도 자살한 어미에게 물려받은 유전자 때문이라니, 가당치도 않은 소리였다.

축사를 나오니 밖은 여전히 밝고 뜨거웠다. 꺼림칙했던 마음이 순식간에 사라지고 친구들과의 약속만이 머릿속을 재빨리 채웠다. 나는 후다닥 옷을 갈아입은 후 자전거를 타고 시내로 향했다.

약속한 식당에 들어서자 오랜만에 보는 친구들이 환한 웃음으로 나를 반겼다. 테이블에는 친구들이 먼저 주문한 술과 안주들이 어지럽게 놓여 있었는데 방금 튀겨 나온 것 같은 치킨들도 보였다. 접시에 수북이 담긴 치킨을 보고 있으려니 좀 전에 봤던 깃털 없는 닭들이 떠올랐다. 갑자기 속이 울렁거리면서 치킨을 보고 있기가 힘들었다. 나는 앞에 놓인 치킨 접시를 손끝으로 멀리 치워버렸다.

그때 친구들이 건배를 청해왔다. 친구들과 나는 웃고 떠들며 수많은 이야기를 나누었다. 누군가는 결혼을 앞두고 있었고, 누군가는 아빠가 되었다고 했다. 그렇게 우리는 밤이 깊도록 술잔을 부딪쳤다. 시간이 흐르면서 축사의 닭들은 점점 희미해져 갔다. 술자리를 마칠 때쯤에는 치킨을 먹으면서도 아무 생각도 떠오르지 않았다. 결국 식당을 나설 때는 테이블의 모든 접시가 깨끗이 비워진 상태였다.

* * *

다음 날 아침, 나는 여느 때처럼 출근을 서두르고 있었다. 옷장 앞에서 뭘 입을지 고민하고 있는데, 창밖의 하늘이 오늘따라 서늘해 보였다. 구월이면 절기상으론 더위가 한풀 꺾이고도 남았을 때였다. 하지만 대재앙 이후로 한국에는 사계가 아닌 여름과 겨울, 오직 두 계절만 존재했다.

어제 고생한 일이 떠올라 긴팔을 꺼냈지만, 그 전에 다시 한번 날씨를 확인해 보기로 했다. 기상청이 예보한 기온도 확실히 어제보단 내려가 있었다. 나는 다시 한번 나의 직감을 믿어보기로 하고 짧은 소매의 옷을 입었다.

밖으로 나오자 밝은 햇살이 눈을 찔러왔지만, 어제처럼 뜨겁지는 않았다. 오랫동안 사람들을 괴롭혔던 더위가 조금 가신 것 같아 기분이 좋아졌다. 나는 설레는 마음으로 자전거를 타고 센트리움으로 향했다.

정문에 도착해 A동을 지나는데 문득 어제 있었던 일이 떠올랐다. 관리동에 들어가 재빨리 샤워와 소독을 마치고 냉동고가 있는 3층으로 향했다. 관리자에게 말하자 사육사가 어제 넣어둔 죽은 병아리들을 꺼내왔다. 나는 꽁꽁 얼어붙은 병아리들을 검사실로 가져가 혈액을 채취하기 시작했다. 병아리 혈관이 주삿바늘보다 좁아 애를 좀 먹긴 했지만, 다행히 검사할 수 있을 정도는 되었다.

예상했던 대로 혈액 검사에선 어떤 바이러스나 세균도 발견되지 않았다. 다른 병아리들에 비해 체중이 적게 나가는 걸로 봐서 영양실조가 의심되었고, 탈수 증세도 있어 보였다. 하지만 이상한 일이었다. 왜 병아리들은 사료와 물을 먹지 않은 걸까. 혹시 단체로 우울증에라도 걸린 것일까. 그러고 보니 어제 사육사가 했던 말이 떠올랐다. 그렇다고 태어난 지 며칠 되지도 않은 병아리들이 자살이라니, 아무리 생각해도 사육사의 말은 이치에 맞지 않았다.

나는 우선 동물의 우울증을 조사해 보기로 하고, 죽은 병아리들과 비슷한 사례들이 있는지 알아보기로 했다. 연구실에서 사무실로 돌아와 점심도 거른 채 관련 논문들을 뒤지기 시작했다. 논문에 의하면 생각보다 많은 동물이 우울증을 겪는 것으로 드러났는데, 집단 사육되는 가축들의 경우가 압도적으로 많았다. 그 순간 준영 선배의 얼굴이 떠올랐다. 선배라면 누구보다도 동물들의 우울증에 대해 잘 알고 있으리란 생각이 들었다. 준영 선배를 찾아가 도움을 청하려고 검사실을 나서려는데 갑자기 휴대전화가 울렸다.

"팀장님, 70층으로 빨리 와주셔야겠는데요!"

다급한 목소리는 정 씨였다. 정 씨는 돼지 축사에서 나와 함께 모돈을 담당하는 사육사로 30년 넘게 축사를 운영했던 베테랑 중의 베테랑이었다. 그런 정 씨가 위급하게 나를 찾는다는 건 뭔가 좋지 않은 일이 일어났다는 뜻이었다.

"무슨 일인데요?"

"며칠 전에 태어난 새끼들이 싹 다 죽어버렸습니다!"

"뭐라고요? 지금 바로 가겠습니다."

전화를 끊고 재빨리 돼지 축사인 B동으로 향했다. B동의 2층부터 69층까지는 시기별로 비육돈을 사육했고, 70층부터 100층까지는 출산을 앞두고 있거나 이미 출산을 끝낸 모돈과 자돈을 관리했다.

돼지는 보통 114일의 임신 기간을 거치는데, 태어난 지 한 달 동안에는 어미와 함께 지내며 젖을 먹었다. 그 후엔 이유식을 먹으며 한 달간의 자돈 기간을 거친 뒤 아래층으로 내려갔다. 그리고 큰 이변이 없는 한 돼지들은 그곳에서 나머지 삶을 보낸 후 도축장에 보내졌다. 이처럼 고기를 생산하는 비육돈은 일반적으로 180일 정도 길러진 후 도축되는데, 자연 상태에서 돼지의 수명은 10~16년으로 알려져 있었다.

양돈장에서 내가 맡은 업무는 어미 후보들을 정하고, 이들을 인공 수정 시키는 일이었다. 또한 새로운 품종을 개발하고 모돈의 건강을 관리하는 것도 내가 맡은 업무 중의 하나였다.

엘리베이터에서 내리니 뜨겁고 습한 공기가 몰려들었다. 수십 개의 스톨이 설치된 양돈장은 돼지 오줌이 뿜어내는 열기와 습기로 사우나를 방불케 했다. 그나마 출산을 앞둔 모돈을 배려해 조명만은 밝은 편이었다.

몇 년 전만 해도 분만을 끝낸 모돈들은 옆으로 누울 수조차 없는 스톨에 갇혀 온종일 새끼들에게 젖을 먹여야 했다. 하지만 준영 선배가 최 실장을 오랜 시간 설득한 끝에 모돈 스톨을 일제히 교체했다. 소문에 의하면 최 실장이 준영 선배의 말을 처음으로 받아들인 이유는 삼겹살이라면 죽고 못 사는 식성 때문이라고 했다. 어쨌거나 그 덕분에 모돈들은 비교적 넓은 스톨에서 새끼들과 함께 지내며 편안히 젖을 먹일 수 있게 되었다. 물론 한 달 후엔 어미와 새끼들은 생이별을 겪어야만 했다.

반면 70층 아래의 돼지들은 늘 어둠 속에서 사육되었다. 15와트도 되지 않는 실내조명은 딱 사료만 찾을 수 있는 밝기였다. 만약 조명을 조금이라도 높이면 스트레스를 이기지 못한 돼지들이 스톨의 쇠창살을 계속 씹어대거나 미친놈처럼 콧등을 후벼댔다. 거기서 더 심해지면 서로를 괴롭히거나 꼬리를 물어뜯었는데, 갓 태어난 새끼 돼지의 꼬리를 자르는 것도 바로 그런 이유 때문이었다. 스트레스가 심해지면 최악의 경우 몸을 심하게 떨다가 몸이 굳어 움직일 수 없는 상태에 이르기도 했다. 그 지경에 이른 돼지들은 다른 동료들의 공격 대상이 되어 죽임을 당할 수밖에 없었다. 축사의 어둠은 그런 돼지들의 공격성을 막을 수 있는 유일한 수단이었다.

축사 안쪽에 서 있던 정 씨가 나를 발견하곤 손짓했다. 정 씨 곁에는 열 마리도 넘는 새끼 돼지들이 쓰러져 있었다. 귀에 붙은 인식표를 보니 태어난 지 일주일도 안 된 녀석들이었다.

"어떻게 된 거예요?"

"글쎄, 어미 돼지가 젖 빨고 있던 새끼들을 다 깔아 죽였다니까요."

"어미가 자기 새끼들을요? 왜요?"

"제가 압니까? 저도 이런 일은 처음이라 오시라고 했지요. 아시겠지만, 돼지가 다른 건 몰라도 모성은 최고 아닙니까?"

정 씨는 기가 막힌다는 얼굴로 옆에 있는 모돈을 노려보았다. 거구의 암돼지는 죽은 새끼들을 외면한 채 미친 듯이 스톨을 물어뜯고 있었다.

아무래도 조짐이 좋지 않았다. 어제 죽은 병아리들과 오늘 죽은 돼지 새끼들 사이에 알 수 없는 연결 고리가 있는 것처럼 보였다. 순간 불안감이 밀려왔다. 동물들의 계속된 죽음은 어쩐지 대지진 전에 발생하는 작은 지진과 닮아 있었다.

"그런데 그게 다가 아닙니다."

"네? 뭐가 더 있다는 말씀이세요?"

"이놈들이 죽고 나서 옆에 있던 어미 놈들이 똑같이 자기 새끼들을 깔아뭉개지 뭡니까! 다행히 저랑 다른 사육사들이 발견했기에 망정이지, 안 그랬으면 새끼들 다 죽을 뻔했습니다. 그랬더니 어미가 얼마나 꽥꽥대며 소리를 질러대던지. 놈들이 그렇게 화를 내는 건 처음 봤다니까요. 왠지 조짐이 안 좋아서 다른 놈들도 지켜보는 중입니다. 또 그런 짓을 벌일까 봐요."

정 씨의 말에 나는 말없이 죽은 새끼들을 바라보았다. 정말이지 기가 막힌 노릇이었다. 어제는 병아리들이 단체로 자살하더니, 오늘은 돼지 어미가 새끼들을 죽이다니. 어이없는 일들이 계속되다 보니 어떻게 해야 할지 판단이 서지 않았다. 그때 축사 반대편에 있던 사육사가 나를 급하게 불렀다.

"선생님, 여기 좀 와보세요!"

놀란 나는 정 씨와 함께 재빨리 그곳으로 달려갔다. 거기에는 출산을 앞둔 모돈이 스톨을 향해 돌진하고 있었다. 쇠창살에 세차게 머리를 박은 녀석은 맨 뒤로 물러나더니 다시 앞을 향해 전속력으로 뛰기 시작했다. 육중한 몸이 창살에 부딪힐 때마다 축사에 쿵쿵거리는 소리가 울려 퍼졌다. 동시에 쇠창살에 부딪힌 모돈의 귀와 머리에선 시뻘건 피가 솟구쳤다. 놀란 정 씨와 나는 멍하니 선 채 그 모습을 바라보고 있었다. 또다시 사육사가 나를 향해 소리쳤다.

"선생님, 어떻게 좀 해보세요! 네?"

사육사의 목소리에 정신을 차린 나는 벽에 있는 구급상자로 달려가 비밀번호를 눌러 뚜껑을 열었다. 상자에는 비상시에 사용할 수 있는 의료 기구와 마취용 주사기들이 들어 있었다. 나는 재빨리 주사기를 가져와 또다시 스톨을 향해 달리는 녀석의 엉덩이에 급하게 찔러넣었다. 녀석은 조금 움찔하긴 했지만 별 반응을 보이지 않았다. 당황한 나는 두 번째 주사를 찔러넣었다. 잠시 후 녀석의 움직임이 조금씩 느려지더니 그 자리에 꼬꾸라지고 말았다. 축 늘어진 녀석의 입에서 침과 피가 조금씩 흘러나왔다. 그제야 나와 사육사들이 안도의 숨을 내쉬었다.

잠시 숨을 돌리려는데 좀 떨어진 스톨에서 다른 놈들이 울어대기 시작했다. 사육사들과 다 함께 달려가 보니 구석에 있는 모돈 여섯 마리가 조금 전의 녀석과 똑같은 행동을 보이고 있었다. 갑작스러운 소동에 주변에 있던 사육사와 수의사들이 몰려들었다. 하지만 그들은 모두 멀찌감치 서서 바라보기만 할 뿐 다가설 엄두조차 내지 못했다. 옛날처럼 마취총이라도 쏠 수 있다면 그나마 좀 나았겠지만, 대재앙 이후 생산이 중단된 상태였다. 그나마 얼마 남지 않은 마취총은 굶주린 동물들의 공격을 막느라 모두 소진되고 말았다.

나는 옆에 있던 구급상자에서 마취제들을 가져와 녀석들의 엉덩이에 두 개씩 연거푸 찔러넣었다. 한 번에 엄청난 양의 마취제를 맞은 돼지들이 하나둘씩 바닥에 쓰러졌다.

사태가 조금 진정되자 나 역시 바닥에 털퍼덕 주저앉았다. 태어나서 처음 보는 광경에 숨이 가쁘고 손이 부들부들 떨렸다. 빨갛게 달아오른 얼굴에선 땀이 연신 흘러내렸다.

"참말로 이게 뭔 일이여!"

정 씨 입에서 갑자기 사투리가 흘러나왔다. 급한 일이 터졌거나 놀랐을 때 생기는 정 씨의 버릇이었다. 여기저기서 달려온 사육사와 수의사들도 바닥에 널브러진 돼지들을 놀란 눈빛으로 바라보았다. 그때까지도 정신을 차리지 못한 나에게 정 씨가 말했다.

"시상에, 이 잡것들이 단단히 미쳐부렀고만잉. 선생님, 이거 문제가 생긴 것 같은디, 워쩍할까요?"

"오늘은 새끼들 어미에게서 다 떼어놓으시고, 젖 대신 대체유 주세요."

"벌써요? 아직까정 2주도 안 됐는디요?"

"어미한테 깔려 죽는 것보다 나을 것 같아요. 오늘이랑 내일은 대체유 주시고, 괜찮아지면 다시 어미들에게 보내는 걸로 하지요."

"하기사 그편이 낫것네요. 그렇게 헙시다."

"그리고 오늘 마취제 맞은 놈들은 깨어나기 전에 묶어놔 주세요. 깨어나면 또 그럴지도 모르니까요."

"네. 그라지요. 살다 봉께 별일이 다 있네요잉."

"많이들 놀라셨겠지만, 오늘 밤은 수고 좀 해주셔야겠어요. 저도 연구실에 남아 있을 테니 문제가 생기면 곧바로 전화하세요."

가까스로 정신을 차린 내가 주변에 있던 사육사와 수의사들에게 말했다.

"알겠습니다. 선상님도 많이 놀라셨을 텐디 얼렁 내려가 보시요잉."

주변에서 웅성대던 사람들도 하나둘씩 제자리로 돌아갔다.

축사를 나오니 밖은 이미 어두워져 있었다. 아침보다 차가워진 바람이 뜨거워진 나의 머리를 식혀주었다. 관리동으로 향하던 나는 축사 앞에 보이는 계단 앞에 털썩 주저앉고 말았다. 놀란 가슴이 좀처럼 진정되지 않았다. 따뜻한 커피라도 한잔 마실 수 있다면 마음이 한결 편해질 테지만, 호텔에만 있는 카페는 축사에서 너무 멀었다. 퇴근하던 수의사들이 나를 힐끔힐끔 쳐다보며 지나갔다.

시간이 흐르면서 마음이 조금씩 가라앉았다. 하지만 꺼림칙한 기분마저 사라진 건 아니었다. 맨 처음 돼지가 스톨로 돌진하는 광경을 봤을 땐, 영혼이 다 날아갈 지경이었다. 게다가 수의사로 일하면서 돼지가 실수로 새끼를 깔아 죽인 건 봤어도 일부러 새끼를 죽이는 건 처음 겪는 일이었다.

사실 돼지는 예민하고 명민한 동물이었다. 돼지가 더럽고 멍청하다는 건 무지한 사람들의 오해에 지나지 않았다. 피부를 식히기 위해 진흙탕을 뒹굴 뿐, 돼지는 말도 잘 알아듣고 다른 동물에 비해 지능도 높은 편이었다. 더욱이 돼지는 모성에 관해서는 둘째가라면 서러워할 동물이었다. 그런 어미 돼지가 하나도 아닌 여러 마리의 새끼들을 압

사시켜 죽이려 하다니. 그건 절대로 실수가 아닌, 작정하고 새끼를 죽이려 했다는 의미였다.

그렇지만 왜, 무엇 때문에 새끼를 죽이려 했을까? 아무리 생각해도 마땅한 이유가 떠오르지 않았다. 혹시 돼지들도 어제 본 닭들처럼 우울증에 걸린 걸까. 아니면 축사 전체에 자살을 일으키는 바이러스라도 퍼진 게 아닐까. 별의별 생각들이 머릿속으로 스쳐 지나갔지만, 명확한 결론을 내리기가 힘들었다.

결국, 나는 자리에서 일어섰다. 직원들이 모두 떠난 센트리움은 적막하기 그지없었다. 다행히 어두운 하늘에 보름달이 환하게 떠 있었다. 둥근 달을 보고 있노라니 긴장이 풀리면서 순식간에 피로가 몰려들었다. 하지만 오늘 밤엔 쉽게 잠들 수 있을 것 같지 않았다. 이렇게 된 김에 나는 연구실에 남아 비슷한 사례가 있는지 자료를 찾아보기로 했다. 동물들의 우울증에 관해서도 좀 더 연구해 볼 작정이었다.

관리동을 향해 천천히 걸어가는데 문득 남아프리카공화국에서 지냈던 때가 떠올랐다. 그러고 보니 아프리카에서의 생활을 까맣게 잊고 있었다. 아프리카 초원은 언제나 아름다웠고 생명력으로 가득한 곳이었다. 이런 일을 겪고 보니 푸른 초원에서 야생동물들과 보냈던 시간이 사무치게 그리웠다. 그곳의 동물들은 언제나 건강했고, 활기가 흘러넘쳤다. 자연에서 태어나 온전한 삶을 살다 죽는 동물들에게 자살이나 우울증이란 단어는 어울리지 않았다. 그들은 자기 삶의 주인이었고, 어떤 인간도 그들을 방해할 수 없었다. 초원에서 살아가는 사자와 호랑이는 인간과 똑같은 동물이었으며 자연을 나누는 동료일 뿐이었다.

관리동 앞에 이르자 나는 걸음을 멈추고 거대한 센트리움을 올려다보았다. 하늘을 찌를 듯 솟은 세 개의 빌딩은 달빛을 받아 번쩍였지만, 어둠에 잠긴 축사 꼭대기는 검은 구름에 가려 일그러져 보였다. 그 모습은 마치 신의 저주로 무너진 바벨탑을 떠올리게 했다. 잠시 센트리움을 응시하던 나는 이내 관리동으로 발걸음을 옮겼다.

반란

CENTRUM

동물들이 정말 우울증에 걸린 거라면, 그래서 단체로 자살하려는 거라면
과연 내가 그들을 막을 수 있을까? 아무리 생각해도 자신이 없었다.
밤새 뒤져봤던 논문에는 새끼를 잃은 침팬지와 고라니의 자살에 관한 사례만
짧게 소개되어 있을 뿐, 세계의 그 어떤 자료에도
일부러 새끼를 죽이는 암퇘지에 관해선 나와 있지 않았다.

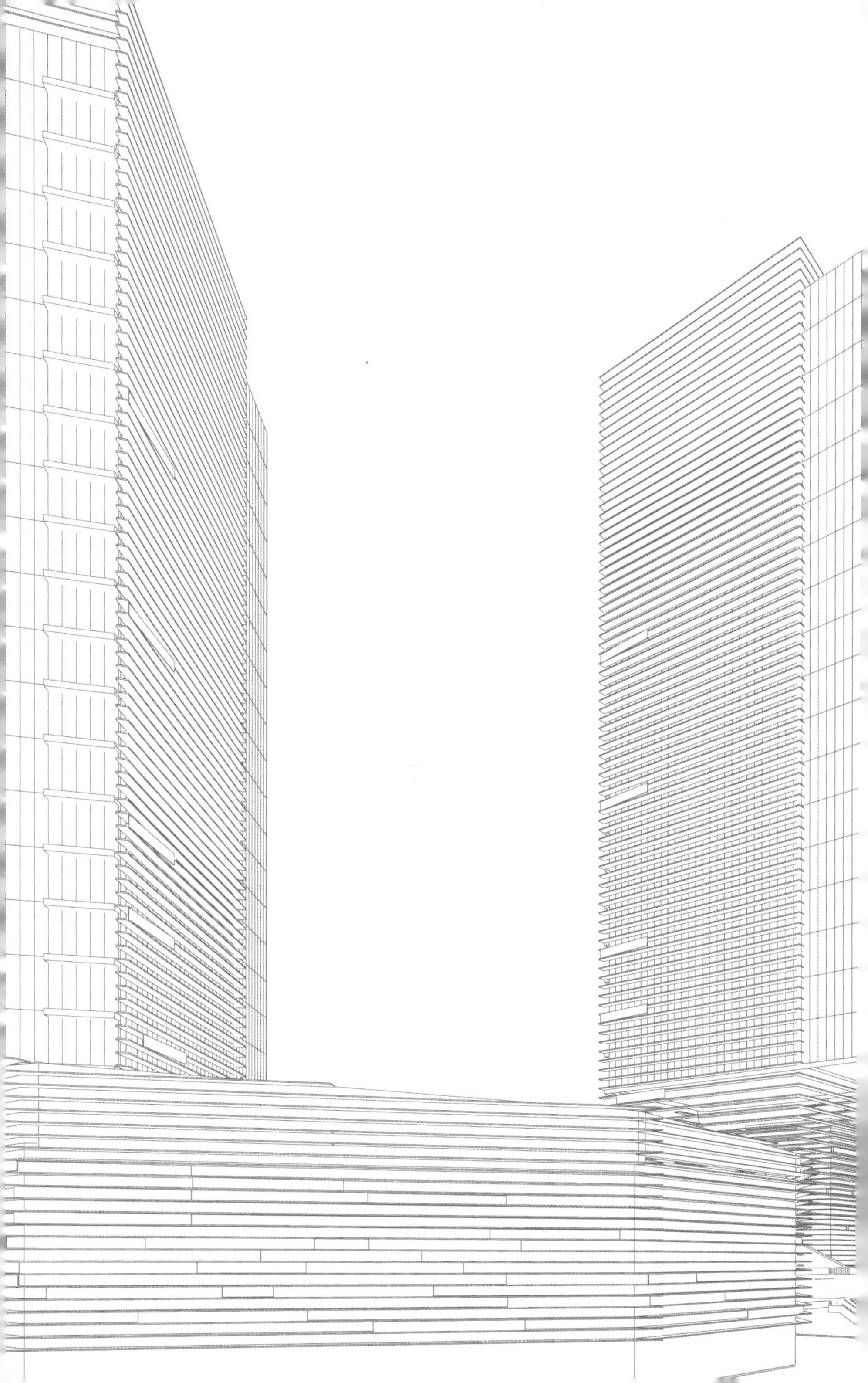

연구실에서 밤늦게까지 관련 논문을 살펴보다 새벽녘이 되어서야 설핏 잠이 들었다. 그날 밤만은 절대로 잠들 수 없으리라 생각했지만, 그 어느 때보다도 깊은 잠에 빠져들고 말았다. 아무래도 돼지들과의 싸움 때문에 꽤 고단했던 모양이었다. 책상에 엎드려 자고 있는데 갑자기 전화벨이 울렸다. 깜짝 놀라 휴대전화를 보니 사육사 장 씨에게서 걸려 온 전화였다.

"여보세요? 또 무슨 일 있어요?"

"선상님! B동으로 언능 오쇼잉. 시방 난리도 아니랑께요!"

"네? 무슨 일인데요?"

"아따, 설명할 시간 없으니께, 싸게 싸게 오쇼!"

장 씨가 전화를 끊었다. 잠결에 전화를 받았던 터라 상황을 제대로 파악하기가 어려웠다. 휴대전화의 액정은 새벽 다섯 시 삼십 분을 가리키고 있었다. 주위를 둘러보니 불이 꺼진 연구실은 텅 비어 있었고, 책상 위에는 동물의 우울증과 자살에 관한 논문들이 어지럽게 놓여 있었다. 그제야 어젯밤에 있었던 일이 머릿속에 떠올랐다. 순간 잠이 확 달아나면서 두려움이 엄습해 왔다.

나는 재빨리 수의사 가운을 걸치고 엘리베이터를 향해 정신없이 뛰었다. 죽은 병아리들과 돼지 새끼들, 축사를 들이받던 암퇘지들의 모습들이 머릿속으로 빠르게 지나갔다. 어제 같은 일이 또 발생한 거라면 어떡하나 싶었지만 아무 해결책도 떠오르지 않았다. 어쩌면 그보다 더 무서운 일이 벌어졌을 수도 있다는 생각에 두려움이 파고들었다.

동물들이 정말 우울증에 걸린 거라면, 그래서 단체로 자살하려는 거라면 과연 내가 그들을 막을 수 있을까? 아무리 생각해도 자신이 없었다. 밤새 뒤져봤던 논문에는 새끼를 잃은 침팬지와 고라니의 자살에 관한 사례만 짧게 소개되어 있을 뿐, 세계의 그 어떤 자료에도 일부러 새끼를 죽이는 암퇘지에 관해선 나와 있지 않았다.

샤워는 건너뛴 채 대충 소독만 하고 B동 안으로 들어섰다. 엘리베이터를 타고 올라갈수록 돼지들의 소리가 선명해졌다. 나는 주먹을 불끈 쥔 채 엘리베이터에서 내렸다.

나의 예감은 틀리지 않았다. 축사는 장 씨말대로 난리 속이었다. 다른 게 있다면 낮과는 다르게 한두 마리가 아닌, 암퇘지 전부가 자신을 공격하고 있다는 점이었다. 돼지들은 씩씩거리며 자기 스톨을 향해 전속력으로 뛰어가 쇠창살에 몸을 들이받고 있었다. 어젯밤에 보았던 돼지들과 똑같은 모습이었다.

축사 주위에는 기계실에 있다가 소리를 듣고 올라온 직원들과 사육사들이 전기 충격기를 휘두르며 고함을 질러대고 있었다. 하지만 화난 돼지들은 들은 척도 하지 않았다. 육중한 몸이 부딪힐 때마다 굵은 쇠창살이 휘고, 쿵쿵대는 소리가 빌딩 전체에 울려 퍼졌다. 귀가 찢기고 머리에서 검붉은 피가 솟구치는데도 돼지들은 쇠창살을 향해 돌진하는 일을 멈추지 않았다. 축사 곳곳에는 피를 토한 채 바닥에 널브러진 돼지만도 이미 여럿이었다.

나는 눈앞의 모습을 보면서도 도저히 믿을 수가 없었다. 처음 보는 광경에 좀처럼 정신을 차리기가 힘들었다. 어젯밤에는 적은 수여서 어떻게든 해결할 수 있었지만, 지금은 혼자선 절대로 해결할 수 있는 상황이 아니었다. 나는 벌벌 떨리는 손으로 최 실장에게 전화를 걸었다. 새벽인데도 금방 전화가 연결됐다.

"실장님, 지금 축사가 난리입니다!"

"들었어! 지금 가고 있으니까, 최대한 빨리 마취제 투입해! 다른 수의사들도 금방 도착할 거야. 그때까지만 견뎌. 알았지?"

전화를 끊은 나는 재빨리 구급상자로 달려가 마취제를 있는 대로 모두 꺼냈다. 그리고 난동을 피우고 있는 돼지 엉덩이에 마취제 두 대를 찔러넣기 시작했다. 장 씨도 사육사들에게 주사기를 나눠주며 한꺼번에 두 대씩 놓으라고 일렀다. 원래 의료행위는 수의사에게만 허락되었지만, 그때는 그런 걸 따질 때가 아니었다.

마취제를 맞은 돼지들이 하나둘씩 쓰러지기 시작했다. 때마침 다른 수의사들이 하나둘씩 축사로 들어섰다. 하지만 엘리베이터에서 내린 수의사들은 너무 놀란 나머지 선불리 나서려 하지 않았다. 나는 넋이 나간 수의사들을 향해 큰 소리로 외쳤다.

"지금 도착한 선생님들은 위로 올라가세요! 다들 구급상자에서 마취제를 꺼내 한 번에 두 대씩 놔주세요. 한 번에 두 대씩입니다. 아시겠죠!"

역시나 소동이 일어난 곳은 70층뿐만이 아니었다. 71층에서도, 72층에서도 같은 소리가 들려오고 있었다. 나는 돼지들에게 주사를 놓는 대신 최 실장의 연락을 받고 달려오는 수의사들을 계속해서 위층으로 올려보냈다. 구급상자의 비밀번호를 알려주고 주사를 두 대씩 놓으란 말을 반복했다. 놀란 수의사들이 비밀번호가 뭐냐며 되돌아오는 걸 막기 위해서였다.

수의사들은 정신없이 돼지에게 마취제를 놓기 시작했다. 언제 왔는지 준영 선배가 텅 비어버린 구급상자를 대신해 관리실에서 가져온 마취제를 수의사들에게 나눠주고 있었다. 선배의 얼굴을 보니 안심이 되면서 흥분했던 마음이 조금씩 가라앉았다.

70층에서 90층 사이의 돼지들이 모두 바닥에 쓰러진 건 오전 10시가 조금 지나서였다. 마침내 빌딩 전체에 고요가 찾아왔다. 직원들의 얼굴은 땀으로 흠뻑 젖어있었다. 몇몇 수의사들은 바닥에 주저앉아 코를 훌쩍거렸다. 나는 지친 얼굴로 축사 주변을 둘러보았다. 조용해진 축사는 처참하기 이를 데 없었다. 바닥은 각종 오물과 피로 얼룩져 있었고, 지친 사육사와 수의사들은 쓰러질 듯한 모습으로 거친 숨을 몰아쉬고 있었다. 마치 한바탕 전쟁이라도 치른 것 같은 모습이었다.

수의사들이 잠시 쉬고 있는 사이, 한동안 보이지 않았던 장 씨가 다른 사육사들을 데리고 나타났다.

"여그, 죽은 놈들은 냅둬불고 쓰러진 놈들부터 처리허십시다. 머리가 쇠창살에 닿지 않게 요렇게 묶어놓으면 됩니다잉."

장 씨는 어떻게 묶어야 하는지 몸소 시범을 보인 후, 마취가 풀리는 두 시간 안에 끝내야 한다며 사육사들을 위층으로 올려보냈다. 수의사들은 넋 나간 표정으로 사육사들의 그런 모습을 그저 지켜보았다.

여기저기서 한숨 소리와 탄식이 터져 나왔다. 정신을 차린 몇몇 수의사들이 왜 이런 일이 발생했는지 서로에게 묻고 답하기 시작했다. 수의사들의 수군거림이 점점 커지는 사이, 사육사들은 빠른 손놀림으로 돼지들을 묶어나갔다.

구석에 앉아 잠시 한숨을 돌리는데 준영 선배가 다가와 옆에 앉았다.

"수고했다. 정신이 하나도 없었지?"

온몸에 땀이 젖은 선배의 목소리는 담담하고 차분했다. 마치 이런 일을 당한 게 처음이 아닌 것처럼 보였다. 그 모습을 보니 왠지 모르게 심통이 났다. 나는 대답 대신에 아무렇지 않은 듯 물었다.

"들어오는 거 못 봤는데, 언제 왔어요?"

"최 실장 연락받고 바로 달려왔지. 넌?"

"저는 뭐 좀 하느라 연구실에 있었어요. 장 씨가 연락해서 달려왔고요."

"그랬구나. 많이 놀랐겠네."

선배는 전혀 놀라지 않았다는 말투였다.

"최 실장이 이 많은 수의사한테 전화한 거예요?"

"아니, 숙소 전체에 안내방송을 했어. 비상사태가 벌어졌으니 다들 센트리움으로 가라고. 뭔가 큰일이 났구나 싶어 곧바로 달려왔지."

숙소 전체에 안내방송을 할 만큼 위급한 상황이었다는 생각이 들자, 나는 새삼 우쭐한 기분이 들었다. 수의사들을 이끌어 문제를 해결한 건 선배가 아닌 나였다. 벽에 등을 기대고 앉은 선배는 그새 잠이 오는지 자꾸만 눈을 비벼댔다.

"선배, 혹시 전에도 이런 일 있었어요?"

"글쎄, 한두 마리가 그런 적은 있어도 한꺼번에 이러는 건 처음이야."

"사실 어제도 비슷한 일이 있었어요. 모두 합해 일곱 마리였지만요."

"정말? 조짐이 있었구나. 그래서 어떻게 했는데?"

"어쩌긴요. 마취제 놓고 묶어놨죠. 주사 한 대로는 끄떡도 안 하더라고요. 두 대 놨더니 쓰러졌고요."

"그래서 다들 두 대씩 놓으라고 했구나. 조금 과하다고 생각했거든."

"어쩔 수 없었어요, 그 상황에선. 게다가 어제는 어미돼지가 새끼들을 모조리 질식시켜 죽였어요."

"뭐? 어미가 새끼들을 죽였다고?"

선배도 놀란 눈치였다.

"네. 어제 정 씨가 연락해서 와 보니 새끼들이 이미 죽어 있더라고요. 그때 옆에 있던 어미 돼지들이 난리를 피우기 시작했어요."

"그럼 어미 돼지들이 새끼들을 죽인 뒤 자해를 벌였다는 거네. 생각보다 일이 훨씬 더 복잡하겠는걸."

"선배, 돼지들이 우울증에라도 걸린 걸까요?"

"흠, 그럴 수도 있지. 하지만 이렇게 한꺼번에 난동을 피우는 건 아무래도 좀 이상한데."

"저도 그게 이상해요. 동물들이 밀집 사육 시설에서 우울증에 걸리는 건 어쩌면 당연한 일인지도 모르죠. 그렇다고 동시에 이런 난동을 피운다는 건 이해가 안 돼요. 혹시 자살을 일으키는 세균이나 바이러스 같은 게 돌아다니는 건 아닐까요?"

나는 전부터 묻고 싶던 말을 선배에게 꺼냈다. 그게 무슨 소리냐며 비웃을 줄 알았던 선배의 표정은 의외로 진지했다.

"자살을 일으키는 바이러스?"

"네. A동에선 닭들이 차례차례 서로를 물어 죽이더니, 병아리들도 물 한 모금 먹지 않다가 죽었어요. 그리고 돼지들은 새끼를 죽이고 자해를 벌이고요. 센트리움에 뭔가가 있는 거라고요."

"네 말을 들으니 정말 그런 것 같네. 너 혹시 죽은 닭이나 돼지들의 뇌를 살펴본 적 있니?"

"뇌요? 아니요."

"네 말처럼 자살을 일으키는 세균이나 바이러스가 있다면 몸통이 아닌 뇌에 존재하겠지?"

졸음이 가신 선배의 눈이 반짝이기 시작했다.

"그럼, 뇌부터 살펴봐야겠네요."

"같이 알아볼까? 검사실에 뇌를 스캔하는 기계도 있는 것 같으니까."

"네, 좋아요. 그런데 그게 유전될 수도 있을까요?"

"전염이 아니고 유전?"

"네. 돼지들은 젖을 먹으니까 전염됐을 가능성이 크지만, 병아리들은 어미를 볼 일도 없잖아요. 그런데 비슷한 일이 일어났고요."

"병아리들은 다른 이유로 죽었을 수도 있지. 닭들은 아직 잠잠한 것 같으니."

"닭들이 조용한 게 아니라, 아무도 신경을 안 쓰고 있는 건지도 모르죠."

"처음부터 너무 단정 짓지 말고, 우선 돼지들부터 조사해 보자. 하나씩 밝혀내다 보면 전체를 알 수 있겠지."

"알았어요, 선배. 그럼, 오늘은 돼지부터 살펴보죠."

선배가 나를 보며 고개를 끄덕였다. 그런 선배가 내 곁에 있다는 게 말할 수 없이 든든하고 믿음직스러웠다.

그 사이 사육사와 관리실 직원들은 돼지들을 움직이지 못하도록 스톨에 묶고 바닥을 청소했다. 놀랐던 수의사들도 하나둘씩 일어나 헝클어진 구급상자를 정리하기 시작했다.

그때 또다시 엘리베이터 문이 열리더니 웬 남자 하나가 나타났다.

"다들 C동으로 뛰어! 소들이 난리야!"

목소리의 주인공은 다름 아닌 최 실장이었다. 검정 수트가 아닌, 운동복 차림의 최 실장을 본 건 그때가 처음이었다. 실장이 계속해서 외치는데도 수의사들은 서로를 바라보기만 할 뿐 아무도 나서려 하지 않았다. 보다 못한 실장이 앞에 있던 수의사들을 끌고 엘리베이터에 올라탔다. 그 모습을 본 선배와 나도 남은 수의사들을 데리고 축사 뒤편에 있는 엘리베이터로 뛰어갔다.

돼지들을 옮길 때 사용하는 엘리베이터는 백여 명의 수의사들이 타고도 여유가 있었다. 문이 닫히자 둔탁한 소리와 함께 엘리베이터가 서서히 움직였다. 겁에 질린 수의사들은 아무 말도 하지 않았다. 하지만 나를 포함한 수의사들은 본능적으로 알 수 있었다. 소들에게도 돼지와 비슷한 일들이 일어났다는 것을.

B동 밖으로 나오니 해가 이미 중천에 떠 있었다. 따사로운 햇살에 눈이 부셔 눈을 제대로 뜰 수가 없었다. 하지만 평소와는 달리 전혀 뜨겁게 느껴지지 않았다. 엘리베이터에서 내린 수의사들은 선선해진 날씨를 느낄 겨를도 없이 곧바로 C동을 향해 달려갔다.

빌딩에 들어서자 사방에서 쿵쿵대는 소리가 들려왔다. B동과 다른 게 있다면 쿵쿵대는 소리가 훨씬 더 크고 웅장하다는 점이었다. 우리는 최 실장의 안내에 따라 엘리베이터를 타지 않고 모두 2층으로 뛰어갔다.

2층부터 40층까지는 젖소들을 관리하는 축사였다. 정사각형 모양의 축사 내부는 모두 네 구역으로 나뉘어 있었다. 그중 두 구역은 소들이 지내는 일반 축사였고 나머지 두 곳은 자동 유축기가 설치된 공간이었다.

선천적으로 온순한 소는 닭이나 돼지보다 사육하기가 훨씬 쉽고 편했다. 젖소들은 칸막이 사이로 머리를 내밀어 건초들을 먹다가 벨이 울리면 유축기가 있는 곳으로 천천히 이동했다. 소들이 자리를 잡으면 자동으로 유축기가 가동되고 젖소에서 나온 우유는 관을 타고 1층으로 모여들었다. 유축을 끝낸 젖소들은 누가 시키지 않아도 줄 맞춰 제자리로 돌아갔다.

처음 보는 사람들은 소들의 그런 자발적인 유축 과정을 마냥 신기하게 여겼다. 물론 사육사들은 그러한 행동이 임신과 유축을 강요당하는 소들의 체념으로 인한 결과라는 걸 그 누구에게도 발설하지 않았다.

문을 열고 들어간 축사는 그야말로 아수라장이었다. 눈 앞에 펼쳐진 광경을 본 나와 사육사들은 그 자리에 얼어붙고 말았다. 늘 온순한 모습으로 조용히 축사를 오가던 소들이 미친 듯이 날뛰며 벽에 머리를 박고 있었다. 강철로 만들어진 울타리는 수천 마리의 젖소가 엉키는 바람에 엿가락처럼 휜 상태였다. 또한, 축사 벽은 소들의 머리에서 뿜어져 나오는 피로 온통 빨갛게 물들어 있었다.

수의사들은 아무도 나서려 하지 않았다. 섣불리 나섰다간 소들에게 뒷발질이라도 당해 크게 다칠 수도 있었다. 그처럼 위급한 상황에서 준영 선배가 제일 먼저 나섰다. 선배는 구급상자에서 마취 주사기를 꺼내 동시에 두 대를 찔러넣었다. 그 모습을 본 나와 다른 수의사들도 일제히 구급상자에서 주사기를 꺼내 들었다. 하지만 날뛰는 소들에게 다가서기란 결코 쉽지 않았다. 수의사들이 손에 주사기를 든 채 어쩔 줄 몰라 하자, 어느샌가 달려온 사육사들이 소들의 목에 밧줄을 걸어 잡아당기기 시작했다. 그 틈을 이용해 나와 수의사들은 소의 엉덩이에 마취제를 찔러넣었다. 그러자 화가 난 소들이 사람들에게 뒷발질하기 시작했다. 여기저기서 사람들의 비명이 터져 나왔다.

주머니에 가득했던 마취제가 어느새 바닥나고 말았다. 하는 수없이 나는 몸부림치는 소들을 피해 구급상자로 향했다. 뚜껑을 열고 안에 있던 주사기들을 정신없이 주머니에 쑤셔 넣다 문득 뒤를 돌아보았다. 순간 어지러움과 함께 몸이 얼어붙고 말았다. 미친 듯이 날뛰는 소들, 여기저기서 터져 나오는 비명과 외침, 그리고 그 사이에서 주사기를 들고 뛰어다니는 사람들의 모습은 마치 공포영화의 한 장면 같았다. 정말로 지옥이 있다면 바로 이런 모습일 거란 생각마저 들었다.

그렇게 전쟁은 시작되었다. 죽으려는 소들과 죽지 못하게 하려는 사람들 간의 사투는 늦은 오후까지 계속되었다. 시간이 흐르면서 피에 젖은 젖소들이 하나둘씩 쓰러지기 시작했다. 땀과 눈물에 범벅된 사람들도 그와 함께 무너져갔다.

축사에 고요가 찾아온 건 땅거미가 내려앉은 후였다. 나와 몇몇 수의사들은 참담한 몰골로 빌딩 밖으로 나왔다. 하나같이 기진맥진한 상태였다. 손톱만큼 남아 있던 해가 피와 땀으로 얼룩진 우리 모습을 희미하게 비춰주었다. 우리는 바닥에 주저앉은 채로 거친 숨을 몰아쉬었다.

이윽고 해가 사라지고 어둠이 고개를 내밀었다. 서서히 밀려든 밤은 어느새 주변의 모든 것들을 삼켜버렸다. 이제 남은 건 칠흑 같은 어둠과 적막뿐이었다.

* * *

다음날 센트리움에 출근하니 기자들과 취재 차량이 주차장을 가득 메우고 있었다. 어떻게 알았는지 각종 신문사는 축사에서 일어난 일들을 대대적으로 보도했고, 기사를 본 사람들은 대재앙 때처럼 다시 고기를 먹지 못하게 될까 봐 전전긍긍했다. 일부 돈 있는 사람들은 이미 고기 사재기에 나섰다는 소문까지 돌고 있었다.

그날 회의실 분위기는 거의 장례식에 가까웠다. 다른 때보다 회의에 늦게 참석한 최 실장은 피곤한 얼굴로 커피만 연거푸 들이켰다. 월례 회의가 아니면 허락되지 않는 커피였지만, 식당 직원들도 사태의 심각성을 알았는지 테이블에 잔과 커피를 말없이 올려놓았다. 하지만 최 실장을 제외한 다른 직원들은 아무도 커피를 마시려 하지 않았다. 최 실장은 집에 들어가지 못했는지 머리가 심하게 떡진 데다가 와이셔츠는 잔뜩 구겨진 상태였다. 하루 만에 사람이 저렇게 변할 수 있다는 게 놀라울 정도였다.

사육사들과 수의사들은 핏발 선 눈으로 말없이 테이블에 앉아 있었다. 하나같이 눈치만 보고 있는데 마침내 최 실장이 입을 열었다.

"보고 시작하지."

최 실장의 말이 떨어지자마자 수의사 하나가 벌떡 일어섰다. A동을 담당하는 신입 수의사였다.

"어제 일로 A동에선 닭 2천만 마리 중 70만 이상이 죽었고, 부화실에 있던 50만 마리의 병아리 중의 15만이 죽었습니다. 결과적으로 양계장은 30퍼센트 이상의 손실이 발생했습니다."

신입의 말에 함께 있던 수의사들이 깜짝 놀랐다. A동에도 비슷한 일이 있었다니. 돼지들과 소들만 돌보느라 양계장에도 똑같은 문제가 생겼다는 걸 아무도 눈치채지 못했던 것이다.

"고영재 선생!"

신입의 보고가 끝나자 갑자기 최 실장이 나를 불렀다.

"이틀 전에 A동 갔었다며? 그때 뭐 이상한 건 없었어?"

사람들의 시선이 모두 나에게로 쏠렸다. 갑작스러운 질문에 당황한 나는 자리에 앉은 채로 대답했다.

"네? 아, 제가 갔을 땐 닭들은 이미 처리한 상태였고, 병아리 300마리 정도만 영양실조로 죽은 상태였습니다. 배터리 안의 닭들은 별문제 없어 보였고요."

"자네가 다녀간 뒤로 병아리 5만 마리가 죽었어, 어제는 그 두 배인 10만 마리가 죽었고. 특히 산란계 닭들은 절반 이상이 죽어버렸어."

최 실장이 나를 노려보며 말했다. 하지만 나는 아무 말도 할 수 없었다. 그 짧은 시간에 그렇게 많은 닭이 죽다니, 피해 상황만 본다면 대재앙 때보다 훨씬 심각한 상태였다. 다른 직원들도 전혀 몰랐는지 놀란 얼굴로 웅성대기 시작했다. 최 실장이 수의사들을 향해 말했다.

"닭들은 평소처럼 케이지에 있던 다른 놈들에게 물어뜯겨 죽었어. 그런데 황당한 건 약한 놈들만 살아남았다는 거야. 제일 먼저 강한 놈들을 나머지 놈들이 물어뜯고, 그다음으로 강한 놈들을 물어뜯었다는 거지. 마치 정해진 순서처럼. 그나마도 그 상황을 발견한 사육사들이 마취제를 살포하지 않았다면 대부분이 죽었을 거야."

최 실장의 말이 끝나자 회의실은 얼어붙었다. 수의사들은 믿기 힘들다는 듯 서로의 얼굴을 쳐다보며 웅성거렸다. 그러나 사태를 이미 짐작하고 있던 나는 침묵을 지켰다. 이번 일은 밀집된 사육 환경 속에서 극한으로 치달은 스트레스와 본능이 만들어낸 비극이었다. 물론 거기에는 설명되지 않는 무언가가 더 있었다. 하지만 나는 아무 말도 하지 않았다. 그 이유를 설명할 자신도, 그럴 용기도 없었기 때문이었다. 최 실장이 다시 물었다.

"B동은 어때?"

"80만 마리의 돼지 중에 약 16만 마리가 죽고, 30만 마리가 상해를 입었습니다."

준영 선배가 침착한 목소리로 대답했다.

"절반 이상이 못 쓰게 되었다는 말이군."

실장은 인상을 찌푸리며 앞에 놓인 잔에 다시 커피를 따랐다. 빈속에 커피를 들이붓는 모습을 보고 있으려니 갑자기 속이 쓰려왔다. 나는 커피 대신 테이블에 놓인 찬물을 들이켰다. 하지만 답답한 가슴은 조금도 시원해지지 않았다.

"실장님, 문제가 생긴 돼지들은 어떻게 할까요?"

준영 선배가 물었다. 남은 커피를 한 번에 털어 마신 실장이 선배에게 되물었다.

"자네는 돼지들이 죽은 원인이 뭐라고 생각하나?"

"지금 상황에선 확답하기 힘듭니다. 사체에선 바이러스나 병균도 나타나지 않았고, 다친 돼지들도 상처를 제외하면 건강한 편이었습니다."

"그렇다면 전염병이 아니란 말이지? 앞으로도 전염될 가능성도 없고."

"외견상으로만 보면 그렇죠. 하지만……"

"그럼, 전부 도축장으로 보내."

최 실장이 단호하게 말했다. 순간 선배의 눈이 커다래졌다.

"네? 문제가 있는 돼지를 시장에 내보낸다니요? 그건 너무 위험합니다. 문제가 있는데 저희가 밝혀내지 못한 것일 수도 있어요."

준영 선배가 다소 격앙된 목소리로 말했다.

"솔직히 말해보게. 전염병이 아니라면 자네는 놈들이 뭣 때문에 이런 짓을 한다고 생각하나?"

"좀 더 조사해 봐야 알겠지만, 우울증으로 인한 돌발행동이 아닐까 싶습니다."

"우울증? 그렇다면 뇌가 문제란 얘기군. 그러면 머리만 잘라 버리고 나머지는 내보내."

"실장님, 그건 말도 안 됩니다! 좀 더 조사한 뒤 내보내도 늦지 않습니다."

"지금 밖에 난리 난 거 몰라! 다들 고기 못 먹을까 봐 불안해한다고!"

"이 상태로 내보냈다가 나중에 더 큰 일이 발생할 수도 있습니다!"

"그건 내가 책임질 테니까, 자네는 놈들이 왜 그러는지 이유나 알아내!"

선배가 채 대답하기도 전에 최 실장이 다른 수의사에게 물었다.

"C동은 어떤가?"

옆에 있던 수의사가 기어들어 가는 목소리로 대답했다. 한시도 최 실장 곁을 떠나지 않는 딸랑이였다. 그는 특수동물에 관해선 아는 게 하나도 없는데도 C동 책임자가 된 사람이었다. 할 줄 아는 거라곤 최 실장의 기분을 맞춰주는 일이 전부였던 그는 어제 일어난 소동에서도 소를 피해 달아나기 바빴다.

"네, B동보다 심각합니다. 다들 돼지들에게 매달려 있느라 C동은 사고 수습이 지체된 것 같습니다."

"그래서 어떻게 됐는지나 말해!"

"젖소 10만 마리 중의 2만이 죽었고, 3만이 중태입니다. 위층에 있던 육우들 쪽은 피해가 더 심각해서 20만 마리 중의 12만이 죽거나 중상을 입었습니다."

수의사가 말을 끝내자 최 실장이 깊은 한숨을 내쉬었다. 답답하기는 나와 수의사들 역시 마찬가지였다. 밤새도록 싸우다시피 했는데도 그렇게나 많은 동물이 죽었다니. 허탈함과 무력감에 다 포기해 버리고 싶은 심정이었다.

"남은 놈들은 어떤가? 다시 그런 일이 발생할 가능성이 있나?"

최 실장이 딸랑이에게 다시 물었다.

"그게……, 예후가 좋지 않습니다. 마취에서 깨어나면 다시 날뛰기 시작합니다."

"미치겠네. 이놈들이 한꺼번에 다 쳐 돌았나! 왜 이 난리야!"

최 실장의 고함에 딸랑이가 소리 없이 자리에 앉았다.

"고 선생, 동물을 미치게 하는 바이러스나 전염병도 있나?"

잠시 딴생각에 빠져 있던 내가 엉거주춤 일어나 대답했다.

"글쎄요. 저도 이런 경우는 처음이긴 합니다만, 논문을 보니 우울증에 걸려 자해하는 동물들이 종종 있는 것 같습니다."

내 말에 최 실장이 반색하며 물었다.

"그래? 논문에도 나와 있다면 해결책도 있다는 얘기군."

"이건 자해가 아니라 자살입니다."

역시 이번에도 준영 선배였다. 나라면 절대 입에 담지 않았을 말을 준영 선배는 그 어느 때보다도 담담한 목소리로 말하기 시작했다.

"뭐? 자살? 동물들이 자살하다니, 별 괴상망측한 말을 다 들어보는군."

최 실장이 얼굴을 찌푸리며 준영 선배를 바라보았다. 하지만 준영 선배는 그 어느 때보다도 확신에 찬 얼굴이었다.

"자살이 분명합니다. 그리고 이건 그들의 경고입니다. 자신들을 먹이로만 여기며 학대하고 억압하는 우리에게 보내는 엄중한 경고라고요!"

선배의 말에 사람들의 표정이 일제히 어두워졌다. 다들 말은 안 해도 비슷한 생각을 하고 있던 게 분명했다. 물론 준영 선배가 아니면 누구도 입 밖에 내지 않았을 테지만.

"또 그 소리군! 자네는 무슨 동물 대변인이라도 되나? 그런 일을 하고 싶었으면 애당초 여기엔 왜 왔어? 이곳에 있는 동물들은 그저 고기일 뿐이야. 그런 소리를 계속 지껄이려거든 지금이라도 당장 나가!"

결국 이성을 잃어버린 실장이 그동안 참고 있던 말을 결국 내뱉고 말았다. 하지만 선배는 전혀 물러서지 않았다.

"세상에 고기가 되기 위해 태어난 동물은 없습니다. 동물도 자신에게 주어진 삶을 살아갈 권리가 있다고요! 그런 그들을 우리가 아무 죄

의식 없이 먹어 치우고 있는 겁니다!"

"그래서 지금 뭘 어쩌자는 거야? 우리가 지금 그따위 설교나 듣자고 여기 모인 것 같아!"

이번에는 태도를 바꾼 선배가 최 실장을 설득하기 시작했다.

"센트리움을 바꿔야 합니다. 애초에 센트리움은 동물을 고기로 변신시키기 위해 만들어진 공장에 지나지 않습니다. 이런 곳에서 동물들이 우울증에 걸리고 자살하는 건 당연한 일입니다. 보세요, 돼지들은 온종일 먹기만 하다가 제 무게를 견디지 못해 무릎관절이 나갑니다. 소는 어떻고요. 강제로 임신해 평생 새끼만 낳거나 우유만 짜내야 하는데 살고 싶겠습니까? 인간을 똑같이 취급했다면 진작에 모두 자살하고 말았을 겁니다!"

"그 입 닥치지 못해!"

최 실장이 큰 소리로 외쳤다. 금방이라도 선배의 얼굴을 내리칠 것 같은 표정이었다. 얼어붙은 사람들은 서로 눈치만 볼 뿐 아무도 나서지 않았다. 보다 못한 장 씨가 준영 선배를 끌고 밖으로 나갔다. 험악했던 실장의 표정이 다소 누그러들었다.

"여러분도 알다시피 이번 사건은 센트리움의 최대 위기입니다. 센트리움은 국민의 마지막 희망입니다. 또다시 대재앙 시절로 돌아가게 만들어서는 안 됩니다. 지금 상황에서 제일 시급한 건 원인을 밝혀내고 해결책을 찾는 일입니다."

수의사와 사육사들이 마지못해 고개를 끄덕였다.

"고 선생, 책임지고 뭐가 문제인지 알아내."

"네?"

사람들의 시선이 또다시 나에게로 쏟아졌다.

"저것들을 해부하든 실험하든 반드시 알아내라고. 할 수 있지?"

"네. 노력해 보겠습니다."

얼떨결에 내가 대답했다. 최 실장이 말을 덧붙였다.

"그리고 준영이랑 같이 연구해. 혹시라도 그게 유전이 되는지 알아보도록! 이상."

최 실장은 말이 끝나기가 무섭게 회의실을 빠져나갔다. 다른 사람들도 안도의 숨을 내쉬며 하나둘씩 자리에서 일어섰다. 몇몇 사람들은 멍하니 앉아 있는 나의 등을 토닥이기도 했다. 평소라면 중요한 일을 맡았다고 속으로 좋아했겠지만, 당시는 전혀 그럴 상황이 아니었다.

게다가 실장은 준영 선배와 싸우면서도 선배에겐 '준영'이라고 불렀고, 나에겐 '고 선생'이라는 호칭을 사용했다. 그건 나보다 선배를 가깝게 여긴다는 뜻이었다. 마주치기만 하면 싸우면서도 최 실장은 누구보다도 준영 선배를 아끼는 눈치였다. 물론 나 역시 그런 선배를 믿고 의지했다. 하지만 센트리움에서 인정받고 싶은 마음이 컸던 나는 최 실장이 그토록 선배를 아끼는 이유가 뭔지 정말로 궁금했다.

당시 나는 최 실장과 선배 사이에서 묘한 줄타기를 하고 있었다. 선배에게 다가갈수록 최 실장에게선 멀어졌고, 최 실장을 가까이할수록 선배에게 멀어지는 느낌이었다. 하지만 멀리서 보면 최 실장과 선배의 줄은 둘이 아닌 하나였다. 그 가운데 선 나는 아무 줄도 쥐지 못한 채 둘 사이를 오갈 뿐이었다.

회의실에 홀로 남아 식어버린 커피를 마시기 시작했다. 커피포트에 남은 커피는 향도 없고 맛도 씁쓸하기만 했다. 식은 커피를 마시며 준영 선배가 했던 말을 다시 생각해 보았다. 선배는 동물들이 우리에게 경고하기 위해 자살을 벌인다고 말했다. 만약 그 말이 사실이라면, 동물들의 자살을 막기 위해선 우리는 모두 선배처럼 채식주의자가 되어야 하지만, 그건 절대로 불가능한 일이었다.

나는 머리를 흔들어 이런저런 생각들을 지워버렸다. 지금 당장은 최 실장의 명을 따를 수밖에 없었다. 해부나 실험을 진행해서라도 뭐가 문제인지 밝혀낼 것, 또한 문제가 있다면 유전이 되는지도 알아볼 것. 그게 바로 나에게 주어진 임무였다.

물론 거기엔 문제가 있었다. 그 모든 게 준영 선배 없이는 불가능하다는 것이었다. 실장이 말은 그렇게 해도 나에게 선배를 붙여줬다기보다는 준영 선배에게 나를 붙여준 것과 다름없다는 건 나도 잘 알고 있었다. 그 명백한 사실이 나의 자존심을 짓밟았다. 하지만 나는 최선을 다해 최 실장에게 나의 능력을 보여주고 싶었다. 그래서 최 실장과 선배 사이가 아닌, 나만의 줄을 갖고 싶었다.

커피를 다 마시고 회의실 창가로 걸어갔다. 아무것도 보이지 않았던 주변에 작은 나무들이 자라고 있었다. 하지만 나뭇잎들은 거의 남아 있지 않았다. 어디선가 불어온 바람이 나뭇잎들을 자꾸만 떨어뜨리고 있었다. 나무에서 떨어진 잎사귀들은 바람을 타고 어디론가 사라져 버렸다.

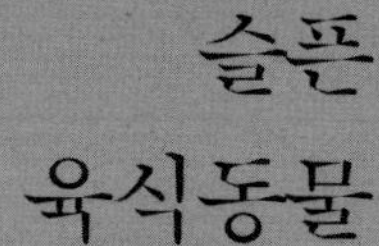

C E N T R I U M

"너는 여전히 인간이 고기를 먹는 게 당연하다고 여기는 거야?"

선배가 나를 노려보았다.

"그럼 아니에요? 살려면 어쩔 수 없잖아요."

나도 모르게 목소리가 커졌다.

"우리는 이제 고기를 먹지 않고도 충분히 살 수 있어. 이건 선택의 문제야.

우리는 단지 육식을 선택한 거라고!"

"하지만 인간은 애초부터 육식동물이었다고요."

"수렵 시절의 사냥은 어쩔 수 없는 일이었어. 생존을 위해서였으니까.

게다가 그 양도 얼마 되지 않았고. 하지만 지금은 그때와 달라. 지금의 우리는

고기를 먹지 않아도 충분히 살 수 있어."

"그러면 선배는 우리가 모두 채식주의자가 되어야 한다는 거예요?"

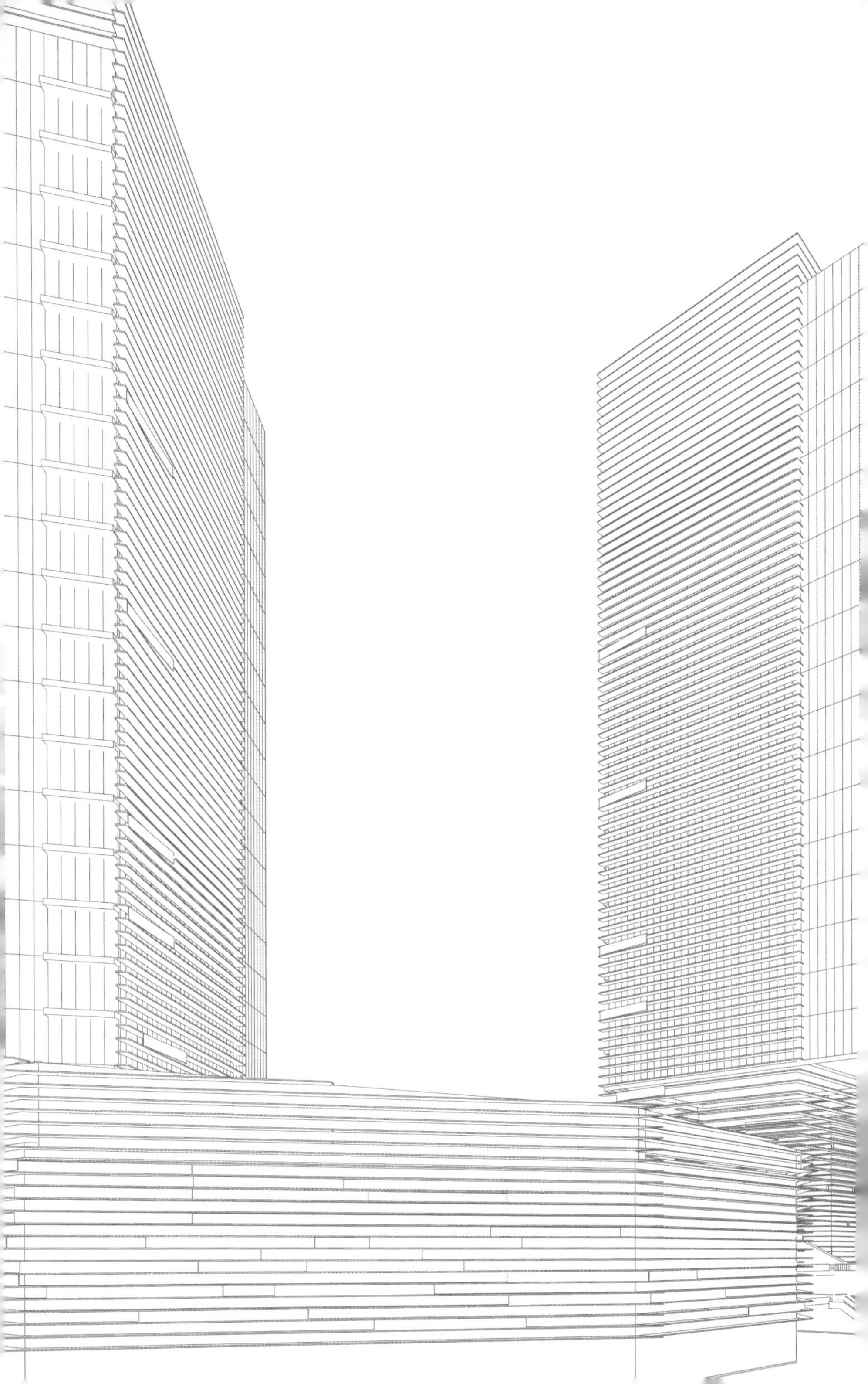

그날 이후로 센트리움은 하루도 조용한 날이 없었다. 밖에는 수십 명의 기자가 진을 치고 있었고, 안에는 정부 관계자들이 온갖 인상을 쓰며 지나다녔다. 그들을 따라다니는 최 실장의 얼굴은 며칠 만에 폭삭 늙어 보였다. 그 모습을 지켜보던 직원들은 센트리움이 얼마나 중요한 곳인지 새삼 깨닫게 되었다.

반면 축사 상황은 나날이 악화되었다. 사육사들과 수의사들은 살아남은 동물들을 살리기 위해 갖은 노력을 기울였지만, 동물들의 상태는 조금도 호전되지 않았다. 마취에서 깨어난 돼지와 소는 틈만 나면 벽을 향해 달려갔고 닭들은 여전히 서로를 물어뜯었다. 게다가 마취 상태가 오래가면서 사료를 먹지 못한 동물들은 하루가 다르게 야위어만 갔다. 사육 기간을 채우지 못한 채 도축장으로 보내지는 동물이 점점 더 많아졌다. 그로 인해 피로에 찌든 수의사들과 사육사들은 피 말리는 하루하루를 보내고 있었다.

준영 선배와 나의 연구도 이렇다 할 진전이 없었다. 우리 둘은 일주일이 넘도록 돼지의 머리부터 발끝까지 검사했지만, 광기를 일으킬만한 단서는 찾지 못했다. 면역력은 없어도 항생제와 살충제 속에서 살다시피 하는 센트리움 동물들에게 바이러스나 세균이 침투할 가능성은 사실 거의 없었다. 그날도 선배와 나는 자해 증세가 심했던 돼지 두 마리를 데려와 각종 검사를 진행하던 중이었다.

"확실히 편도체의 반응성이 높아지고, 해마 크기도 작아졌어. 또, 기형적인 뇌혈관들도 보이는 걸 보면 녀석들이 우울증을 겪었을 확률이 높아."

컴퓨터 화면으로 돼지의 fMRI 사진을 들여다보며 준영 선배가 말했다.

"소들 쪽은 어땠어요?"

동물의 뇌에 관해선 별 지식이 없는 내가 선배에게 물었다.

"두 마리나 검사해 봤는데 소들도 비슷했어."

"결국 우울증이 문제였군요."

"백 퍼센트 단정 지을 순 없지만, 현재로선 그렇게 보여."

내가 말없이 고개를 끄덕이자, 선배가 한숨을 내쉬며 말했다.

"어쩌면 당연한 결과인지도 몰라. 동물들에게 센트리움은 지옥이나 마찬가지야. 이런 환경에서라면 살아가느니 나 같아도 죽음을 선택할 것 같아."

"선배, 너무 자학하지 말아요. 어쩔 수 없는 일이잖아요."

"너는 이게 어쩔 수 없는 일이라고 생각해? 동물들에게 더 많은 고기를 더 빨리 생산하라고 채찍질한 건 바로 우리라고!"

"소비는 많고 생산은 적으니 그럴 수밖에요. 그렇다고 사람들한테 고기를 먹지 말라고 할 수는 없잖아요. 인간은 원래 육식동물인데."

"너는 여전히 인간이 고기를 먹는 게 당연하다고 여기는 거야?"

선배가 나를 노려보았다.

"그럼 아니에요? 살려면 어쩔 수 없잖아요."

나도 모르게 목소리가 커졌다.

"우리는 이제 고기를 먹지 않고도 충분히 살 수 있어. 이건 선택의 문제야. 우리는 단지 육식을 선택한 거라고!"

"하지만 인간은 애초부터 육식동물이었다고요."

"수렵 시절의 사냥은 어쩔 수 없는 일이었어. 생존을 위해서였으니까. 게다가 그 양도 얼마 되지 않았고. 하지만 지금은 그때와 달라. 지금의 우리는 고기를 먹지 않아도 충분히 살 수 있어."

"그러면 선배는 우리가 모두 채식주의자가 되어야 한다는 거예요?"

"이건 육식과 채식의 문제가 아니야. 우린 지금 고기에 미쳐 있어. 하루라도 고기를 먹지 않으면 큰일이라도 나는 것처럼 닭과 돼지를 잡아대고 있다고. 우리가 먹어대는 치킨과 삼겹살을 위해 얼마나 많은 닭과 돼지들이 죽어가는지 한 번이라도 생각해 봤어?"

선배의 물음에 나는 입을 꾹 다물었다. 선배 말대로 지금까지 나는 단 한 번도 그런 생각을 해본 적이 없었다. 나에게 치킨과 삼겹살은 그저 음식일 뿐, 심지어 치킨이 닭에서 왔다는 사실조차 의식하지 못했다. 선배가 계속 말했다.

"동물도 우리와 똑같은 생명체야. 그들도 주어진 삶을 살아갈 권리가 있다고. 하지만 센트리움에선 그 십 분의 일도 누릴 수가 없어. 게다가 주어진 그 시간마저도 너무 고통스럽지. 젖소들은 젖이 퉁퉁 부어오를 때까지 우유를 짜내고, 닭들은 자궁이 밖으로 튀어나올 때까지 달걀을 낳아야 하잖아. 너라면 그렇게 살 수 있겠어?"

뭐라고 대꾸하고 싶었지만, 선배의 말은 하나도 틀린 게 없었다. 나는 선배의 얼굴을 말없이 바라보았다. 내가 고기를 신나게 먹을 때마다 선배가 어떤 눈으로 나를 바라봤을지 갑자기 궁금해졌다. 나의 시선을 느낀 선배가 말꼬리를 내렸다.

"미안, 내가 너무 흥분했지?"

"고기를 안 먹으면 우린 이제 뭘 먹죠?"

나의 물음에 선배가 어이없다는 얼굴로 말했다.

"설마 굶어 죽을까 봐 걱정하는 거야? 불과 백 년 전만 해도 지금처럼 고기를 많이 먹진 않았어. 대부분이 채식 위주의 식단이었고, 고기는 일 년에 한두 번 먹을까 말까였어. 그렇다고 영양실조에 걸리지도 않았고."

"그렇긴 한데……."

"고기가 아니라도 세상엔 먹을 게 많아. 기술은 이런 때 쓰는 거야. 이미 시중에 나와 있는 대체육이나 콩고기도 얼마나 많은데."

"어휴, 그런 걸 먹느니 안 먹고 말래요."

"그건 네가 알아서 하고, 문제는 센트리움이야."

선배가 한숨을 쉬며 말을 이었다.

"정말로 나는 최 실장을 이해할 수 없어. 그 양반은 한국의 모든 사람이 치킨과 삼겹살을 일주일에 한 번 이상 먹을 수 있어야 한다고 생각하거든. 바로 그런 생각 때문에 센트리움의 동물들을 더 학대하고 착취하고 있는 거라고. 동물들이 우울증에 걸린 이유도 최 실장의 그런 이상한 믿음 때문인지도 몰라."

"선배는 동물들이 모두 우울증에 걸려서 자살을 시도했다고 생각해요?"

"너도 봤지만, 다른 이유는 없었어."

"그럼, 새끼들은 어떻게 된 걸까요? 태어난 지 며칠 되지도 않은 병아리들이 우울증에 걸린다는 건 말이 안 되잖아요. 유전된다면 모를까."

"그건 나도 모르겠어. 어쩌면 뱃속에서부터 인지했을 수도 있지. 어미를 통해서 말이야."

"정말로 그렇다면 센트리움은 문을 닫아야 하는 거 아니에요?"

"휴, 나도 모르겠다. 지난번에 너 논문 찾아봤다고 했지?"

"네, 여기저기 뒤져보긴 했는데 별다른 건 없었어요. 생산성에 중요한 질병이나 전염병만 중요하게 생각하지, 소나 돼지의 기분까지 신경 쓰는 연구는 거의 없더라고요."

이번엔 내가 한숨을 쉬며 말했다.

"일단 원인을 우울증으로 결론짓고, 이제부턴 동물들의 우울증에서 비롯된 자해를 어떻게 막을지 고민해 보자."

"네, 그런데 그런 치료제가 있을까요? 증세가 너무 심각하잖아요."

"글쎄, 이쪽은 내가 찾아볼 테니까, 너는 다른 것 좀 알아봐 줄래?"

"뭔데요?"

"돼지 새끼들을 사육할 수 있는 장소를 좀 알아봐 줘."

"센트리움 말고 다른 곳이요?"

"응. 사육 환경을 바꾸면 어떻게 변하는지 확인하고 싶어."

"그래도 될까요? 최 실장이 허락하지 않을 텐데요."

"그건 걱정하지 마. 내가 허가서 받아줄게."

"알겠어요. 찾아볼게요."

"고마워."

선배가 오랜만에 환하게 웃었다. 덩달아 나도 기분이 좋아졌다. 연구에 별 소득이 있는 건 아니었지만, 왠지 이 사태를 해결할 수도 있겠다는 자신감이 생겨났다. 나는 돼지의 뇌를 더 살펴보겠다는 선배를 남겨두고 검사실을 나왔다. 오후의 노란 햇살이 복도를 환하게 비추고 있었다.

계단을 통해 사무실로 가고 있는데 갑자기 전화벨이 울렸다. 휴대전화를 꺼내 확인해 보니 동생 수재였다. 중학생인 수재는 열일곱 살이란 나이 차이 때문인지 말을 걸기는커녕 눈도 마주치지 않을 정도로 나를 어려워했다. 그런 아이가 내게 먼저 전화를 걸다니, 어쩐지 불길한 예감이 들었다. 나는 통화버튼을 눌러 전화를 받았다.

"오빠, 나 죽고 싶어!"

수재가 흐느끼는 목소리로 말했다.

"수재야, 왜 그래? 무슨 일 있어?"

당황한 내가 수재에게 물었다. 하지만 수재는 울기만 할 뿐 아무 대답도 하지 않았다. 결국 나는 전화를 끊고 서울 근교의 본가로 향했다.

자전거를 타고 역에 도착해 간신히 전철에 올랐다. 센트리움이 서울의 북서쪽에 있다면, 본가는 서울의 남동쪽에 있어 거리가 꽤 있는 편이었다. 자전거로 십 분 거리에 있는 역에서 전철을 타고 한 시간 가까이 간 뒤, 다시 자전거로 20분 이상 달려야만 했다. 나는 거리가 멀다는 이유로 큰일이 아니면 좀처럼 본가에 가지 않았다. 대장부 스타일의 엄마도 그에 대해 별 불만을 드러내지 않았다.

퇴근 시간에 맞춰 탄 전철은 비교적 한가했다. 태양광으로 움직이는 전철은 대재앙 전의 10배가 넘을 정도로 요금이 비싼 데다가 오전과 오후 딱 한 대씩만 운영했다. 가까스로 전철 시간을 맞출 수 있었던 나는 자전거를 앞에 있는 거치대에 세워두고 자리에 앉았다. 거치대에는 승객 수만큼의 자전거가 세워져 있었다.

자리에 앉으니 그제야 긴장이 풀리면서 온몸에 피로가 몰려들었다.

축사에서 사고가 벌어진 이후로 잠을 깊이 잘 수가 없었다. 온종일 죽으려고 안간힘을 쓰는 동물들과 싸우느라 몸도 마음도 피곤했지만, 막상 자려고 누우면 이상하게도 잠이 오지 않았다.

그사이 마취로 인해 사료를 먹지 못한 소와 돼지는 뼈가 드러날 정도로 야위어갔고, 수의사와 사육사들은 동물들이 굶어 죽는 걸 막기 위해 급기야 강제 주입에 나섰다. 사육사만으론 부족해 임시직을 고용해 동물들에게 억지로 사료를 먹였다. 덕분에 죽어 나가는 동물들의 수를 조금이나마 줄일 수 있었지만, 충혈된 눈으로 그 모습을 지켜봐야 했던 사육사와 수의사들은 나날이 수척해졌다.

의자에 앉아 잠시 한숨을 돌리니 창밖의 풍경이 한눈에 들어왔다. 오랜만에 보는 한가로운 풍경에 그간의 피로가 씻겨나갔다. 나무들은 어느새 초록 잎을 갈잎으로 갈아입었고, 좀처럼 사그라들지 않던 대지의 열기도 자취를 감춘 뒤였다. 선선한 하늘 아래 펼쳐진 산과 들은 전과 다르게 느긋하고 평화로워 보였다. 온종일 가축들과 사투를 벌이는 축사와는 너무나 대조인 모습이었다. 나는 턱을 괸 채 창밖을 바라보다가 깜박 잠이 들고 말았다.

잠이 들자마자 꿈에 빠져들었다. 꿈속에서 나는 어딘지 모르는 낯선 곳에서 깨어났다. 마른 땅에 풀 한 포기 없던 그곳에서 나는 실오라기 하나 걸치지 않은 채 앉아 있었다. 그런데 그곳엔 나 혼자만 있는 게 아니었다. 수많은 닭과 돼지, 소들이 나를 둘러싸고 있었다. 그들은 하나같이 머리와 귀가 찢어져 시뻘건 피가 흐르고 있었는데, 어떤 녀석은 머리의 반 이상이 잘려 나가 뇌가 훤히 들여다보이기도 했다. 나는 직감적으로 그들이 축사에서 죽은 동물들이란 걸 알아챘다. 그들은 핏발 선 눈으로 한동안 노려보더니 일제히 나를 향해 다가오기 시작했다. 겁에 질린 나는 어떻게든 달아나려 했지만, 뭣 때문인지 손가락 하나 움직일 수 없었다.

그들이 한 걸음 한 걸음 다가설 때마다 그간 축사에서 나와 수의사들이 저질렀던 일들이 눈앞에 파노라마처럼 펼쳐졌다. 우리는 병아리들의 주둥이를 자르고, 알을 낳지 못하는 수평아리들을 산 채로 기계에 넣어 갈아버렸다. 갓 태어난 돼지들의 꼬리를 자르고, 도축장으로 가지 않으려는 동물들에게 전기 충격기를 마구 휘둘렀다. 그리고 새끼를 낳은 지 얼마 되지 않은 소와 돼지들의 어미들을 인공수정으로 다시 임신시켰다. 또한, 유선염으로 고통받는 젖소들을 외면한 채 일반 젖량의 열 배가 넘는 양을 짜냈다. 게다가 갓 태어난 수송아지는 작은 상자에 가둬 옴짝달싹하지 못하게 만들었다. 부드럽고 연한 송아지 고기를 위해서는 빈혈 상태를 유지해야 하기 때문이었다. 그들의 철분 없는 사료는 늘 항생제와 녹말, 지방만 가득했다.

나는 그제야 깨달았다. 센트리움에서 우리가 동물에게 행했던 모든 일이 실은 사육이 아니라 학대였다는 사실을. 우리는 오로지 고기를 먹겠다는 일념으로 동물들을 학대하고 죽여왔던 것이다. 죄책감과 미안함에 눈물이 차올랐다. 나는 다가오는 동물들을 향해 미안하다고, 다시는 그런 짓을 하지 않겠다고 외쳤다. 하지만 동물들은 꿈쩍도 하지 않았다. 결국 나는 무릎을 꿇고 동물들에게 두 손으로 빌기 시작했다. 그런데도 그들은 걸음을 멈추지 않았고, 나와의 거리는 점점 좁혀졌다. 나는 숨조차 제대로 쉴 수 없었다. 마침내 동물들이 일제히 멈춰섰다. 그들과 나와의 거리는 채 1미터도 되지 않았다. 나는 숨을 멈춘 채 그들을 바라보았다.

그들은 한동안 가만히 서서 나를 노려보았다. 그러다 갑자기 나를 향해 달려들더니 나의 몸 여기저기를 마구 물어뜯기 시작했다. 나의 팔다리와 몸통에서 붉은 살점들이 뜯겨나갔다. 피가 솟구치고 살과 뼈가 드러났다. 이루 말할 수 없는 고통과 괴로움 때문에 숨을 쉴 수가 없었다. 내가 아무리 몸부림치고 비명을 질러도 그들은 공격을 멈추지 않았다. 어둠 속에서 나의 몸은 계속해서 갈가리 찢겨나갔다. 그런데 어디선가 사람의 목소리가 들려왔다.

"손님, 일어나세요. 종점입니다!"

그제야 나는 꿈에서 벗어났다. 간신히 눈을 떠보니 승무원으로 보이는 남자가 나를 흔들어 깨우고 있었다.

"무서운 꿈을 꾸셨나 봐요. 소리를 엄청나게 지르시던데."

"아, 죄송합니다. 그런데 여기가 어디죠?"

잠에서 완전히 깨지 못한 내가 승무원에게 물었다. 여기가 어딘지, 뭘 하고 있었는지 전혀 기억나지 않았다. 사방을 둘러보니 불이 꺼진 전철에는 아무도 없었고, 거치대에는 내 자전거만 덩그러니 남아 있었다. 나는 그제야 전철 안이라는 걸 깨달았다.

"종점역입니다. 가시려던 곳이 여기서 먼가요? 주무시다 놓치신 것 같은데."

"아, 한 정거장만 가면 돼요. 깨워주셔서 감사합니다."

나는 멍한 얼굴로 자전거를 가지고 전철을 나왔다. 역에는 직원들만 몇 명 오갈 뿐 승객이라곤 거의 보이지 않았다.

역을 나와서야 정신을 차린 나는 자전거를 타고 대로로 나왔다. 전철역과 다르게 도로는 퇴근하는 사람들로 이미 만원이었다. 자전거로 가득한 도로는 여전히 덥고 답답했다. 다행히 시원한 바람이 불어와 뜨거운 머리를 식혀주었다. 땀에 젖은 몸도 조금씩 마르기 시작했다.

자전거를 타고 가며 조금 전의 꿈을 되새겨 보았다. 생전 꿈이라곤 꾼 적 없건만 잠깐 사이의 꿈은 너무나도 선명하고 생생했다. 살을 파고들었던 이빨의 날카로운 감촉과 고통이 도저히 잊히지 않았다. 어째서 그런 꿈을 꾼 것일까. 아무래도 축사 일 때문에 스트레스를 너무 많이 받은 모양이었다. 나는 주위에 가득한 사람들을 둘러보며 되도록 꿈을 빨리 잊어버리려 애썼다. 역을 지나치는 바람에 십 분이나 더 달려야 했지만, 오히려 다행이라는 생각이 들었다.

십 분쯤 달리다 대로를 빠져나와 골목길로 접어들었다. 길가의 식당들을 보니 문득 배가 고팠다. 집에서 먹을까 하다가 권 여사가 귀찮아할 것 같아 근처 식당에서 저녁을 해결하기로 했다. 자전거에 탄 채 뭘 먹을까 둘러보는데, 주변에는 온통 치킨집과 삼겹살, 뼈다귀해장국 같은 고깃집뿐이었다. 다른 때라면 입맛을 다셨을 고기들이었지만 꿈 때문인지 먹고 싶은 마음이 전혀 들지 않았다.

나는 고기가 없는 메뉴를 찾다가 문득 구석에 있는 떡집을 발견했다. 순간 준영 선배가 떠올라 피식하고 웃었다. 나는 문을 닫으려는 떡집에 들어가 포장된 떡 몇 개를 골라 나왔다. 달고 쫄깃한 떡을 먹으며 달리다 보니 어느새 집 앞이었다. 나는 자전거를 밖에 세워두고 권 여사를 부르며 3층으로 올라갔다. 놀란 엄마가 현관문을 열고 나왔다.

권 여사는 십 년 전 아버지와 이혼한 후 홀로 동생을 키우며 살아왔다. 남아프리카공화국에서 부모님의 문제를 짐작만 하고 있던 나는 한국에 돌아온 후에야 두 분의 이혼 사실을 알게 되었다.

권 여사의 주장에 따르면 이혼의 책임은 전적으로 아버지에게 있었다. 대재앙 이후 세 식구는 공무원이었던 아버지 덕에 그나마 끼니를 거르지 않을 수 있었지만, 제주도에 홀로 계신 할머니까지는 챙길 수 없는 형편이었다. 상황이 좀 나아지자, 할머니를 찾아뵌 아버지는 무턱대고 제주도로 가자고 엄마를 졸랐다. 당연히 엄마에겐 말도 안 되는 소리였다.

당시 제주도는 대재앙으로 해수면이 상승해 육지의 3분의 1 이상이 바다에 잠긴 상태였다. 게다가 나라에서 내려보내는 쌀과 물에 전적으로 의존해야 할 정도로 식량 수급이 좋지 않았다. 아버지는 제주도의 사정이 곧 좋아질 거라고 우겼지만, 엄마는 그런 아빠의 말을 전혀 믿지 않았다. 엄마에게 제주도는 당시 다섯 살이었던 수재를 키우고 교육하기엔 최악의 도시였다. 결국 엄마와 이혼한 아버지는 모든 재산을 포기한 채 홀로 제주도로 떠났다.

당시 권 여사는 아빠의 월급 없이도 생활할 수 있을 만큼 상당한 경제력을 갖춘 상태였다. 이혼하기 전, 부동산으로 큰돈을 손에 쥔 권 여사는 허름한 3층짜리 목조 건물을 사들였다. 평수는 좀 되었지만, 서울에서 떨어진 데다가 앞에 큰 아파트가 가리고 있어 주변보다 시세가 훨씬 낮은 편이었다. 그런데 대재앙이 일어나 에어컨과 난방을 할 수 없게 되자, 앞에 있던 아파트보다 그늘진 목조 건물의 인기가 치솟기 시작했다. 뒤편에 작은 산이 있어 간간이 시원한 바람이 불어왔던 그곳은 근처 농장에서 일하는 사람들에게 최고의 숙소가 되었다. 아버지와 이혼한 후 권 여사는 목조 건물을 개조해 1, 2층에 원룸을 만들어 월세를 받는 한편, 3층에는 살림집을 만들어 동생과 살고 있었다.
현관문을 열자, 권 여사가 놀란 목소리로 물었다.

"어머, 연락도 없이 웬일이야?"

권 여사의 표정을 보니 수재가 내게 전화한 걸 전혀 모르는 눈치였다.

"집에 오는 데 꼭 연락해야 해? 내일 오프라서 와봤어. 집에 온 지도 오래됐고."

나는 아무렇지 않은 척 거실로 들어섰다. 석 달 만에 보는 집은 여전히 어수선했고, 낯선 가구들로 발 디딜 틈조차 없었다. 권 여사는 세 드는 사람들이 바뀔 때마다 원하는 가구들로 배치를 바꾸었고, 그에 따라 월세를 조정했다. 가구들 대부분은 이사한 사람들이 버리고 간

것들이었지만, 권 여사는 가구가 있다는 이유로 월세를 높여 받았다.

"저녁은 먹었어?"

"응, 당연히 먹었지. 그런데 수재가 안 보이네?"

낡은 소파에 앉으며 내가 물었다. 그러자 권 여사의 얼굴이 한순간에 일그러졌다.

"자기 방에 있겠지. 내가 걔 때문에 아주 못 살겠다. 아빠를 닮아서 그런지 아주 황소고집이야!"

냉장고에서 사과 한 알을 꺼내와 맞은편에 앉은 권 여사는 과도로 껍질을 깎으며 그간에 있었던 일을 말하기 시작했다. 예상대로 수재는 엄마와 다툰 뒤 전화한 거였다.

나와 동생의 이름이 영재와 수재인 것만 봐도 알 수 있듯이 권 여사는 자식들 교육에 관해선 욕심이 과한 편이었다. 내가 엄마가 원했던 의대 대신 수의대를 선택하자 실망한 권 여사는 일 년 넘게 말도 걸지 않을 정도였고, 등록금도 아빠가 대출받아 간신히 마련해 주셨다. 그 후에도 의대에 미련을 버리지 못했던 권 여사는 대재앙 이후 인구 감소로 병원들이 줄줄이 도산하는 모습을 목격한 후에야 욕심을 내려놓았다.

그 후론 권 여사에게 최고의 직업은 다름 아닌 수의사였다. 수재에게 들으니 권 여사는 센트리움에 근무하는 아들을 주위에 어지간히 자랑하고 다니는 모양이었다. 대재앙 이후 일자리가 거의 사라지다시피 한 상태에서 식사와 숙소를 제공하고 월급도 넉넉한 센트리움은 많은 사람에게 꿈의 직장이었다. 권 여사가 수재에게 미대 대신 수의대에 가라는 이유도 바로 센트리움 때문이었다.

권 여사로부터 대충 이야기를 들은 나는 수재 방으로 향했다. 노크와 함께 문을 열었더니 이불을 끝까지 뒤집어쓴 채 침대에 누워있는 수재가 보였다.

"수재야, 오빠 왔어."

내가 부르자 수재가 이불 밖으로 고개를 내밀었다. 얼마나 울었는지 두 눈이 퉁퉁 부어 있었다. 어깨에 찰랑거리던 긴 머리도 마구 엉클어져 있었다.

"오빠, 나 정말 죽고 싶어. 엄마가 내 물감이랑 팔레트 다 갖다 버렸어. 나 이제 어떡해?"

또다시 울음을 터뜨린 수재는 그간 권 여사가 저지른 일들을 속사포처럼 털어놓았다. 아빠가 보내주는 돈으로 몰래 다녔던 미술 학원에 권 여사가 찾아가 한바탕 난리를 친 일. 학교에서 강제로 미술반을 탈퇴시킨 일. 마지막으로 침대 밑에 숨겨둔 미술 도구를 모두 쓰레기통에 처넣은 일까지 수많은 이야기가 흘러나왔다.

침대에 앉아 수재의 이야기를 끝까지 들은 나는 깊은 한숨을 내쉬었다. 이야기를 마친 수재도 시무룩한 얼굴로 나를 바라보았다. 그나마 하고 싶은 말을 모두 내뱉어서인지 아까보다 표정이 좀 나아 보였다. 나는 수재의 손을 잡으며 말했다.

"수재야, 오빠가 물감이랑 팔레트 다시 사줄 테니까 그림 다시 그려. 학원도 다시 등록하고."

"정말? 엄마가 알면 또 난리 칠 텐데?"

"우선 엄마한텐 아무 말도 하지 마. 그냥 수학 학원에 다닌다고 그래. 오빠가 나중에 책임지고 엄마 설득해 볼게."

"그래도 괜찮을까? 그림도 그리고 싶지만, 엄마한테 거짓말하기도 싫단 말이야."

수재가 또다시 울먹이기 시작했다. 권 여사의 말처럼 아빠를 닮아 고집도 세고 마음도 여린 아이였다.

"엄마한테 거짓말하라는 게 아니야. 당분간만 말하지 말라는 거지. 지금은 엄마가 화난 상태라 말씀드려도 듣지 않으실 거야. 엄마가 화 좀 풀리면 내가 잘 설득해 볼게. 지금은 네가 하고 싶은 것만 생각해. 오빠가 도와줄게."

"그럼, 오빠만 믿는다. 고마워, 오빠."

어느새 울음을 그친 수재는 웃는 얼굴로 나를 바라보았다. 어린 동생을 처음으로 도울 수 있게 된 나 역시 덩달아 기분이 좋아졌다.

나는 권 여사에게 얘기한 뒤 수재를 데리고 밖으로 나왔다. 권 여사는 우리 둘의 다정한 모습을 의심스러운 눈초리로 바라보았지만, 말없이 보내주었다. 오랜만에 집에 들른 오빠가 동생의 기분을 풀어줄 요량으로 데리고 나간다고 여기는 모양이었다.

집을 나온 우리는 그 즉시 화방으로 가 필요한 미술 도구들을 모조리 구매했다. 그리고 근처에 있는 스터디룸 하나를 빌려 그곳 사물함에 미술 도구를 모두 집어넣었다. 이로써 수재는 사물함의 미술 도구들을 언제든지 사용할 수 있었고, 스터디룸에서 그림을 그릴 수도 있게 되었다. 또한, 미술 학원에 들러 등록을 마쳤다.

집에 가는 길에 수재와 나는 마트에서 좋아하는 과자와 아이스크림을 잔뜩 샀다. 그리고 거실에서 밤늦게까지 간식을 먹으며 수다를 떨다가 잠이 들었다. 다행히 밤에는 아무런 꿈도 꾸지 않았고 아침 늦게까지 푹 잘 수 있었다.

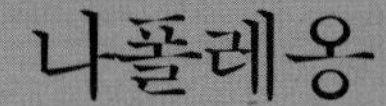

C E N T R I U M

그날부터 녀석과의 이상한 동거가 시작되었다.
수재는 녀석에게 '나폴레옹'이라는 이름을 지어주고 틈만 나면 찾아가 함께 뛰어놀았다.
수재에게 녀석의 이름을 왜 나폴레옹으로 지었냐고 물으니
조지 오웰의 소설 '동물농장'에 등장하는 돼지처럼
세상을 지배하길 바라는 마음에서 그리 정했다고 말했다. 나는 수재의 말에 피식 웃고 말았다.
돼지가 세상을 지배하다니, 정말로 소설 같은 이야기였다.
하지만 소설 속에서조차 동물의 세상은 곧 무너지지 않았던가. 물론 수재에게
그런 이야기는 하지 않았다.

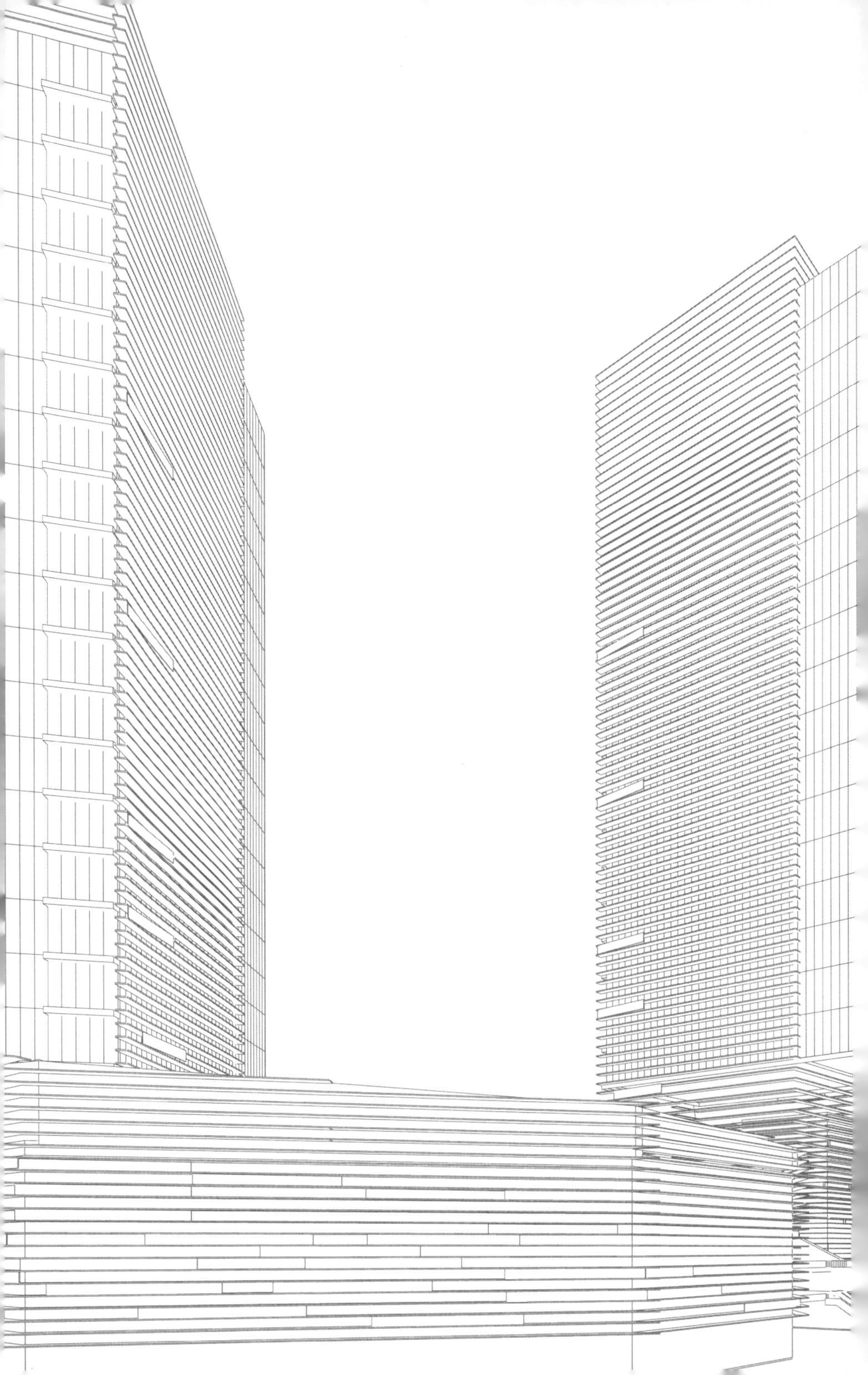

며칠 후 다시 본가를 찾았다. 이번에는 전철이 아닌 센트리움에서 내어준 작은 트럭을 타고서였다. 트럭 뒤에는 애완동물용 작은 켄넬이 실려있었는데 그 안에는 태어난 지 한 달 넘은 돼지 한 마리가 얌전히 앉아 있었다.

집 근처에 도착해 공터에 트럭을 주차한 후 짐칸에서 켄넬을 꺼냈다. 꿀꿀대며 작은 눈으로 나를 바라보는 새끼 돼지가 너무나 작고 귀여웠다. 돼지는 그저 더럽고 뚱뚱하다고만 생각했는데, 막상 새끼 돼지를 보니 품에 안아주고 싶을 만큼 앙증맞고 사랑스러웠다.

준영 선배는 아침에 녀석을 건네주며 녀석의 어미는 새끼들을 깔아뭉개 죽인 뒤, 뇌가 튀어나오도록 스톨에 머리를 박아 즉사했다고 했다. 새끼 돼지는 함께 태어난 형제 중에서 유일하게 살아남았을 정도로 운이 좋은 녀석이었다. 하지만 먹이를 잘 먹지 않는 걸로 봐서 녀석 역시 우울증을 겪고 있을 확률이 크다고 말했다. 다행히 젖 뗄 때가 되었으니 배합사료를 먹이고 가끔 대체유를 먹이라며 녀석을 넘겨주었다.

나는 켄넬을 들고 집 안으로 들어갔다. 소파에 누워 낮잠을 자고 있던 권 여사는 현관문을 여는 소리에 잠에서 깼는지 자리에서 부스스 일어났다.

"너 요즘 집에 자주 온다."

하품을 늘어지게 하며 권 여사가 말했다.

"우리 권 여사, 아들 오는 게 영 별로인가 보네."

나는 웃으며 켄넬을 마루에 내려놓았다. 녀석이 놀랐는지 꿀꿀대기 시작했다. 그 소리에 놀란 권 여사가 켄넬 안을 뚫어지게 쳐다보았다.

"그 속에 든 게 뭐야?"

"새끼 돼지. 당분간 여기서 키워보려고."

"뭐! 돼지를 여기서 키우겠다고? 얘가 미쳤나 봐!"

예상대로 권 여사는 길길이 날뛰며 반대했다. 하는 수없이 나는 센트리움에서 최근에 일어났던 일들을 털어놓으며 녀석이 센트리움의 미래이자 내 앞길을 열어줄 동아줄이라고 간곡히 부탁했다. 나의 이야기를 모두 들은 권 여사는 마지못해 허락하면서도 절대로 집안에 들이지 말 것과 자신에게 맡길 생각일랑 꿈도 꾸지 말라고 못 박았다. 나는 권 여사가 신경 쓰지 않도록 하겠다는 각서를 쓴 후에야 간신히 허락을 받아냈다.

사실 권 여사는 뭔가를 기르고 키우는 데 전혀 소질이 없었다. 멀쩡한 화분도 우리 집에만 오면 말라 죽어 버렸고, 어려서 키웠던 강아지와 고양이는 집을 나가 영영 돌아오지 않았다. 권 여사가 기른 것 중에서 살아남은 생명체라곤 나와 동생이 전부였다.

나는 권 여사의 마음이 바뀌기 전에 서둘러 녀석을 집 뒤의 마당으로 데려갔다. 건물 뒤로 돌아가면 제법 큰 공터가 나왔다. 전에 살던 주인은 그곳에 텃밭을 만들어 각종 채소를 기르고 주변엔 예쁜 꽃들을 키웠다고 했다. 하지만 권 여사가 이사온 후에는 잡풀만 가득한 쓸모없는 땅이 되고 말았다. 마당을 둘러싼 시멘트벽 아래에는 반쯤 무너져버린 비닐하우스와 쓰다 버린 가구들이 뒤엉켜 있었다.

나는 녀석을 마당에 내려놓고 주변을 살펴보기 시작했다. 녀석이 지낼만한 곳을 어떻게 만들어줘야 할지 엄두가 나지 않았다. 우선 쓸데없는 가구들과 쓰레기들을 하나씩 치워가며, 어린 녀석이 돌아다니다가 숨거나 다칠 수 있는 것들은 모조리 내다 버렸다. 마당이 어느 정도 정리되자 녀석이 지낼만한 곳을 찾기 시작했다. 그나마 모과나무 아래에 세워진 비닐하우스가 제일 쓸만해 보였다. 무너진 곳을 잘라버리고 문을 없애면 적당히 가려지면서 바람이 잘 통하는 안식처가 될 것 같았다.

별일 아닌 것 같았는데 혼자 하려니 시간이 꽤 걸렸다. 마당을 정리하고 비닐하우스를 개조해 작은 거처를 마련했을 때는 서쪽 하늘이 붉게 물든 후였다. 그때까지 녀석은 마당 구석에 있는 모과나무 뒤에 숨어 꼼짝도 하지 않았다. 나는 비닐하우스에 녀석을 데려다 놓고 물과 사료를 챙겨 주었다. 하지만 주위가 낯설어서인지 녀석은 구석에 웅크린 채 물 한 모금 마시지 않았다. 걱정스러운 눈으로 녀석을 바라보고 있는데 뒤에서 인기척이 느껴졌다. 뒤돌아보니 수재가 살금살금 걸어오고 있었다. 권 여사에게 녀석 얘기를 들은 모양인지 얼굴에 호기심이 가득했다.

"오빠, 돼지 어딨어?"

내가 비닐하우스 안을 가리켰다.

"여기를 축사로 쓰려고. 그런데 낯설어서 그런지 영 기운이 없네."

"좋아지겠지. 그런데 너무 귀엽다!"

"그러게. 축사에선 몰랐는데, 밖에서 보니 정말 귀엽네."

"오빠, 한번 만져봐도 돼?"

"그럼. 아직 어려서 물진 못할 거야. 태어난 지 한 달밖에 안 됐거든."

수재가 녀석에게 가까이 다가갔다. 녀석은 처음엔 숨으려고만 하더니 수재가 손을 내밀자 살며시 다가와 냄새를 맡기 시작했다. 결국 녀석은 수재 품에 안겨 대체유 한 통을 비웠다.

그날부터 녀석과의 이상한 동거가 시작되었다. 수재는 녀석에게 '나폴레옹'이라는 이름을 지어주고 틈만 나면 찾아가 함께 뛰어놀았다. 수재에게 녀석의 이름을 왜 나폴레옹으로 지었냐고 물으니 조지 오웰의 소설 '동물농장'에 등장하는 돼지처럼 세상을 지배하길 바라는 마음에서 그리 정했다고 말했다. 나는 수재의 말에 피식 웃고 말았다. 돼지가 세상을 지배하다니, 정말로 소설 같은 이야기였다. 하지만 소설 속에서조차 동물의 세상은 곧 무너지지 않았던가. 물론 수재에게 그런 이야기는 하지 않았다.

수재는 나폴레옹에게 헌 담요를 가져다주고 좋아할 만한 음식과 장난감을 가져다주었다. 그것도 모자라 비닐하우스에 나폴레옹이라고 쓴 문패를 달아주고, 안을 예쁘게 꾸며 주었다. 또한, 푹신푹신한 곳을 좋아하는 나폴레옹을 위해 엄마 몰래 쿠션을 여기저기에 가져다 놓았다.

나폴레옹은 호기심이 꽤 많은 편이어서 수재가 가져다주는 장난감과 소품들을 무척이나 좋아했다. 수재가 수업을 마치고 집에 돌아오면 나폴레옹은 대체유 한 병을 먹은 후 마당을 여기저기 뛰어다녔다. 그렇게 나폴레옹은 수재가 제일 사랑하는 '애완돈'이 되어갔다. 처음엔 질색하던 권 여사도 궁금한지 가끔 들러 나폴레옹이 노는 모습을 구경하곤 했다.

물론 모든 사람이 나폴레옹을 반긴 건 아니었다. 권 여사의 집에는 총 네 명의 세입자들이 살고 있었는데, 40대 후반으로 보이는 박 씨와 송 씨는 근처 공장에 다니는 동료였고, 30대 후반의 강 씨는 초등학교 교사였다. 홍일점인 윤 씨 아줌마는 조금 떨어진 농장에서 근무하는 50대 후반의 농사꾼이었다.

문제는 창문이었다. 세입자들의 방 창문은 모두 마당을 향해 나 있었는데, 나폴레옹의 꿀꿀대는 소리가 꽤 거슬리는 모양이었다. 항상 창문을 활짝 열어놓고 시원한 바람을 맞으며 잠이 들던 사람들이 하나둘씩 창문을 닫기 시작했다. 세입자들이 권 여사에게 이런저런 불평을 늘어놓기 시작한 것도 그때부터였다.

토요일 아침이었다. 나폴레옹에게 대체유를 먹이고 있는데 때마침 1층 창문이 열리면서 박 씨가 창문 밖으로 고개를 내밀었다.

"거, 갑자기 웬 돼지요?"

속옷 바람의 박 씨는 인상을 잔뜩 찌푸린 채였다.

"아, 죄송합니다. 사정이 좀 있어서요, 당분간 여기서 키우게 되었어요."

"권 여사님이 센트리움에서 일하는 아들이 있다고 하더니, 그 아드님이신가 보네."

"네, 처음 뵙네요. 저는 고영재라고 합니다. 불편을 끼쳐 죄송합니다."

내가 깍듯이 인사하자, 박 씨는 구겼던 인상을 풀고 이것저것 묻기 시작했다.

"보아하니 요크셔 순종이네."

"돼지에 대해 잘 아세요?"

나는 나폴레옹을 품에 안은 채 창가로 다가갔다. 박 씨도 나폴레옹을 보자 신기한 듯 쳐다보았다. 권 여사에게 몇 번이나 짜증을 냈다더니 막상 보니 귀여운 모양이었다.

"우리 할아버지가 양돈장을 크게 하셨거든. 어릴 때 돼지하고 많이 놀았지. 돼지가 생각보다 똑똑하고 사람도 잘 따르지."

박 씨는 그렇게 얘기하며 나폴레옹을 쓰다듬었다. 녀석도 꼬리를 흔들어대며 박 씨 아저씨에게 친근감을 표현했다.

"아, 그래서 잘 아시는군요. 저도 몰랐는데 돼지가 정말 사람을 좋아하더라고요."

"그런데, 요 녀석은 태어난 지 얼마나 됐소? 계속 우유를 먹이는 것 같던데."

"이제 한 달 넘었어요. 어미가 있으면 좀 더 젖을 먹을 수 있었을 텐데, 어미가 죽었거든요."

그 말에 박 씨의 표정이 일순간 바뀌더니 나폴레옹을 안쓰러운 눈으로 바라보기 시작했다. 그때 옆의 창문이 열리더니 잠옷 차림의 남자가 나타났다. 교사인 강 씨였다. 그는 잠이 덜 깬 눈으로 나폴레옹을 노려보더니 우리를 향해 툴툴대기 시작했다.

"거, 좀, 잠 좀 잡시다. 그렇지 않아도 요즘 돼지 새끼 때문에 잠을 못 잤는데……."

목소리에 짜증이 잔뜩 묻어나왔다.

"주무시는 데 죄송합니다……."

"젊은 사람이 너무하네. 어미 잃은 새끼라는데."

갑자기 박 씨가 끼어들었다. 순간 강 씨의 표정이 바뀌더니 나폴레옹을 잠시 바라보았다.

"어미가 왜 죽었는데요?"

강 씨가 부루퉁한 목소리로 물었다.

"센트리움에서 사고가 있었거든요. 형제들도 다 죽고 얘만 남았어요."

박 씨와 강 씨의 시선이 일제히 나폴레옹에게로 향했다. 짠한 눈빛으로 쳐다보는 게 금방이라도 눈물을 쏟아낼 기세였다. 둘은 나폴레옹을 차례로 안아주고는 선물이라며 사과 한 개와 고등어 통조림을 주고 창가를 떠났다.

나폴레옹은 처음 먹어본 사과와 으깬 고등어를 잘도 받아먹었다. 그러고 보니 처음 데리고 왔을 때보다 몸무게도 늘고 대체유도 훨씬 더 잘 먹었다. 역시 준영 선배의 말이 옳았다. 축사의 환경을 바꾸면 동물들도 달라질 거란 예상을 나폴레옹이 입증하고 있었다.

그런 나폴레옹을 볼 때면 한없이 기분이 좋다가도 다른 한편으로는 의구심이 들었다. 축사의 환경을 바꾸는 게 정말로 동물을 위한 일인지 확신이 서지 않았다. 어차피 그들은 하나도 빠짐없이 도축장으로 보내질 운명이었다. 축사에서 조금 편해졌다고 그들의 행복을 장담할 수는 없는 일이었다. 그렇다면 그들을 행복하게 만드는 일은 무엇일까. 아니, 우리가 그들을 행복하게 만들어줄 수 있을까. 정말로 그러길 바라기는 하는 걸까. 나폴레옹만 볼 때면 수많은 생각들이 머릿속을 어지럽혔다. 이런저런 생각에 잠겨 있던 사이, 어느새 다가온 수재가 내 품에 안겨 있던 나폴레옹을 낚아채듯 가져갔다.

"오빠, 무슨 생각을 그렇게 해? 내가 부르는 것도 모르고."

"그랬어? 미안. 그런데 왜 불렀어?"

"엄마가 밥 먹으래. 그런데 엄마 오늘 아침에 윤 씨 아줌마하고 싸웠다."

수재가 재밌다는 표정으로 말했다.

"엄마가 세입자랑 싸웠다고? 무슨 일로?"

권 여사는 세입자가 왕이라고 늘 입버릇처럼 말하고 다녔다. 그런 권 여사가 세입자랑 싸우다니, 그것도 친구처럼 지내는 윤 씨 아줌마와.

"글쎄, 아줌마가 엄마보고 나폴레옹을 언제 잡을 거냐고 물었대."

"뭐? 나폴레옹을 잡아?"

"엄마가 그게 무슨 소리냐고 물었더니, 윤 씨 아줌마가 잡아먹으려고 키우는 거 아니냐고 그러더라는 거야."

"정말? 그래서 엄마가 뭐라고 했대?"

"그럼, 윤 씨 아줌마도 예전에 강아지 키웠다면서 그때도 잡아먹으려고 키웠냐며 막 따졌어."

"윤 씨 아줌마가 강아지를 키웠대?"

"응. 아줌마가 강아지랑 돼지랑 어떻게 같냐고 하니까, 엄마가 집에서 기르면 다 애완동물인 거지, 다를 게 뭐가 있냐고 막 화를 냈다니까. 엄마 되게 웃기지?"

나와 수재는 두 분 이야기를 하며 한참이나 웃었다. 툭하면 싸웠다가 화해하는 두 분의 이야기도 우스웠지만, 권 여사가 나폴레옹을 애완동물이라고 불렀다는 것도 놀라웠다.

수재가 나폴레옹을 마당에 내려놓자, 녀석은 넓적한 주둥이로 마당 여기저기를 파헤치기 시작했다. 땅을 파는 건 돼지의 습성이자 일종의 놀이였다. 나폴레옹은 온종일 땅을 파헤치다 지치면 나무 밑에 벌러덩 누워 금세 잠이 들었다. 잠이 든 나폴레옹은 그 어느 때보다도 편안하고 행복해 보였다. 어쩌면 나폴레옹에게 행복이란 이름뿐인 '동물 학대 방지법'이나 '동물 복지' 같은 거창한 문구로 포장된 세상이 아닌, 그저 살아가는 날까지 마음껏 뛰놀며 동족과 함께 살아갈 수 있는 세상인지도 몰랐다. 나는 나폴레옹이 센트리움으로 돌아가기 전까지만이라도 온전한 행복을 누리길 바랐다.

수재는 나무 밑에서 잠든 나폴레옹을 안아다 비닐하우스의 헌 담요 위에 살며시 뉘어놓고 나왔다. 나는 나폴레옹을 마치 아기라도 되는 양 대하는 수재가 우스워 소리내어 웃었다.

"그렇게까지 안 해도 돼, 수재야. 돼지는 아무 데서나 잘 자니까."

내 말에 수재가 눈을 흘기며 말했다.

"오빠는 수의사라면서 돼지가 얼마나 더위에 약한지 몰라?"

"오늘은 별로 덥지도 않은걸. 밖에서 자기 딱 좋은 날씨네."

"그렇긴 하네. 요즘 날씨가 정말 선선해졌어. 작년까지만 해도 내내 덥다가 갑자기 겨울이 시작됐는데. 올해는 좀 다른걸."

"동생아, 이렇게 너무 덥지도 않고, 너무 춥지도 않은 걸 바로 가을이라고 한단다. 넌 기억나지 않겠지만."

내가 수재를 놀리며 말했다.

“나도 학교에서 배웠거든. 십 년 전만 해도 한국은 사계절이 뚜렷한 나라였다고!”

“어이구 그러세요? 그럼 이렇게 나뭇잎이 떨어지는 걸 뭐라고 하는지 아세요?”

“음……, 잠깐만 기다려. 맞다, 낙엽! 맞지?”

“아이고, 우리 동생 똑똑하네!”

내가 계속 놀려대자, 수재가 내 옆구리를 꼬집었다. 정말로 모과나무 아래 낙엽이 쌓여가고 있었다. 오랫동안 열매를 맺지 않던 나무에 작은 모과들이 하나둘씩 노란빛으로 물들어가고 있었다. 수재와 나는 모과나무를 바라보며 오랜만에 찾아온 가을 풍경을 눈에 담았다.

* * *

나폴레옹을 집에 데려와 키운 지도 어느덧 2주가 흘렀다. 돼지는 원래 집단생활을 하는 동물이지만 나폴레옹은 혼자서도 그럭저럭 잘 지냈다. 수재가 틈만 나면 놀아주는 데다 세입자들도 틈틈이 보러와서 전혀 외로워 보이지 않았다.

권 여사와 싸운 윤 씨 아줌마는 어느 날 볏단을 한아름 가져와서는 나폴레옹에게 깔아주라고 말했다. 결국 권 여사는 볏단을 사과의 의미로 받아들였고, 권 여사와 아줌마는 예전처럼 둘도 없는 사이로 돌아갔다.

윤 씨 아줌마의 말대로 나폴레옹은 정말로 볏단을 좋아했다. 밤에는 헌 담요에서 잤지만, 마당에서 놀다가 졸리거나 등이 간지러우면 곧장 볏단이 있는 곳으로 달려갔다. 볏단에 앉아 햇볕을 쬐거나 온몸에 지푸라기를 묻힌 채 마당을 뛰어다니는 나폴레옹은 집안사람들에게 점차 소중한 존재가 되어갔다.

특히 박 씨 아저씨는 시간이 날 때마다 마당으로 내려와 나폴레옹의 축사를 편하게 고쳐주고 먹을 것도 가져다주었다. 어느 날에는 산에서 우연히 발견했다는 약초와 풀들을 가져와 나폴레옹에게 내밀기도 했다. 그 약초는 박 씨 아저씨의 할아버지가 양돈장을 할 때 돼지들에게 간식이나 영양식으로 던져주었던 나뭇잎들이라고 설명했다. 나는 거칠게 생긴 약초들을 바라보며 나폴레옹이 과연 이런 걸 먹을 수 있을까 걱정했지만, 정작 녀석은 아무렇지도 않게 나뭇가지에 붙은 잎들을 야무지게 떼먹었다. 과연 잡식성 동물답게 아무거나 잘 먹는 녀석을 사람들은 모두 신기한 눈으로 바라보았다.

나폴레옹을 위해 마당 한쪽에 둔덕을 만들어 준 사람은 2층에 사는 송 씨 아저씨였다. 송 씨 아저씨는 나폴레옹이 막 왔을 때는 권 여사에게 불만을 드러내지도, 관심을 보이지도 않았다. 그러다 박 씨 아저씨를 따라 몇 번 내려와 보더니, 그 후로는 집에 돌아오면 꼭 나폴레옹부터 찾았다. 며칠 전엔 갑자기 웬 삽을 들고 나타나 마당 한쪽에 경사를 만들고 그 아래에 커다란 비닐을 깔았다. 그리고 그 위에 설거지 한 물을 잔뜩 부어 작은 물웅덩이를 만들었다. 그 뒤로 나폴레옹은 열심히 둔덕을 오르내리며 신나게 놀았다. 목이 마르면 웅덩이에서 물을 마시고 진흙탕에서 뒹굴기도 했다.

같은 직장에 다니는 송 씨와 박 씨 아저씨는 쉬는 날이면 마당으로 내려와 나폴레옹이 노는 모습을 바라보며 이런저런 이야기를 나누었다. 덕분에 나는 두 분의 이야기를 곁에서 들을 수 있었다. 알고 보니 두 분은 비슷한 사연을 가진 친구였다.

우선 박 씨 아저씨는 대재앙 때 부인과 딸을 병으로 잃었다고 했다. 당시 네 살이었던 딸이 먼저 아프기 시작했는데 병원에서는 병명조차 알아내지 못했다. 그때는 이름 모를 바이러스와 세균으로 수십만 명이 병에 걸리고 죽어가던 시기였다. 박 씨 아저씨의 딸은 며칠 동안 고열에 시달리다가 눈을 감았고, 며칠 후에는 딸을 간병하던 부인마저 죽고 말았다고 했다. 박 씨 아저씨는 나폴레옹과 뛰어노는 수재를 멀리서 바라보며 말했다.

"우리 딸이 살았으면, 지금 딱 수재 나이야. 그래서 수재를 보고 있으면 우리 딸을 보는 것 같아 기분이 좋아."

송 씨 아저씨 역시 대재앙 때 임신 중이던 아내를 잃었다고 털어놓았다. 그것도 임신중독증이라는 별거 아닌 병 때문이었다. 지금 같으면 충분히 관리할 수 있는 병이었지만 모든 게 부족했던 당시에는 혈압약 하나 구하기도 힘들었다. 송 씨 아저씨는 아내에게 아기를 포기하라고 재촉했지만, 조금만 더 버텨보겠다던 아내는 끝내 눈을 감았다고 했다.

두 분은 강 씨에 대해서도 알려줬는데 그는 대재앙이 거의 끝나갈 무렵 홀어머니를 사고로 잃었다고 했다. 당시 그의 어머니는 집 근처를 배회하던 굶주린 동물들에게 물어 뜯겨 그 자리에서 목숨을 잃고 말았다. 강 씨가 동물을 끔찍하게 싫어했던 이유도 그때 겪은 사고 때문이었다.

나폴레옹을 물끄러미 바라보던 박 씨 아저씨가 말했다.

"그러고 봉께, 여그 사람들 대부분이 누군가를 잃은 사람들이구먼. 하다못해 저 나폴레옹까정 말이여."

박 씨 아저씨 말에 옆에 있던 송 씨 아저씨가 맞장구쳤다.

"정말로 그러네. 다들 불쌍한 사람들이지. 나폴레옹도 마찬가지고. 강 씨는 동물이라면 치를 떨지만, 재가 무슨 죄가 있겠어. 이게 다 사람 때문이지. 안 그래?"

"당연하제. 말이야 바른 말이지, 대재앙이 누구 땜에 일어났겄어? 다 못난 우리 때문이 아니겄어?"

"그러게나 말이야. 난 그래서 나폴레옹만 보면 미안하더라고. 요즘엔 밖에서 삼겹살을 못 먹겠어. 자꾸 나폴레옹이 생각나서."

"자네도 그렸구먼. 실은 나도 영 고기가 안 땡기더라고. 왠지 죄받을 것 같아서 말이여."

두 사람은 나폴레옹을 한참 동안 바라보다가 말없이 마당을 나섰다.

아저씨들의 말을 들으니 강 씨를 그동안 오해한 것 같아 미안한 마음이 들었다. 나폴레옹이 조금만 꿀꿀대도 창문이 부서져라 닫아대는 강 씨를 무척이나 괴팍하고 인정머리 없는 사람이라고 여겨왔다. 하지만 두 분의 말씀을 듣고 나니 그런 일을 당했다면 나라도 나폴레옹을 절대로 좋아할 수 없을 거란 생각이 들었다.

혼자 생각에 잠겨 있는데 수업을 마친 수재가 내 옆으로 다가왔다.

"오빠, 나 왔어. 우리 나폴레옹은 잘 지냈어?"

수재 옆에는 떡 하나를 손에 쥔 권 여사가 서 있었다. 잠에서 깬 나폴레옹이 꼬리를 흔들며 수재에게 다가왔다.

"얘가 정말 사람을 알아보네. 제법 똑똑한걸."

권 여사가 나폴레옹을 신기한 듯 바라보았다.

"권 여사가 웬일로 여길 다 납셨데?"

"아니, 남은 떡이 있어서 가져와 봤지. 얘가 이런 것도 먹나 해서."

"이게 무슨 남은 떡이야? 내가 어제 사 온 거잖아."

"한 번 먹여봐, 먹나 보게."

나는 하는 수 없이 떡을 조그맣게 잘라 나폴레옹에게 먹여보았다. 당연히 녀석은 좋아했다. 권 여사는 처음엔 멀찌감치 떨어져 보기만 하더니 조금씩 다가오기 시작했다. 잠시 후에는 시큰둥한 수재와 나보다 훨씬 낫다며 나폴레옹의 등을 쓰다듬기까지 했다.

"오빠, 오늘 나폴레옹 목욕시키자."

"나폴레옹을 씻긴다고? 왜?"

"인터넷으로 찾아봤더니 돼지가 엄청 깔끔한 동물이래. 진흙탕에

뒹굴어서 사람들이 오해하는 것뿐이지 원래는 화장실을 따로 만들어 쓸 정도로 청결하다고 쓰여있더라고. 그래서 목욕시켜 주려고."

"그럴 물이 어딨어? 세탁기 돌릴 물도 부족한데."

내가 투덜대자 수재가 의기양양한 목소리로 대답했다.

"엄마랑 내가 벌써 준비해 뒀어. 전부터 빨래 헹군 물이랑 설거지하고 남은 물이랑 모아뒀거든."

그렇게 말한 수재는 나폴레옹을 품에 안은 채, 권 여사와 함께 사라졌다. 수재의 말을 듣고도 아무 말 없는 걸 보니 권 여사도 이미 승낙한 모양이었다. 어떻게 씻기나 궁금해 따라갔더니 수재는 인터넷에서 본대로 나폴레옹을 씻기고 부드러운 솔로 발에 생긴 각질을 벗겨냈다. 나폴레옹은 목욕을 그다지 좋아하지 않는지 씻는 내내 발버둥치며 꽥꽥댔다. 하지만 목욕을 끝내고 몸을 말려주자, 기분이 좋아진 녀석은 꼬리를 흔들며 거실을 돌아다녔다.

나와 수재는 깨끗해진 나폴레옹을 안고 비닐하우스로 향했다. 헌 담요 위에 내려놓으니 헤어지기가 아쉽다는 듯 나의 품을 파고들었다. 매일같이 먹이 주고 안아줬더니 나를 자신을 돌봐주는 어미쯤으로 아는 모양이었다. 나 역시 나폴레옹과 헤어지기 싫었다. 하지만 나는 나폴레옹의 어미나 친구가 될 수 없었다. 나폴레옹에게 나는 자유를 억압하고 목숨을 앗아가는 적대자일 뿐이었다. 아무것도 모른 채 나만 보면 달려와 안기는 나폴레옹을 볼 때면 기쁨과 미안함이 동시에 밀려들었다. 내가 자기 어미를 어떻게 다뤘는지, 내가 자신을 어디로 데려갈지 안다면 나폴레옹은 절대로 나에게 안기지 않을 터였다.

시간이 갈수록 나폴레옹을 센트리움에 보내기 싫어졌다. 이제 나폴레옹은 권 여사의 말대로 집안 식구들이 모두 사랑하는 어엿한 가족이 되어 있었다. 그런 나폴레옹을 서 있기조차 힘든 스톨에 가둬두고 사료만 꾸역꾸역 먹게 한다는 건 생각조차 하기 싫었다. 더욱이 만신창이가 되어 도축장으로 끌려가는 나폴레옹의 모습은 아예 상상조차 할 수 없었다.

옆에서 나폴레옹을 지켜보던 수재가 나에게 말했다.

"오빠, 나 엄마 얘기 들을 걸 그랬나 봐."

"무슨 얘기?"

"오빠처럼 수의사 되라는 얘기."

"뭐? 너 그림 그리는 게 제일 좋다며?"

"나폴레옹 보니까 나도 오빠처럼 수의사 돼서 동물들 도와주고 싶다는 생각이 들더라고."

수재의 말에 말문이 막혔다. 동물을 도와주기 위해 수의사가 되다니, 그러면 나는 지금 동물을 도와주고 있다는 말인가. 솔직히 그건 아니었다. 센트리움에서 내가 하는 일을 알게 된다면, 수재는 결코 수의사를 꿈꾸지 않을 거라는 생각이 들었다. 어쩌면 나를 미워하게 될지도 몰랐다. 갑자기 얼굴이 화끈거리며 속이 울렁거렸다. 그런 나의 마음을 모르는 수재가 다시 환한 얼굴로 물었다.

"오빠는 내가 수의사 되면 어떨 것 같아?"

"음. 수의사 되려면 지금보다 세 배는 공부해야 할걸. 괜찮겠어?"

나는 억지로 웃어 보이며 말했다.

"휴, 그렇겠지. 그냥 그림이나 그려야겠다. 난 그림은 열 시간 그려도 공부는 열 시간 못 하겠더라고."

오늘따라 수재 성적이 좋지 않은 게 다행이라는 생각이 들었다.

한때는 나도 동물을 돕기 위해 수의사가 되었다고 자신했다. 수의대 시절엔 준영 선배를 따라 야생동물 구조 작업에 나서기도 했고, 동기들과 야생동물 보호센터를 운영하며 동물들을 치료하기도 했다. 그때는 너구리 한 마리를 살리기 위해 수차례의 수술도 마다하지 않았고, 로드킬 당한 고라니를 살리려고 밤을 지새우기도 했다.

물론 권 여사는 인간에게 별 도움도 되지 않는 고라니나 너구리를 살리겠다고 기를 쓰던 나를 이상하게 여겼다. 사람들이 애써 키운 곡식을 몰래 먹어 치우는 동물들을 뭣 하러 살리냐고 물었다. 하지만 나와 동기들에겐 야생동물은 인간과 똑같은 생명체였고, 치료가 필요한 환자일 뿐이었다. 당시 동기들은 나를 '고라니 엄마'라고 불렀는데, 어미를 잃은 고라니가 체온이 떨어질까 봐 걱정돼 밤새 품에 안은 채 수액을 놓아서 얻은 별명이었다. 그랬던 내가 동물들을 죽이는 데 앞장서고 있다니, 순간 내가 센트리움의 수의사라는 게 너무나 부끄러웠다.

때마침 권 여사가 밥 먹자며 나와 수재를 불렀다. 수재는 잠시만 기다리라고 하더니 주머니에서 쿠키 하나를 꺼내 나폴레옹에게 내밀었다. 우리는 쿠키 조각을 맛있게 먹는 나폴레옹을 두고 비닐하우스를 나왔다.

계단을 올라가면서 보니 나무에 매달린 모과들이 어느새 노랗게 익어 있었다. 나는 쌀쌀함을 느끼며 집으로 향했다. 된장찌개 냄새가 현관 밖까지 진하게 풍겨왔다. 현관문을 열면서 깨달았다. 언제부턴가 권 여사가 밥상에 그토록 좋아하던 삼겹살을 내놓지 않았다는 사실을. 하지만 상관없었다. 삼겹살이나 제육볶음이 아니더라도 세상에는 먹을 게 많으니까.

그러고 보면 준영 선배는 고기 없이도 영양실조 한번 걸리지 않았고, 건강 상태도 나보다 훨씬 좋은 편이었다. 갑자기 준영 선배가 그리워졌다. 연구는 혼자 어떻게 해나가고 있는지 궁금하기도 했다. 내일은 전화라도 한번 해야겠다고 생각하며 거실로 들어섰다.

식탁에는 구수한 된장찌개와 각양각색의 쌈 채소들이 가지런히 놓여 있었다. 그런데 쌈과 함께 할 고기는 어디에도 보이지 않았다. 내가 황당한 표정으로 식탁을 바라보자, 권 여사는 보란 듯이 상추에 밥과 쌈장을 얹은 후 입이 미어지도록 넣어 씹기 시작했다. 나도 권 여사를 따라 상추 하나를 집어 밥을 올린 후 쌈장을 넣어 싸 먹었다. 고기 없는 쌈은 생각보다 맛이 좋았다. 쌈에는 무조건 고기가 있어야 한다고 생각했었는데, 밥과 상추만으로도 충분히 맛있다는 걸 난생처음 깨달았다. 결국 나는 유난히 맛이 좋았던 된장찌개와 쌈으로 밥그릇을 깨끗이 비웠다. 그날 저녁은 어느 때보다도 속이 편했다.

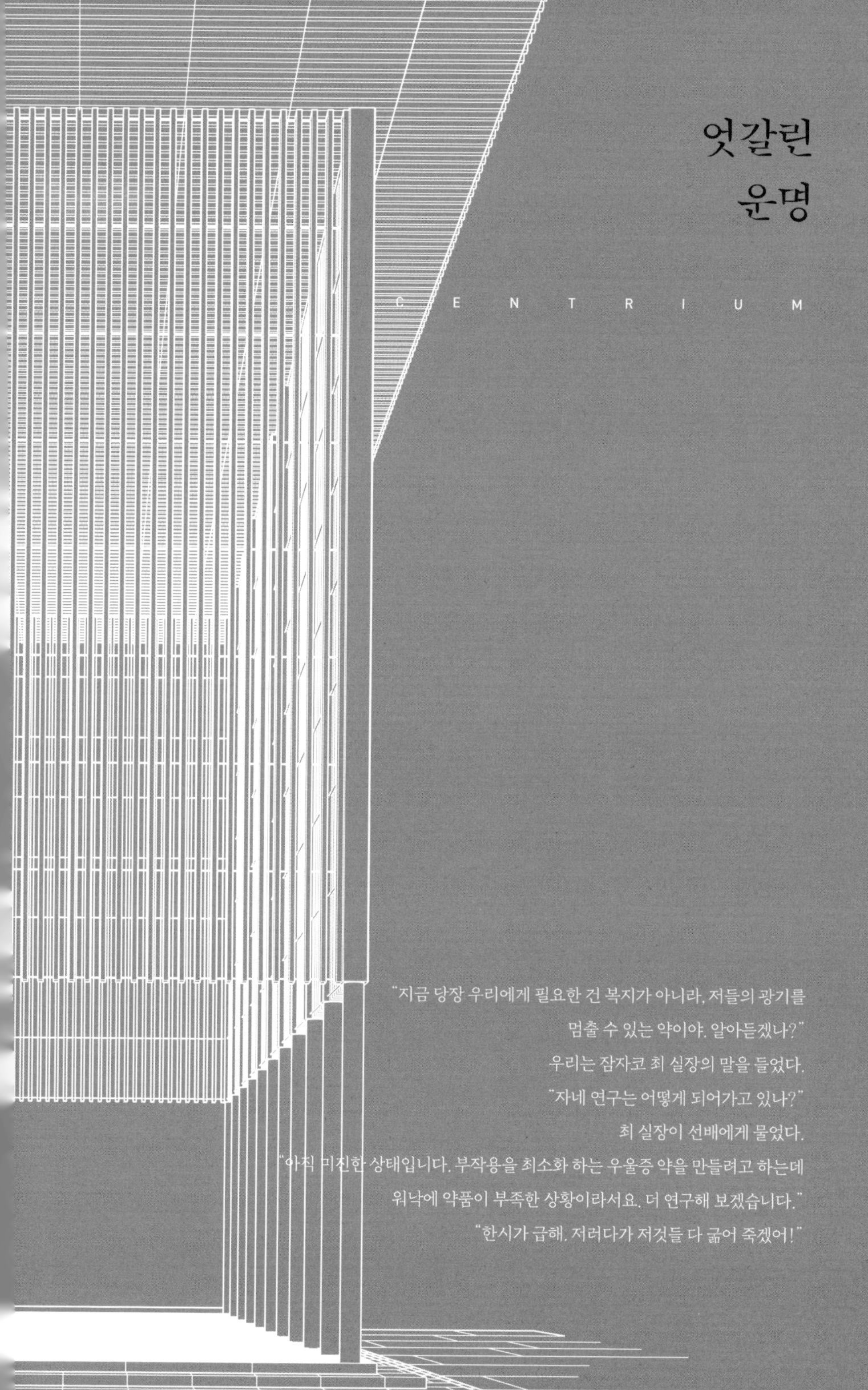

엇갈린 운명

C E N T R I U M

"지금 당장 우리에게 필요한 건 복지가 아니라, 저들의 광기를 멈출 수 있는 약이야. 알아듣겠나?"

우리는 잠자코 최 실장의 말을 들었다.

"자네 연구는 어떻게 되어가고 있나?"

최 실장이 선배에게 물었다.

"아직 미진한 상태입니다. 부작용을 최소화 하는 우울증 약을 만들려고 하는데 워낙에 약품이 부족한 상황이라서요. 더 연구해 보겠습니다."

"한시가 급해. 저러다가 저것들 다 굶어 죽겠어!"

최 실장의 사무실은 생각보다 작고 평범했다. 책상 뒤에 걸린 무궁화 훈장만이 실장의 위상을 알려주고 있었다. 책상에 앉은 실장은 보고서를 빠른 속도로 넘겨 보았다. 눈으로는 보고서를 읽고 있었지만, 입가에는 쓴웃음이 떠나지 않았다. 그 앞에 서 있던 준영 선배와 나는 그런 최 실장의 모습을 바라보고 있었다. 보고서를 끝까지 넘겨 본 실장이 선배와 나에게 물었다.

"그러니까 어쩌라는 거야? 센트리움에 있는 것들을 다 풀어주자는 거야?"

"축사 환경을 좀 개선해 보자는 거죠. 센트리움 시스템상으론 지금 당장은 힘들겠지만, 조금씩 바꿔나가면 언젠간 가능하리라 생각합니다."

준영 선배가 말했다.

"애초에 센트리움을 왜 만들었는데! 전국에 있던 양

돈장이랑 양계장이 왜 사라졌는지 몰라? 너무 뜨거워서 죽고, 너무 추워서 죽었다고!"

"실장님, 밖을 보세요. 그때랑 다른 게 안 보이세요? 애들 바깥에 풀어놔도 안 죽습니다. 저희가 올린 보고서가 그걸 증명하고 있고요."

"지금 며칠 시원해졌다고 이러는 거야? 몇 년 전만 해도 여름에 40도가 넘었어! 겨울엔 영하 10도였다고!"

"지금 당장 모두 밖에서 키우자는 게 아닙니다. 축사 공간을 넓히고, 본성대로 살아갈 수 있도록 해주자는 거죠."

"본성? 예를 들면?"

이번엔 선배 대신 내가 나섰다.

"닭은 새는 아니지만 날려는 본성이 있습니다. 그래서 횃대가 필요합니다. 날갯짓을 할 수 있는 공간만 있다면 지금보다 훨씬 자유로워질 겁니다. 돼지는 코로 파헤칠 땅이 필요합니다. 진흙탕이 있다면 피부의 열도 식혀줄 수 있고요. 그리고 소는 무턱대고 사료량만 늘릴 게 아니라, 되새김질할 수 있는 시간을 줘야 합니다."

"또 그놈의 동물 복지 타령이군. 고 선생까지 왜 이래? 준영이랑 같이 다니더니 자네까지 이상해졌군!"

"그게 우리가 센트리움의 동물들을 살릴 수 있는 마지막 방법입니다. 우리는 그들을 너무 몰아세웠어요. 그들은 너무 지쳤다고요. 조금이라도 숨 쉴 수 있게 도와줘야 합니다!"

다시 준영 선배가 나섰다.

"그만두지 못해! 그럼, 닭들은 하루에 달걀 한 개씩만 낳도록 내버려두고, 젖소는 새끼 먹이고 남은 우유만 짜내자고? 그러면 센트리움이 열 개 이상 필요해. 그 말은 열 배의 인원과 열 배의 자본이 필요하다는 얘기야. 알겠어!"

최 실장의 말에 선배와 나는 아무 말도 할 수 없었다. 사실 처음부터 불가능한 제안이라는 건 우리도 잘 알고 있었다. 지금의 한국은 한때 세계 문화를 주름잡았던 예전의 한국이 아니었다. 식량부족으로 인해 인력과 재화가 턱없이 부족한 약소국일 뿐이다. 그 말인즉, 최 실장이 허락한다고 해도 센트리움 시스템을 바꿀 자본력은 물론 그를 뒷받침할 인력이 부족하다는 의미였다.

한동안 선배가 말이 없자 이번엔 최 실장이 나와 선배를 설득하기 시작했다.

"지금 당장 우리에게 필요한 건 복지가 아니라, 저들의 광기를 멈출 수 있는 약이야. 알아듣겠나?"

우리는 잠자코 최 실장의 말을 들었다.

"자네 연구는 어떻게 되어가고 있나?"

최 실장이 선배에게 물었다.

"아직 미진한 상태입니다. 부작용을 최소화 하는 우울증 약을 만들려고 하는데 워낙에 약품이 부족한 상황이라서요. 더 연구해 보겠습니다."

"한시가 급해. 저러다가 저것들 다 굶어 죽겠어!"

선배가 말없이 고개만 끄덕이자, 실장이 나에게 말했다.

"고 선생도 쓸데없는 짓 그만두고 준영이나 도와줘. 알겠나?"

"네."

용무를 끝낸 최 실장이 급히 사무실을 나가려 했다. 그때 내가 황급히 물었다.

"실장님, 나폴레옹은 어떻게 되나요?"

"뭐라고? 나폴레옹?"

"제 말씀은, 새끼 돼지요."

"아, 자네가 데리고 나갔던 녀석? 당연히 살처분했지."

"네! 정말요? 왜요?"

"밖에 나갔다 온 놈을 어떻게 축사에 들이나? 세균이라도 들여오면 어떡하라고!"

"실장님! 어떻게 그런 일을……."

그 순간 최 실장의 휴대전화가 울렸다.

"네, 의원님. 도착하셨다고요. 지금 나가겠습니다."

전화를 끊은 실장은 부리나케 사무실을 나갔다. 놀란 나는 그저 멍하니 문만 바라보고 서 있었다. 머릿속이 하얘지고 손발이 떨려왔다. 나폴레옹을 살처분했다면 산 채로 땅에 묻었단 말인가. 기가 막혀 숨이 제대로 쉬어지지 않았다.

준영 선배에게 전화해 나폴레옹의 소식을 보고한 게 바로 이틀 전이었다. 선배는 전화를 받자마자 나폴레옹을 데리고 곧바로 센트리움으로 돌아오라고 했다. 그리고 어제 오후, 선배와 나는 나폴레옹의 뇌를 스캔해 전과 비교해 보았다. 확실히 뇌의 신호도 안정적이고 해마의 크기도 예전으로 돌아가 있었다. 신이 난 나는 보고서를 작성해 최 실장에게 제출했고, 보고서를 읽은 최 실장은 나와 선배를 곧바로 호출했다.

그 사이 나폴레옹은 세상에서 가장 잔인한 방법으로 목숨을 잃은 것이었다. 따지고 보면 센트리움에서 나폴레옹을 밖으로 데려간 것도 나였고, 다시 데려온 것도 나였다. 결과적으로 나폴레옹을 죽인 사람은 누구도 아닌 바로 나 자신이었다.

눈앞이 흐려지더니 눈물이 왈칵 쏟아졌다. 뺨을 타고 흘러내린 눈물은 사무실 바닥에 떨어져 커다란 원을 만들어냈다. 갑자기 화산 같은 불덩이가 가슴 속에서 솟구쳤다. 당장이라도 달려가 나폴레옹을 땅에 파묻으라고 명령한 최 실장을 흠씬 패주고 싶었다. 옆에서 나를 지켜보던 준영 선배는 나의 어깨를 몇 번 토닥이더니 말없이 방을 나갔다.

혼자가 된 나는 엉엉 소리 내어 울기 시작했다. 내 품에 안겨 잠들던 나폴레옹의 모습이 떠올라 도저히 울음을 참을 수가 없었다. 나폴레옹은 센트리움의 그 어떤 동물보다도 건강하고 밝은 존재였다. 정밀검사에서도 우울증은커녕 흔한 세균조차 발견되지 않았다. 그런 나폴레옹을 생매장하다니, 정말이지 너무 화가 나고 기가 막혔다.

나폴레옹의 작고 귀여웠던 모습이 머리에서 떠나질 않았다. 둔덕을 신나게 달리던 모습, 비닐하우스에서 쌔근쌔근 자던 모습, 사과를 맛있게 먹던 모습 등이 눈에 선했다. 그와 함께 수재의 얼굴도 떠올랐다. 이 사실을 알면 가장 슬퍼하고 힘들어할 사람은 내가 아닌 수재였다. 수재를 생각하니 마음이 더욱 무거워졌다. 수재에게 이 사실을 도대체 어떻게 알려야 할지 그저 막막하기만 했다.

한참 동안 홀로 남아 울다가 눈물을 훔치고 사무실을 나왔다. 아무리 슬퍼도 내가 맡은 임무를 소홀히 할 수는 없었다. 나폴레옹을 위해서라도 동물들의 우울증 문제를 반드시 해결해야만 했다. 그때까지도 센트리움의 직원들은 여전히 절망과 좌절 사이를 오가고 있었다.

복도로 나오자, 아래층 식당에서 음식 냄새가 진하게 풍겨왔다. 슬픈 와중에도 배가 고파왔다. 계단을 내려가는데 갑자기 헛웃음이 나왔다. 삼겹살이라면 죽고 못 살던 내가 돼지 새끼 하나 죽었다고 눈물을 흘리다니. 그런 나 자신이 역겹고 가증스러워 견딜 수가 없었다.

아직 식사 시간 전인데도 직원 식당은 이미 만원이었다. 앞에 적힌 메뉴를 보니 하필이면 제육볶음이었다. 나는 줄을 서려다 말고 빌딩 밖으로 나왔다. 어느새 가을이 자리 잡은 바깥 날씨는 꽤 쌀쌀해져 있었다. 시원한 바람을 맞으니 답답했던 속이 조금은 가라앉는 느낌이었다.

나는 자전거를 타고 센트리움을 나와 무작정 달리기 시작했다. 한참을 달려 도착해보니 눈앞에 떡집 간판이 보였다. 나의 무의식이 그곳으로 이끈 모양이었다. 자전거에서 내려 근처에 보이는 주차장으로 향했다. 거치대에 자전거를 세워두려는데 옆에 눈에 익은 자전거가 보였다. 핸들에 강아지 인형이 달린 준영 선배의 자전거였다. 나는 고개를 돌려 재빨리 주위를 살펴보았다. 저 멀리 상가들 골목 사이로 걸어가는 선배의 모습이 보였다. 나는 소리쳐 선배를 불러 보았다. 하지만 선배는 듣지 못한 모양인지 떡집을 지나 어딘가로 바삐 걸어갔다.

나는 빠른 걸음으로 선배를 뒤쫓기 시작했다. 처음으로 선배와 함께 밥을 먹고 싶다는 생각이 들었다. 게다가 떡집을 그냥 지나치는 걸 보아 선배는 고기와 젓갈을 사용하지 않는 식당을 찾아낸 게 분명했다. 하지만 아무리 빨리 걸어도 선배와의 거리는 좁혀지지 않았다. 내가 숨을 헐떡거리며 뒤따라가는 사이, 선배는 골목을 지나 길가에 있는 어느 식당으로 쏙 들어가 버렸다. 멀리서 식당 간판을 확인하려는데 갑자기 전화벨이 울렸다. 아버지였다. 나는 걸음을 멈추고 전화를 받았다.

"아버지, 잘 지내셨어요?"

"그래, 나다. 밥은 먹었니?"

"이제 먹으려고요. 그런데 어쩐 일이세요?"

"일은 무슨, 그냥 궁금해서 전화했지. 엄마랑 수재는 어떻게 지내니?"

아버지는 결코 별일 없이 전화할 분이 아니셨다. 목소리도 평소와 다르게 가라앉아 있었다.

"네, 다들 잘 지내요. 아버지랑 할머니는 어떠세요?"

"그게……. 할머니가 좀 편찮으셔. 괜찮으면 수재 데리고 제주도 좀 다녀갈래? 할머니께서 요즘 부쩍 너희들을 보고 싶어 하시는구나."

"네? 얼마나 편찮으신데요? 서울로 모셔야 하는 거 아니에요?"

"할머니께서 병원엔 절대로 안 가겠다고 고집부리시는구나. 어떻게 시간 좀 되겠니?"

"그럼 수재랑 얘기해 볼게요. 저는 며칠 휴가 내고, 수재는 현장학습 신청하면 될 것 같아요."

"그래 주겠니? 고맙구나, 영재야."

"별말씀을요. 그러고 보니 제주도에 다녀온 지 십 년도 넘었네요. 아버지랑 할머니 뵌 지도 오래됐고요. 일정 정해지면 연락드릴게요."

"그래, 제주도에 도착하면 데리러 나가마. 전화해다오."

아버지는 그렇게 말하고 전화를 끊으셨다. 할머니가 편찮으시다는 소식에 마음이 다시 울적해졌다. 할머니는 바닷물에 집이 잠기고 쓰나미가 밀어닥쳐도 홀로 한라산에 올라 살아남으셨던 분이셨다. 당시 젊은 사람들도 견디기 힘들어했던 배고픔과 추위를 겪으면서도 할머니는 아버지에게 내색조차 하지 않으셨다. 그런 할머니께서 편찮으시다는 건 심각한 상황임이 틀림없었다.

나는 무거운 마음으로 다시 선배를 찾아 나섰다. 선배가 사라진 부근에는 꽤 유명한 햄버거 가게가 있었다. 다른 곳보다 고기가 많고 육즙이 풍부하다고 소문난 가게였는데, 치킨도 함께 팔고 있었다. 하지만 주변에는 선배가 좋아할 만한 샐러드 가게나 국숫집은 보이지 않았다.

선배가 갈만한 식당을 계속 찾아다니다가 혹시나 하는 마음으로 햄버거 가게 안을 들여다보았다. 창문으로 보니 고개를 숙인 채 구석에 앉아 있는 선배가 보였다. 나는 얼른 문을 열고 가게 안으로 들어갔다. 안에 들어서자 막 튀겨낸 치킨과 햄버거 냄새가 진하게 풍겨왔다. 선배는 내가 다가가는 것도 모른 채 앞에 놓인 접시를 뚫어지게 바라보고 있었다.

"선배, 여기 있었어요? 얼마나 찾았는데."

깜짝 놀란 선배가 고개를 들었다. 당황한 얼굴로 황급히 두 손으로 접시를 가린 선배는 더듬거리는 말투로 내게 물었다.

"어떻게 여기를……. 직원 식당에 안 갔어?"

"오늘 메뉴가 영 별로라서요. 선배처럼 떡이나 먹을까 하고 와봤는데, 앞에 선배가 지나가더라고요. 그런데 선배 뭐 먹어요? 여기엔 선배 같은 채식주의자들이 먹을 만한 메뉴가 없어 보이는데?"

"음, 그게……."

선배는 말없이 고개를 숙이더니 접시를 가리고 있던 두 손을 천천히 치웠다. 접시에는 샐러드가 아닌 치킨 조각이 놓여 있었다.

"선배, 설마 치킨 먹으려고요?"

내가 채 말을 끝내기도 전에 얼굴이 빨개진 선배는 황급히 가게를 나가버렸다. 놀란 나는 식당에 그대로 서 있었다. 선배를 무안하게 만든 것 같아 마음이 좋지 않았다.

사실 준영 선배가 치킨을 먹는다고 해서 부끄러워할 이유는 없었다. 다른 사람들은 매주 삼겹살을 먹고 치킨도 먹는데, 준영 선배만 혼자 먹지 말란 법은 없으니까. 하지만 놀란 건 사실이었다. 매일같이 동물의 권리와 복지를 외치며 고기엔 손도 대지 않던 선배가 치킨을 먹는다는 건 아무래도 앞뒤가 맞지 않았다.

나는 선배를 찾으려 가게를 뛰쳐나갔다. 선배는 자전거 앞에 말없이 서 있었다. 내가 옆으로 다가가자, 선배는 고개를 숙인 채 말했다.

"정말 창피하다. 나 사실은 고기 엄청나게 좋아해."

"네? 선배가요?"

"어렸을 땐 고기 없으면 밥을 안 먹을 정도였어."

나는 선배의 말을 그저 듣고만 있었다. 선배가 계속 얘기했다.

"내가 아기였을 때 밥을 잘 안 먹어서 우리 엄마가 많이 힘들어했대. 그런데 네 살이 되자마자 내가 고기만 보면 환장을 하더라는 거야. 그때부터 우리 엄마는 밥상에 한 번도 고기를 빼놓지 않았어. 심지어 대재앙 때에도 할아버지가 기르시던 소를 잡아 나를 먹였을 정도였지."

"그런데 어떻게 채식주의자가 됐어요?"

"고등학교 때 친한 친구 아버지가 양계장을 하셨어. 방학 때 친구랑 같이 며칠 일하면서 알게 됐지. 우리가 먹는 치킨이 어떤 과정을 거쳐 입으로 들어오는지 말이야."

"그런 일이 있었군요."

"거기에서 일하시던 아주머니 한 분은 그 모습을 보면서도 아무렇지도 않게 닭고기를 드시더라고. 그것도 모자라 남은 닭고기를 매일 챙겨가셨어. 집에 있는 강아지 갖다준다고 말이야."

나는 말없이 고개를 끄덕였다.

"그때 갑자기 이상하다는 생각이 들었어. 닭고기는 사람이나 개가 먹어도 되고, 개는 먹으면 안 된다는 게. 그때부터 고기를 먹지 말아야겠다고 생각했어."

선배의 말을 들은 나는 잠시 생각에 잠겼다. 생각해 보니 나도 비슷한 경험을 한 적이 있었다. 하지만 나는 지금까지도 아무 생각 없이 치킨과 삼겹살을 먹어왔다. 정작 부끄러워해야 할 사람은 선배가 아닌 나였다. 선배가 말을 이었다.

"그런데 말이야, 참 힘들어. 이 빌어먹을 치킨 냄새."

정말로 그랬다. 나폴레옹을 키우면서 몇 번이나 고기를 먹지 말자고 다짐해 봤지만, 치킨 앞에선 나 역시 번번이 무너지고 말았다.

"아, 짜증 나! 어째서 우리 엄마는 하루도 안 빼고 나에게 고기를 먹인 걸까? 아직도 치킨 냄새만 맡으면 행복해져. 삼겹살 냄새만 맡으면 기분이 좋아진다고!"

선배가 큰 소리로 외치자 지나가던 사람들이 우리를 이상한 눈빛으로 쳐다보았다. 한동안 말없이 서 있던 선배는 잠시 후 자전거를 타고 떠나버렸다. 홀로 남은 나는 정처 없이 거리를 걷기 시작했다.

좀 전에 갔던 햄버거 가게를 지나는데 안에서 젊은 남자가 밖으로 나왔다. 남자의 두 손에는 햄버거와 치킨으로 채워진 봉지들이 잔뜩 들려 있었다. 봉지에서 바삭하고 고소한 냄새가 진하게 풍겨왔다. 가게를 나서는 남자의 얼굴은 기쁨으로 가득해 보였다. 가게에 앉아 있는 사람들도 하나같이 행복해 보였다. 그 순간 불행한 사람은 수십 년 만에 치킨을 주문하고도 정작 입에 대보지도 못한 준영 선배뿐이었다. 나는 남자가 들고 가는 치킨과 햄버거를 한동안 바라보았다. 그리고 떡집을 향해 터벅터벅 걷기 시작했다. 떡집 안에는 그때까지 팔리지 않은 떡들이 매대를 가득 채우고 있었다. 나는 선배가 자주 먹던 떡 몇 개를 골라 값을 치르고 나왔다.

자전거가 있는 주차장으로 돌아가는데, 전에 봤던 닭들 모습이 자꾸만 떠올랐다. 깃털 하나 없이 시뻘건 몸으로 죽어가던 닭들이 눈에 선했다. 나는 고개를 들어 센트리움을 바라보았다. 멀리 보이는 빌딩 주위로 먹구름이 다가오고 있었다.

* * *

시월이 되자 나는 다시 한번 본가로 향했다. 나폴레옹을 센트리움에 데려간 후로 수재는 하루에도 몇 번씩 전화해 언제 올 거냐고 물었다. 물론 수재가 보고 싶은 건 내가 아니라 나폴레옹이었다. 피한다고 해결될 일이 아니었다. 처음엔 센트리움에서 잘 지내고 있다고 둘러댈까도 생각해 봤지만, 수재한테까지 거짓말하고 싶지는 않았다.

오랫동안 고민한 끝에 나는 나폴레옹의 일을 솔직하게 털어놓기로 했다.

주말에 가겠노라고 전화했더니 수재는 뛸 듯이 기뻐했다. 하지만 막상 토요일 아침이 되자 후회가 밀려왔다. 나폴레옹이 산 채로 묻혔다는 말을 꺼내려고 하니 도저히 용기가 나지 않았다. 숙소를 나서긴 했지만, 전철을 타고 가는 내내 마음이 착잡했다.

창밖은 이미 코스모스가 한창이었다. 십 년이면 강산도 변한다더니, 대재앙으로 결코 회복할 수 없을 것 같았던 환경이 조금씩 되살아나고 있었다. 일 년에 반 이상 계속되었던 여름 대신 가을이 찾아왔고, 코스모스까지 피기 시작했다. 잡풀 하나 보이지 않았던 센트리움 근처에도 이름 모를 들꽃들이 피어났다.

반면 센트리움 안은 여전히 지옥이었다. 수의사들과 사육사들은 입을 열지 않는 돼지와 소들을 먹이느라 지쳐갔고, 마취제와 전기 충격기에 지친 동물들은 더 이상 아무것에도 반응을 보이지 않았다. 고된 업무에 센트리움을 그만두는 직원들이 하나둘씩 늘면서 남은 사람들의 업무는 그만큼 증가했다.

반면 동물들의 출하 시기는 나날이 빨라졌다. 한 달 반이던 닭들의 출하 시기는 한 달로 줄었고, 돼지는 태어난 지 다섯 달 만에 출하되었다. 도축장에선 다 크지도 않은 새끼들을 내려보낸다고 투덜거렸지만, 하루가 멀게 죽어 나오는 소들보단 그나마 나은 편이라며 체념했다.

전철에서 내려 자전거에 올라탔다. 주말이라 그런지 역 부근은 오가는 사람들로 무척이나 붐볐다. 늘 한산하기만 했던 역의 활기찬 모습을 보니 무거웠던 마음이 조금은 가벼워졌다. 나는 집을 향해 자전거의 속도를 높였다.

현관문을 열고 들어서자, 권 여사는 처음 보는 화분에 물을 주고 있었다.

"아들 왔어?"

꽃을 바라보는 권 여사의 얼굴이 유난히 밝아 보였다.

"응. 그런데 웬 화분이야?"

"어제 시장 갔다가 하나 샀어. 엄마가 소국을 엄청나게 좋아하잖니. 몇 년 동안 통 볼 수 없어서 섭섭했는데, 꽃집에서 팔고 있더라고."

권 여사는 노래까지 흥얼거리며 하얀 소국을 매만졌다.

"수재는 어디 갔어요?"

"아니, 너 온다고 계속 기다리는 눈치던데. 보나마나 마당에 있겠지."

나는 집안을 나와 마당으로 향했다. 수재는 빗자루를 들고 마당을 청소하고 있었다. 나폴레옹이 파헤친 땅은 다시 평평해졌고, 더러워진 비닐하우스도 말끔하게 정리되어 있었다. 내가 나폴레옹을 다시 데려오는 줄 알고 아침부터 청소에 나선 모양이었다. 그런 수재의 모습을 보니 말을 꺼내기가 더욱 힘들어졌다. 어떻게 말할지 고민하는데, 수재가 나를 발견하고 뛰어왔다.

"어, 오빠 왔네? 나폴레옹은?"

"어, 그게……."

"위층에 있어? 내가 나폴레옹 집 청소해 놓았어. 나폴레옹도 좋아하겠지?"

"수재야, 나폴레옹은 못 왔어. 앞으로도 오지 못할 거야."

"왜? 센트리움에서 안 된데? 그런 거야?"

"수재야, 이리 좀 앉을까?"

나는 안절부절못하는 수재를 마당 앞에 있던 의자에 앉혔다. 온종일 나폴레옹만 보고 있는 수재를 위해 권 여사가 내놓은 의자였다. 의자에 앉자마자 수재가 속사포처럼 물어왔다.

"오빠, 왜 안 되는데? 센트리움엔 돼지 많잖아. 혹시 돈 때문에 그러면 내가 낼게. 나 돈 많아. 아빠가 보내주시는 용돈 하나도 안 쓰고 모아놨어. 응?"

"수재야, 돈 때문이 아니야. 원래 돼지를 센트리움 밖에서 키우는 건 불법이야."

"불법이라니? 오빠, 그러면 몰래 데려온 거야? 그런데 왜 다시 데려갔어?"

"아니, 정식으로 허락받고 데려온 거야."

"그럼, 뭐가 문제라는 거야?"

"나폴레옹을 데려온 건 키우려던 게 아니라 연구 때문이었어."

"나도 알아. 그래서 오빠 연구 끝났다며? 보고서도 다 썼다고 하지 않았어?"

나는 대답 대신 고개를 끄덕였다.

"연구 끝났으면 이제 나폴레옹은 필요 없는 거잖아. 그럼 데려왔어야지."

"그게, 사정이 있었어."

"무슨 사정? 혹시 나폴레옹이 어디 아파? 그래도 데려왔어야지. 집에서 치료해 주면 되잖아. 오빠가 수의사잖아."

수재는 거의 울기 직전이었다. 나는 그런 수재에게 모든 사실을 털어놓았다. 나폴레옹은 연구를 위해 한시적으로만 외출이 허용되었다는 것. 밖에 나갔던 돼지를 센트리움에서 들이지 못하게 되어 있다는 것. 결국 나폴레옹은 죽을 수밖에 없었다는 것 등을 하나도 빼놓지 않고 설명했다. 하지만 나폴레옹이 산 채로 땅에 묻혔다는 건 끝내 말하지 못했다.

내가 말을 채 끝내기도 전에 수재가 울음을 터뜨렸다.

"무슨 법이 그래? 어차피 죽일 거면 나한테 주면 되잖아! 내가 끝까지 잘 키울 수 있었는데, 대체 왜 그랬어! 나폴레옹을 왜 죽였냐고!"

"수재야, 미안해. 하지만 나도 어쩔 수가 없었어. 내가 알았을 땐 회사에서 이미 처리한 후였어."

"오빠, 미워! 그까짓 센트리움 망해버리라고 해. 내가 절대로 용서하지 않을 거야!"

수재는 울면서 집 안으로 들어가 버렸다. 마당에 혼자 남아 한숨을 내쉬는데, 창가로 사람들이 모여들었다. 아마 수재가 우는 소리에 창문을 열었다가 우리 얘기를 들은 모양이었다. 한동안 말없이 나를 바라보던 사람들은 조용히 창문을 닫고 안으로 들어갔다.

수재는 내가 예상했던 것보다 훨씬 더 슬퍼했다. 방문을 걸어 잠근 채 밥도 먹지 않고 온종일 울기만 했다. 권 여사는 뭣 하러 그런 얘기를 해서 애를 울리냐며 융통성 없는 나를 연신 나무랐다.

정작 울고 싶은 건 나였다. 센트리움은 여전히 난리였고, 선배는 나를 멀리했으며, 그 와중에 하나뿐인 동생마저 나를 원망하고 있었다. 정말이지 모든 게 엉망이었다. 그중에서도 가장 가슴 아픈 건 나폴레옹을 더 이상 볼 수 없다는 사실이었다. 마당을 휘젓고 다니다가 내 품에서 잠들던 나폴레옹이 못 견디게 그리웠다. 지금이라도 비닐하우스에 가면 헌 담요에 누워 새근새근 자고 있을 것 같았다.

오후 내내 마음이 무거웠던 나는 저녁도 거른 채 다시 마당으로 향했다. 깔끔해진 마당에 툭 튀어나온 둔덕이 유난히 눈에 거슬렸다. 옆에 있는 웅덩이마저 지저분해 보였다. 나는 다시 한번 마당을 정리하기로 했다. 되도록 빨리 나폴레옹의 흔적을 지우고 싶었다. 나는 삽을 가져와 둔덕을 없애고, 웅덩이를 만들었던 비닐을 치워버렸다. 땀을 뻘뻘 흘리며 마당을 정리하고 있는데, 갑자기 수재의 목소리가 들려왔다.

"오빠, 뭐 하는 거야!"

깜짝 놀라 뒤돌아보니 수재가 퉁퉁 부은 눈으로 나를 노려보고 있었다.

"수재야, 네가 보면 더 생각날 것 같아서 정리하던 중이야."

"내버려둬, 제발 내버려두라고! 나폴레옹이 죽은 지 얼마나 됐다고 벌써 치워버리겠다는 거야?"

"수재야……."

"그런다고 내가 나폴레옹을 잊을 수 있을 것 같아? 오빠는 잊을 수 있어? 그럴 수 있냐고!"

수재가 다시 울기 시작했다. 당황한 내가 미안하다고 했지만, 수재는 오히려 큰 소리로 울기 시작했다. 수재의 울음소리를 들은 사람들이 하나둘씩 마당으로 모여들었다. 송 씨 아저씨가 제일 먼저 말을 꺼냈다.

"그래, 지금은 동생 말대로 해. 마당은 내가 시간 봐서 정리할 테니까."

아저씨는 우는 수재의 등을 토닥이며 씁쓸한 표정으로 마당을 둘러보았다.

"에고. 그 쪼그마한 게 뭐라고, 며칠 사이에 정이 들었나 보구먼."

옆에 있던 박 씨 아저씨가 한숨을 내쉬며 말했다.

"나폴레옹 덕분에 아침에 일찍 일어났는데, 다시 지각하게 생겼네요."

처음엔 시끄러워 잠을 잘 수 없다고 나폴레옹만 보면 눈을 흘겨대던 강 씨였다. 하지만 나중에는 '어린 것이 부모도 없이 불쌍하다'라며 과자를 쪼개주던 그였다.

뒤이어 권 여사와 윤 씨 아줌마도 마당에 나타났다. 두 분은 눈이 퉁퉁 부은 수재를 안아주더니 이런저런 이야기를 늘어놓았다.

"나폴레옹 때문에 사람 사는 집 같더니, 쓸쓸해서 어쩐대."

윤 씨 아줌마였다. 아줌마는 나폴레옹이 볏짚을 좋아한다는 소리를 듣고는 몇 번이나 볏단을 몰래 가져와 깔아주고, 그 귀한 사과를 잘게 잘라 주기도 했다.

"그러게요. 정이란 게 정말 무섭네. 내가 돼지 새끼를 좋아하게 될 줄 어떻게 알았어?"

권 여사가 힘없이 말했다. 점심까지 거른 걸 보면 내색은 안 해도 여간 속상한 게 아닌 모양이었다. 침울한 얼굴로 서 있던 박 씨 아저씨가 농담처럼 말했다.

"에휴, 이제 삼겹살 먹긴 다 틀렸구먼. 뭐 그런다고 큰일 나는 건 아니겠지만 말여."

"나도 고기 먹은 지 한참 됐다니까. 사실 요 며칠간 도축장에서 잠깐 알바를 했거든요. 처음에는 포장만 하면 된다고 해서 시작했는데, 자꾸만 죽은 소들이 밀려든다며 도축장 안으로 부르더라고."

다시 윤 씨 아줌마였다.

"그래서 어땠는데?"

권 여사가 물었다.

"세상에, 지옥이 따로 없더라니까. 죽기 싫어 발버둥 치는 송아지를 전기 충격기로 찔러대질 않나, 아직 죽지도 않은 소의 다리를 자르질 않나. 너무 끔찍해서 볼 수가 없더라고."

"휴, 그러고 보면 인간이 참 잔인해. 어디에선 좋은 가죽을 생산한다고 산 채로 동물들 피부를 벗겨낸다잖아."

송 씨 아저씨가 말하자, 수재가 더 큰 소리로 울어댔다.

"이 양반이 참 눈치도 없이!"

권 여사는 송 씨 아저씨를 흘겨보더니 모두에게 말했다.

"우리 말로만 이러지들 말고, 나폴레옹 제사를 지내줍시다. 어때요?"

"그거 좋은 생각이네. 잘 가라고, 미안하다 하고 말해주면 하늘에 있는 나폴레옹도 좋아할 거고, 우리 마음도 좀 편안해질 테니. 수재는 말할 것도 없고."

권 여사의 말에 윤 씨 아줌마가 대뜸 나섰다.

"나 참, 우리 아버지 제사도 안 지내는 내가 돼지 새끼 제사를 지낸다는 게 우습기는 하지만, 뭐 그렇게 해봅시다."

송 씨 아저씨도 승낙했다. 곧바로 우리는 나폴레옹의 제사를 준비하기 위해 흩어졌다. 그러다 밤 11시가 되자마자 마당에 다시 모였다. 나폴레옹의 집이었던 비닐하우스 앞에 제사상이 차려졌다. 제사상이라고 해봤자 북어포와 술, 그리고 나폴레옹이 평소 좋아하던 사과와 고등어 캔, 사료를 올린 게 전부였다. 하지만 사람들의 표정은 그 어느 때보다도 진지해 보였다.

송 씨 아저씨는 언제 준비했는지 지방까지 써 와 상 앞에 부치고는 작은 돗자리 하나를 그 앞에 깔았다.

"자, 이제 나폴레옹 제사를 시작하겠습니다."

그렇게 말한 박 씨 아저씨는 나를 돗자리에 무릎 꿇게 한 뒤 잔에 술을 따라 주었다. 나는 아저씨가 하라는 대로 술잔을 돌려 상에 놓고 일어나 두 번 절했다. 옆에 있던 아저씨들이 속삭였다.

"동물한테도 절을 하나?"

"아무렴, 망자가 위잉께 해야제."

두 분의 말을 듣고 나머지 사람들도 돌아가며 절하기 시작했다. 마지막 차례는 수재였다. 수재는 흐느끼며 간신히 절하더니, 나폴레옹에게 마지막 인사를 전했다.

"나폴레옹, 지켜주지 못해서 미안해. 우리 다음 세상에서 꼭 만나자. 잘 가, 나폴레옹."

수재의 말에 권 여사와 윤 씨 아줌마가 눈물을 훔쳤다. 나머지 아저씨들도 눈물을 참으려는 듯 하늘만 올려다보았다. 나도 수재를 따라 울었다. 그간 참아왔던 눈물이 한꺼번에 터져 나와 멈출 수가 없었다. 마지막으로 송 씨 아저씨가 지방을 태웠다. 환하게 타올랐던 지방이 한 줌의 연기가 되어 밤하늘 속으로 사라졌다. 이로써 나폴레옹의 제사가 모두 끝났다.

집으로 돌아가는 수재의 얼굴을 보니 아까보다 훨씬 편안해 보였다. 나 역시 울고 나니 그동안 쌓아왔던 마음의 짐을 조금은 덜어낸 느낌이었다. 우리는 권 여사를 따라 모두 3층으로 향했다.

"자, 제사가 끝났으니 모두 우리 집으로 갑시다. 제가 먹을 것 좀 준비해 놨어요."

"아이고, 우리 집주인께서 웬일이래? 우리야 좋죠, 다들 가십시다."

윤 씨 아줌마가 사람들을 이끌고 집으로 올라갔다.

집에는 권 여사가 미리 준비해 둔 상 위에 밥과 몇 가지 반찬들이 차려져 있었다. 사람들은 기쁜 얼굴로 식사를 시작했다. 부엌에서 잠시 부산을 떨던 권 여사가 커다란 접시 두 개를 상 위에 내려놓았다.

"자, 어서들 드세요. 찬이 입에 맞을랑가 모르겠네."

접시에 담긴 음식은 우리 가족이 예전에 즐겨 먹던 돼지불고기였다.

"엄마, 설마 이거 돼지불고기야?"

수재가 놀란 목소리로 물었다. 당황한 사람들도 권 여사를 바라보았다. 하지만 권 여사는 아무렇지 않게 말했다.

"다들 먹어봐요. 맛이 괜찮다니까."

"엄마, 어떻게 이럴 수 있어? 우리가 여기 왜 모였는데!"

"그래요, 권 여사님. 이건 너무 한 거 아닙니까?"

송 씨 아저씨가 수저를 내려놓으며 말했다.

"이게요, 고기가 아니랍니다. 다들 속으셨죠?"

"네? 그럼, 뭔데요?"

권 여사의 말에 강 씨가 되물었다.

"이건 콩으로 만들어진 음식이에요. 가짜 고기죠. 그런데 맛이 감쪽

같지 뭐예요. 나도 먹어보고 깜짝 놀랐다니까요?"

권 여사의 말에 사람들이 너도나도 고기를 집어 들었다. 미심쩍은 얼굴로 고기를 이리저리 살펴보던 사람들은 마침내 입에 넣어 맛을 음미하기 시작했다.

"정말로 고기랑 똑같네. 말 안 하면 정말 고기인 줄 알겠어요."

"어쩜, 맛도 좋은데요!"

"정말 희한하네. 어떻게 콩으로 이런 식감을 만들었을까?"

사람들은 다들 신기해하며 콩고기를 열심히 먹었다. 그때 권 여사가 다른 접시를 내밀었다.

"요것도 좀 드셔보세요."

"이것도 콩으로 만든 겁니까?"

"아니요. 잠깐, 이건 뭐라고 했더라."

이번에는 권 여사 대신 내가 나섰다.

"이게 배양육인가 보네요. 고기를 형성하는 세포만 따로 떼어내 자라게 한 뒤 그걸 모아 다시 고기를 만든 겁니다. 동물 세포를 이용하기는 하지만, 살아 있는 동물을 전혀 해치지 않고 만들 수 있는 거죠."

"그러게, 우리 입맛에 좋다고 다른 동물을 죽이면 안 되지. 참, 대단들 하네. 이런 걸 어떻게 만들었을까?"

"이제부터 고기 대신 이걸 먹어야겠네요. 요즘 치킨 먹을 때마다 닭 한 마리씩 죽이는 것 같아 영 마음이 안 좋더라고요."

여간해선 입을 열지 않는 강 씨가 끼어들었다.

"그런데 이런 건 어디에서 팔아요? 가격이 비싸진 않으려나?"

"마트에 다 팔더라고요. 우리가 관심이 없어서 못 본 것뿐이지. 게다가 고기보다 훨씬 싸더라니까."

윤 씨 아줌마 말에 권 여사가 신나서 대답했다.

"어디 이름 좀 봅시다. 아예 사진으로 찍어놔야겠네. 그래야 안 잊어버리지."

사람들은 너도나도 권 여사가 보여준 브랜드를 휴대전화로 찍기 시작했다. 그리고 권 여사가 차린 음식들을 맛있게 먹기 시작했다. 술까지 곁들인 어른들은 밤이 깊어서야 각자 방으로 돌아갔다.

권 여사를 도와 방을 정리하는데, 수재가 창밖을 내다보며 말했다.

"오빠, 달 좀 봐. 엄청 크다!"

"정말 그렇네. 그래서 밖이 그렇게 환했구나."

수재와 나는 창가로 걸어가 환한 보름달을 쳐다보았다. 그 순간만큼은 센트리움도, 죽은 병아리들도, 몸부림치던 가축들도 생각나지 않았다. 수재가 창문을 열자 시원한 바람이 곧장 방안으로 밀려들었다. 오랜만에 느껴본 가을바람이었다. 바람은 우리 머리를 헝클어 놓은 뒤, 다시 창문 밖으로 사라졌다. 수재와 나는 말없이 밤하늘을 바라보았다. 둥그런 보름달이 어두운 밤하늘을 밝혀주고 있었다.

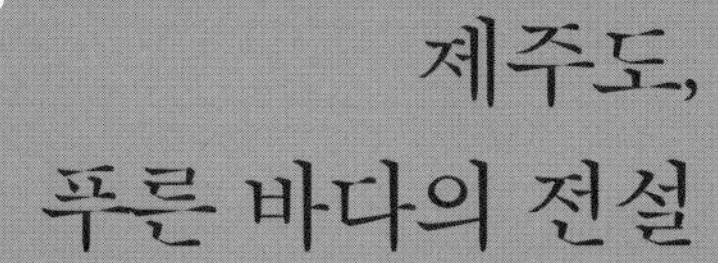

제주도, 푸른 바다의 전설

C E N T R I U M

삼이공에서 내가 전화로 제주도에서 뭘 하실 거냐고 물으니, 아버지는
농사를 지을 거라고 말씀하셨다.
평생 농사라곤 지어본 적 없는 아버지였다. 그렇지 않아도 물이 부족한 제주도에서
무슨 농사를 짓겠다는 것인지 궁금했지만 나는 더이상
아무것도 묻지 않았다.
아버지의 귀향이 반가운 건 아니었어도 내가 나설 문제는 아니었다.
더욱이 스물다섯의 나는 아버지가 곁에 없다고 불편함을 느낄 나이도
더더욱 아니었다.

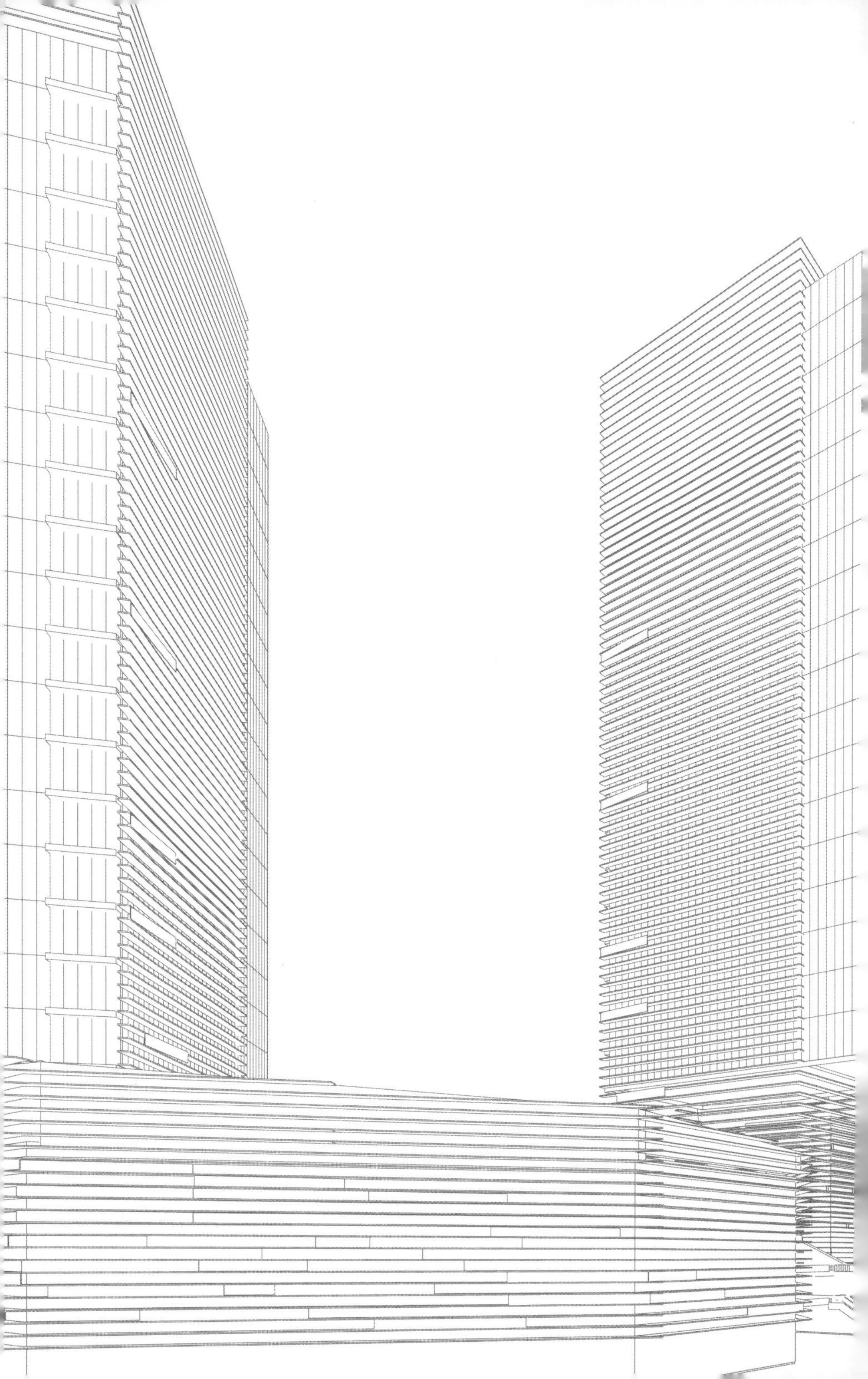

상공에서 내려다본 제주 바다는 온통 검은색이었다. 어릴 적 보았던 에메랄드빛 바다는 그 어디에도 보이지 않았다. 깊은 바다에 잠긴 마을은 어느새 스킨스쿠버 다이버들에게 전설의 관광지가 되어 있었다. 나는 해발 1만 2천 미터 상공의 비행기 안에서 오래전 할머니가 사시던 집이 어디쯤인지 가늠해 보려고 애썼다. 하지만 할아버지의 할아버지가 지으셨다는 돌담집은 흔적조차 보이지 않았고, 그 많은 감귤나무를 삼켜버린 바다는 하얀 물거품만 내뱉을 뿐이었다.

공항 게이트를 나서자, 아버지가 우리를 향해 손을 흔들었다. 그 모습을 본 수재는 재빨리 뛰어가 아버지 품에 안겼다. 오랜만에 만나기는 나와 마찬가지인데도 수재는 거리낌 없이 아버지의 팔짱을 끼고 얼굴을 비벼댔다. 덕분에 우리 부자간의 어색함도 쉽사리 사라졌다.

"영재야, 와줘서 고맙구나. 동생 데리고 오느라 애썼다. 엄마는 잘 계시지?"

아버지의 따뜻한 손이 나의 어깨를 감쌌다.

"네, 아버지. 엄마는 건강하세요."

수재와 제주도에 다녀오겠다는 말을 꺼냈을 때 권 여사는 의외로 흔쾌히 허락했다. 며칠을 전전긍긍하며 간신히 말을 꺼낸 내가 오히려 김이 샐 정도였다. 권 여사가 수재 담임 선생님께 전화해 가정학습을 신청하는 사이 나는 그동안 쓰지 못했던 월차를 내고 준비에 나섰다. 우리 남매는 토요일 오후에 출발해 제주도에서 2박 3일을 보낸 후 월요일 저녁에 도착하기로 일정을 세웠다. 더 일찍 출발하고 싶었지만, 남은 비행기 좌석이 없었다. 권 여사는 우리를 위해 거금을 들여 비행기 표를 끊어주는 한편, 할머니께 드릴 선물까지 마련해 주었다. 수재는 제주도에 간다는 소리에 기뻐 어쩔 줄 몰라 하며 며칠 전부터 가져갈 짐들을 챙기기 시작했다.

"할머니 기다리시겠다. 어서 가자."

수재의 손을 잡은 아버지가 주차장을 향해 성큼성큼 걸어가셨다. 두 손에 가방을 든 나는 부녀의 뒤를 뒤따랐다. 아버지는 흰머리가 좀 늘고 입가에 주름이 생긴 걸 제외하면 여전히 건강하고 활기차 보이셨다. 식사나 제대로 하시는지 늘 걱정이었는데 비로소 마음을 놓을 수 있었다.

아버지가 제주도로 내려가신다고 했을 때 나는 여전히 남아공에 머물러 있었다. 당시 제주도는 식량부족으로 어려움을 겪고 있었고, 도시 전체가 물에 잠겨 행정조차 제대로 이루어지지 않는 상태였다. 바다의 수온이 올라가면서 물고기들이 씨가 말라버렸고, 미역과 다시마 같은 해조류는 모습을 감춘 지 오래였다. 하지만 아버지는 주위 사람들이 아무리 말려도 마음을 바꾸지 않으셨다. 권 여사가 그럴 바에야 이혼하자며 난리를 피워도 눈 하나 깜짝하지 않을 정도였다. 결국 아버지는 정년이 일 년도 남지 않은 공무원직을 그만두고 가방 하나만 들고 제주도로 떠났다. 권 여사는 아버지 얘기를 할 때마다 세상에서 가장 불가사의한 양반이라며 독설을 품어댔다.

남아공에서 내가 전화로 제주도에서 뭘 하실 거냐고 물으니, 아버지는 농사를 지을 거라고 말씀하셨다. 평생 농사라곤 지어본 적 없는 아버지였다. 그렇지 않아도 물이 부족한 제주도에서 무슨 농사를 짓겠다는 것인지 궁금했지만 나는 더이상 아무것도 묻지 않았다. 아버지의 귀향이 반가운 건 아니었어도 내가 나설 문제는 아니었다. 더욱이 스물다섯의 나는 아버지가 곁에 없다고 불편함을 느낄 나이도 더더욱 아니었다. 당시 다섯 살이었던 수재 역시 꼬박꼬박 나오는 연금이 아버지의 빈 자리를 대신했다. 또한, 일주일에 한 번씩 걸려 오는 전화와 두둑한 선물들 덕분인지 수재는 아버지 없는 서러움을 거의 느끼지 못하는 것 같았다.

수재와 아버지가 팔짱을 끼고 차로 걸어가는 사이 나는 잠시 주변을 둘러보았다. 뉴스에서는 바닷물이 차올라 폐허가 된 도시로 보도

했지만, 생각처럼 상태가 나쁘지는 않았다. 십 년이란 세월 동안 건물들을 옮기고 보수해서인지 겉으로 봐선 재앙의 흔적을 거의 찾아볼 수 없었다. 바닷물에 잠긴 공항 대신 새롭게 지은 공항은 전보다 훨씬 크고 깨끗했고, 편의시설도 잘 갖춰져 있었다. 물론 만일의 상황을 대비해 만들었다는 10미터 높이의 가벽 때문에 바다를 보기란 쉽지 않았다. 하지만 그 높은 가벽도 세찬 바람과 바다 내음을 막을 수는 없었다. 나는 짠내 가득한 바다 냄새를 맡으며 헝클어진 머리를 정리했다. 앞서가던 수재와 아버지가 나에게 어서 오라고 손짓했다.

아버지의 작은 승용차를 타고 도착한 곳은 한라산 중턱에 세워진 작은 목조주택이었다. 인부들을 고용해 아버지가 직접 설계해 지었다는 집은 작은 방 두 개와 화장실 하나뿐인 작고 아담한 집이었다. 하지만 거실도 넓고 예쁜 마당도 있어 밖에서 볼 때는 꽤 근사해 보였다.

집 주위엔 비슷하게 생긴 주택들이 옹기종기 모여 있었다. 아버지의 설명에 따르면 마을 사람들 대부분은 해일 때문에 급하게 한라산으로 피한 수재민들이라고 했다. 처음에는 얼키설키 지은 움막을 짓고 살았는데, 나중에 정부의 지원으로 목조주택을 지어 이사한 모양이었다. 그렇게 만들어진 마을은 깔끔한 조경과 통일된 디자인 덕분에 고급스러운 빌라 단지처럼 보였다. 초가집보다 못한 곳에서 고생하며 계시리라 생각했는데 한라산에 지어진 주택가는 어지간한 도시의 집보다 훨씬 깔끔하고 아름다웠다. 수재는 아빠 집이 엄마 집보다도 훨씬 좋다며 집 주변을 정신없이 둘러보았다.

집 안으로 들어서니 할머니께서 우리를 반갑게 맞이하셨다. 여든이 넘으신 할머니는 전보다 늙으시긴 했어도 전혀 아픈 사람처럼 보이지는 않으셨다.

"아이고, 우리 새끼들 왔구나! 어디 보자, 네가 수재로구나!"

"네, 제가 수재예요. 할머니 안녕하셨어요?"

"세상에 못 본 사이에 아가씨가 다 됐네!"

"아가씨는요, 이제 겨우 중3인데요."

수재가 쑥스러워하며 말했다.

"할머니, 안녕하셨어요? 저 영재예요."

"아이고, 내 새끼! 아범 젊었을 때랑 똑같이 생겼네!"

"그동안 찾아뵙지 못해 죄송해요, 할머니."

"아니야, 이렇게 와줘서 고맙다. 다들 건강해서 이 할미가 얼마나 기쁜지 모르겠구나."

우리는 거실에 놓인 소파에 앉아 그간의 일들을 나누었다. 집 안은 밖에서 볼 때보다 훨씬 넓고 편안했다. 아버지의 성격이 드러난 가구들은 하나같이 깔끔하고 단순한 것들이었다. 쓰지 않는 가구들로 채워진 권 여사의 집과는 너무나 대조적이었다.

수재와 내가 할머니 방과 아버지 방에 짐을 정리하는 사이 할머니는 저녁 식사를 준비하셨다. 아버지가 내어준 편한 옷으로 갈아입고 오니 거실에 이미 진수성찬이 차려져 있었다.

"와, 할머니. 이게 다 뭐예요? 할머니께서 직접 만드신 거예요?"

레토르트식품만 먹고 자라온 수재는 할머니가 손수 만든 음식을 보자마자 소리를 질렀다. 놀란 건 나도 마찬가지였다. 마트에서 사 온 국과 반찬으로 끼니를 때우던 내게, 눈앞에 차려진 상은 어느 식당에서도 보기 힘든 최고의 성찬처럼 보였다.

"그럼, 내 새끼들 주려고 할머니가 어제부터 만들어 놓은 것들이지. 어서들 먹자, 국 식기 전에."

"잘 먹겠습니다, 할머니!"

우리는 할머니께서 차려주신 밥을 정신없이 먹기 시작했다. 상에는 할머니께서 직접 담그신 된장에 해산물을 넣고 끓인 된장찌개와 각종 나물 반찬이 가지런히 놓여 있었다. 또한, 바삭한 생선구이와 달고 짭조름한 간장게장, 미역무침 등이 상을 가득 메우고 있었다. 고기 한 점 보이지 않는데도 더없이 정갈하고 담백한 음식들이 자꾸만 나의 손을 끌어당겼다.

할머니는 제주도의 마지막 해녀였다. 그것도 대학을 나와 해녀 학교를 수석으로 졸업한 엘리트 해녀였다. 제주시는 해녀가 사라지는 걸 막기 위해 옛날 우도 근처에 해녀 학교를 세운 뒤 해녀들을 양성했다고 한다. 하지만 얼마 안 가 바닷속의 물고기들이 눈에 띄게 줄면서 해녀도 점차 사라지게 되었다.

원래 할머니는 제주시의 공무원이셨다. 제주시가 한창 해녀 학교를 세우던 중에 해녀들의 아름다운 삶에 빠진 할머니는 공무원직을 그만두고 해녀 학교에 입학했다. 어른들의 반대를 무릅쓰고 해녀가 되기 위해 직장마저 포기했지만, 결국 해녀 학교의 마지막 졸업생이 되고 말았다.

주변 사람들은 섣부른 결정 때문에 좋은 직장만 잃었다며 할머니를 비웃었다. 하지만 할머니는 해녀의 수영 실력이 아니었다면 거대한 쓰나미 속에서 결코 살아남지 못했을 거라고 웃으며 말씀하셨다. 그러고 보면 아버지의 고집스럽고 강직한 성격은 할머니에게서 물려받으신 것이 분명했다.

반면 평생을 공무원으로 일하셨던 할아버지는 이십 년 전 거대한 쓰나미가 제주도를 강타했을 무렵 사람들을 대피시키다가 목숨을 잃으셨다. 당시 중학생이었던 나는 학교로 찾아온 아버지 손에 이끌려 제주도에 왔었다.

동네 장례식장에서 치러졌던 할아버지의 장례식은 소박하고 아름다웠다. 할아버지 덕분에 목숨을 건진 사람들이 할아버지의 영정사진 앞에 꽃을 놓고 고개를 숙여 묵념했다. 장례식을 찾은 그 누구도 소리 내어 울지 않았다. 그저 할머니께 할아버지에 대한 감사한 마음을 전한 뒤 조용히 떠나갔다. 그처럼 평화로웠던 장례식 덕분에 나는 죽음을 편하게 받아들이는 법을 비교적 이른 나이에 배울 수 있었다.

아버지는 정신없이 먹는 수재와 나를 다정한 눈빛으로 바라보았다. 할머니는 부엌을 오가며 빈 접시를 다시 채우기에 바쁘셨다.

"여기 이 생선 좀 먹어봐라. 할미가 아침에 잡아 온 건데, 살도 많고 담백하더라."

"할머니, 아직도 물질을 다니세요?"

"그럼, 이 할미는 한 번도 물질을 쉰 적이 없단다."

할머니가 자랑스럽게 말씀하셨다.

"할머니, 바다에 물고기가 아직 있어요? 학교에서는 완전히 사라졌다고 배웠는데."

수재가 할머니가 발라주신 생선을 먹으며 물었다.

"얼마 전까진 그랬지. 그런데 몇 해 전부터 슬슬 보이기 시작하더라. 다행이지 뭐냐."

"정말요? 그런데 생선은 왜 그렇게 비싸요? 엄마가 생선은 비싸서 먹을 수가 없다고 하시던데요."

"옛날처럼 그물로 잡아 올릴 정도는 아니란다. 그저 우리 새끼 먹일 정도지."

할머니가 수재의 머리를 쓰다듬으며 말씀하셨다.

"그럼, 할머니 물고기 잡아서 파세요. 바다에 들어가시면 몇 마리씩 잡으시는데요?"

"일주일에 두 마리. 그 정도면 아범이랑 할미 먹기는 충분하거든."

"에게, 그것밖에 안 잡혀요?"

"일부러 더 안 잡는 거야. 그래야 다른 사람들도 먹지. 오늘은 우리 새끼들 먹이려고 특별히 두 마리 더 잡았다."

수재와 나는 수북이 놓여 있던 접시들을 모조리 비운 뒤에야 수저를 놓았다. 배가 너무 불러 숨을 쉴 수가 없었다. 아버지가 앉아 있기조차 힘들어하는 우리 대신에 상을 정리하고 설거지까지 끝냈다. 순식간에 부엌일을 마친 아버지는 우리를 위해 레몬차를 끓여 내오셨다. 향이 진한 레몬차는 할머니가 집 뒤에 있는 나무에서 레몬을 따와 직접 담그신 것이라고 했다. 우리는 차를 마시며 밤늦게까지 이야기하다가 새벽이 되어서야 잠자리에 들었다. 멀리서 들려오는 파도 소리가 깊이 잠든 우리에게 포근한 이불이 되어주었다.

다음 날 아침, 수재와 나는 10시가 넘어서야 눈을 떴다. 그 사이 바다에 다녀온 할머니는 손수 캐신 조개들로 국을 끓이고 계셨다. 아버지는 어딜 가셨는지 안 보이시더니 점심 무렵에 나타나셨다. 우리는 식탁에 다시 모여 점심을 먹기 시작했다. 맑고 시원한 조갯국이 더부룩한 속을 편하게 해주었다. 나는 맛있게 밥을 먹으면서도 그 많은 국과 반찬들을 할머니께서 어떻게 만드시는지 궁금했다.

서울 사람들은 되도록 물을 쓰지 않기 위해 레토르트식품만 먹으며 살아갔다. 요리에 필요한 재료를 다듬고 채소를 씻으려면 많은 물이 필요한 데다 쓰레기 처리 비용도 만만치 않기 때문이었다. 당시 음식쓰레기를 처리하는 비용은 음식을 사기 위해 치르는 돈의 두 배에 가까울 정도로 엄청났다.

점심 식사를 끝내고 수재와 내가 그릇들을 닦고 있는데 어디선가 익숙한 냄새가 나기 시작했다. 그 달고 쌉싸름한 향의 주인공은 다름 아닌 커피였다. 아버지는 내가 지켜보는 가운데 직접 간 원두로 커피를 내리셨다. 거품 가득한 드리퍼에서 커피 방울이 떨어질 때마다 깊고 진한 커피 내음이 집안에 퍼져나갔다. 마침내 아버지는 커피 두 잔을 내려 한 잔을 내게 주시더니 나머지 한 잔은 당신이 드셨다. 실로 경이로운 순간이었다. 쌀 한 가마니보다 더 비싸다는 커피를 아버지는 어떻게 마련하신 걸까. 게다가 아버지가 손수 내려주신 커피는 센트리움에서 마셨던 커피보다 향도 훨씬 강하고 맛도 좋았다. 산도가 강하지 않고 부드러운 데다 끝맛도 고소했다. 더 이상 궁금증을 참을 수 없어 아버지께 여쭤보았다.

"아버지 이 커피는 어디서 나셨어요?"

"커피 맛이 괜찮니? 내가 직접 키운 거란다."

아버지가 미소를 지으며 말씀하셨다.

"네? 커피를 직접 키우셨다고요? 그게 가능해요?"

"그럼, 아버지 농장 한 번 보러 갈래?"

"아버지 농장이 있어요? 당장 보고 싶어요!"

아버지와 나는 커피를 텀블러에 옮겨 담고 집 밖으로 나갔다. 농장은 오름으로 이어지는 오르막길 옆에 있었다. 크지 않은 밭에는 할머니와 아버지가 심은 채소들이 자라고 있었는데 그 뒤편에는 제법 큰 비닐하우스도 보였다. 안을 들여다보니 파인애플과 바나나 등의 각종 열대 과일이 군데군데 자라고 있었다.

"와! 아버지가 직접 키우시는 거예요?"

"그래, 어떠냐? 이만하면 네 아버지도 농사꾼 다 됐지?"

"정말 대단하세요! 어떻게 이런 걸 키우실 생각을 하셨어요?"

"기후가 맞는 농사를 고민하다 보니 이렇게 됐단다."

우리는 커피를 마시며 농장 주변을 걸었다. 아버지와의 산책은 정말로 오랜만이었다.

"사실 전 아버지가 농사지으신다고 하셨을 때 이해가 안 됐어요. 그때 상황이 너무 안 좋았잖아요. 농사짓던 사람들도 다 포기할 정도로."

"처음엔 그랬지. 그런데 열심히 하다 보니 다 방법이 생기더구나."

"그런데 물은 어디에서 구하시는 거예요? 직접 요리하시고 농사까지 지으시려면 물이 엄청 필요할 텐데요."

아버지는 대답 대신에 나를 농장 뒤편에 있는 작은 언덕으로 데려갔다. 언덕 아래에는 낡은 함석판이 놓여 있었는데, 아버지가 함석판을 치우자 나무로 만들어진 작은 문이 나왔다. 아버지가 문을 열자 그 안에 돌로 둘러싸인 작은 옹달샘이 나타났다.

"바로 여기란다. 우리가 먹고 마시는 물이."

나는 아버지를 따라 옹달샘의 물을 마셔보았다. 달고 시원한 물이 식도를 타고 안으로 내려갔다. 마트에서 파는 미적지근한 생수와는 비교도 되지 않을 정도로 물맛이 좋았다.

"와, 물맛이 기가 막히네요. 이런 곳에 샘이 있다니, 너무 신기해요."

"우리도 안 지 몇 년 안 됐어. 마을 사람들은 정부에서 주는 물로 농사를 짓고, 이 샘물은 먹고 마시는 데 쓰고 있단다."

"마을 사람들이 다 같이 쓴다고요? 부족하진 않나요?"

"제주도는 원래 물이 귀한 곳이지. 그래도 아껴 쓰면 부족하진 않아. 원래 제주도 사람들은 이렇게 지하수를 끌어올려 밥도 짓고 빨래도 했지."

"그런데 지하수가 왜 사라진 거예요?"

"제주도 물이 좋다고 소문나는 바람에 생수 회사들이 몰려들어 지하수가 동이 났다고 하더구나. 게다가 대재앙 때 육지가 물에 잠겨서 물을 퍼낼 수조차 없게 됐지."

"여기 샘물도 지하수잖아요. 그러면 지하수가 다시 생겼다는 거네요?"

"그게 바로 자연의 힘이 아니겠니? 사람들은 자연이 완전히 다 망가졌다고 난리지만, 시간이 흐르면 자연은 반드시 되살아나기 마련이지. 자연은 우리보다 훨씬 강하니까."

"그럼, 생수 회사들이 다시 물을 퍼가는 거 아니에요?"

"지하수가 다시 흐르기 시작했다는 건 마을 사람들만 아는 비밀이지. 정부 사람들도 아직 모를 게다. 절대로 말하지 않을 생각이거든."

아버지는 그렇게 말씀하시며 나에게 웃어 보이셨다. 나는 그제야 아버지가 왜 제주도로 오셨는지 이해할 수 있었다. 결국 아버지를 이끈 건 자연에 대한 강한 믿음이었다.

"그런데 커피는 어떻게 키우시게 되셨어요?"

"사실 커피는 예전에도 제주도에서 키웠다고 하더구나. 그런데 기후가 맞지 않아 실패하고 말았지. 커피는 주로 열대에서만 자라잖니. 그런데 우리나라 기후가 열대로 바뀌었으니 다시 한번 시도해 보기로 했지."

"와, 듣고 보니 그렇네요. 그래도 쉽지 않으셨을 것 같아요."

"나무 구하기가 제일 어려웠어. 친구의 지인한테 부탁해 겨우 몇 그루 얻었지. 다행히 잘 자라고 있단다."

"그러셨군요. 그런데 커피나무는 어디에 있어요?"

"여기 이 나무들이야."

"정말요?"

아버지가 가리키는 곳에 열 그루 정도의 나무가 있었다. 1미터 조금 넘는 크기에 빨간 열매들이 주렁주렁 매달려 있는 모습이 무척이나 보기 좋았다.

"이 빨간 열매들이 바로 커피콩이란다. 빨간 껍질을 벗기면 그 안에 '생두'라고 부르는 조그만 알갱이가 들어있거든. 그 생두를 볶아 원두를 만드는 거지."

"와, 신기해요. 커피를 마시기만 했지, 이렇게 직접 보기는 처음이거든요."

"그러고 보니 영재가 커피를 무척 좋아하는 모양이구나."

"네, 저 커피 엄청나게 좋아해요!"

"하하, 몰랐구나. 갈 때 싸줄 테니 좀 가져가거라."

"네, 감사합니다. 아버지!"

농장을 나온 아버지와 나는 내친김에 한라산에 올라가 보기로 했다. 제주도에 몇 번이나 왔지만, 정작 한라산엔 한 번도 오르지 못했던 나였다. 한라산은 생각보다 가파르고 나무와 꽃도 많았다. 생전 산이라곤 올라 본 적이 없어 숨을 헐떡이며 간신히 올랐다. 반면 아버지는 산책에 나선 듯 쉽게 산에 오르셨다. 게다가 주위를 둘러보며 수첩에 뭔가를 계속 적고 계셨다.

"아버지, 뭘 그렇게 적으세요?"

"응, 한라산의 식물과 동물을 매일 기록하고 있지. 새로운 식물이 있는지, 얼마나 되는지, 새는 몇 마리나 보이는지 적는 거란다."

아버지가 보여주신 수첩에는 한라산에서 발견된 꽃과 나무, 새와 곤충의 이름과 수가 빼곡하게 기록되어 있었다.

"이런 걸 왜 기록하시는 거예요?"

"제주도의 생태를 관찰하는 거지. 봐라, 대재앙 이후엔 새도 거의 보이지 않았고 풀조차 나지 않았거든. 그런데 몇 년 사이에 식물이 하나둘씩 생겨나고 새들도 보이기 시작했어."

"정말로 그렇네요. 저는 공장이 아니면 더 이상 아무것도 자라지 못한다고 생각했어요."

"나도 오랫동안 새를 못 볼 줄 알았다. 그런데 자연은 생각보다 훨씬 강하더구나. 우리가 엉망으로 만들어버린 지구를 서서히 치료하기 시작했어. 시간이 걸리겠지만, 지구는 반드시 예전으로 돌아갈 거라고 나는 믿는다."

아버지는 그렇게 말씀하시곤 주변을 둘러보셨다. 나는 아버지의 말씀에 마음이 숙연해졌다. 인간이 망가트린 지구를 자연이 나서서 치료하다니, 어쩐지 미안하고 죄스러운 마음이 들었다.

"그런데 할머니는 어디가 편찮으신 거예요? 겉으로 봐선 건강해 보이시던데."

"사실 할머니께선 암을 앓고 계신다."

"정말요? 무슨 암이요?"

"처음엔 유방암이었는데, 지금은 암이 여기저기 퍼진 모양이야."

아버지의 표정이 금세 어둡게 변했다.

"그럼 얼른 병원에 가셔야죠. 얼마나 되셨는데요? 고칠 수 있는 거죠?"

"할머니가 원치 않으셔."

"정말요? 왜요?"

"그 정도면 사실 만큼 사셨다고 생각하시는 것 같아. 때가 되면 자연으로 돌아가는 게 순리라고 여기시는 모양이야."

"말도 안 돼요. 요즘 의술이 얼마나 좋은데요. 충분히 고칠 수 있어요!"

"나도 처음엔 서울로 모시려고 애썼다. 그런데 어느 순간 할머니께서 왜 그러시는지 이해가 가더구나. 사람이 한평생 살 수는 없잖니? 나이가 들고 병이 생기는 건 우리가 자연으로 돌아갈 때라는 신호인 거지. 실은 나중엔 나도 할머니처럼 가고 싶다. 순리대로 살다가 자연으로 돌아가는 거, 너도 기억해 줬으면 좋겠다."

아버지의 말씀에 가슴이 먹먹해졌다. 남들은 더 못 살아서 안달인데, 할머니는 죽기를 바라신다니. 한편으로 아버지의 말씀처럼 할머니의 방식을 존중해야 한다는 생각도 들었다.

산책을 마치고 집에 돌아와 보니 할머니께서 옆집 아주머니께서 주셨다는 바구니를 들고 계셨다. 바구니 안에는 갓 잡은 소라와 전복이 담겨 있었다. 소라를 바라보시던 할머니가 말씀하셨다.

"이제야 소라가 돌아왔는가 보다. 얼마나 다행이냐!"

전복을 바라보는 할머니의 얼굴이 환하게 빛났다. 우리는 할머니가 데친 소라와 전복을 맛있게 먹은 후 아버지가 키운 파인애플을 후식으로 먹었다. 서울로 오는 비행기는 아버지가 싸주신 커피 향으로 채워졌다.

거듭되는 시련

C E N T R I U M

그런데 엘리베이터 문이 열리자 얌전했던 돼지들이 일제히 도망치기 시작했다.
놀란 사육사들이 달아나는 돼지들에게 전기 충격기로 찔러댔지만,
아무런 소용이 없었다. 오히려 녀석들은 육중한 몸통으로 사육사들을 공격하기 시작했다.
축사는 다시 아수라장이 되고 말았다.
다행히 소리를 들은 관리동 직원들이 사육사들을 돕기 위해
몰려들었다. 그러자 코너에 몰린 돼지들은 또다시 벽에 머리를 처박기 시작했다.
결국 B동엔 비상이 선언되었다.

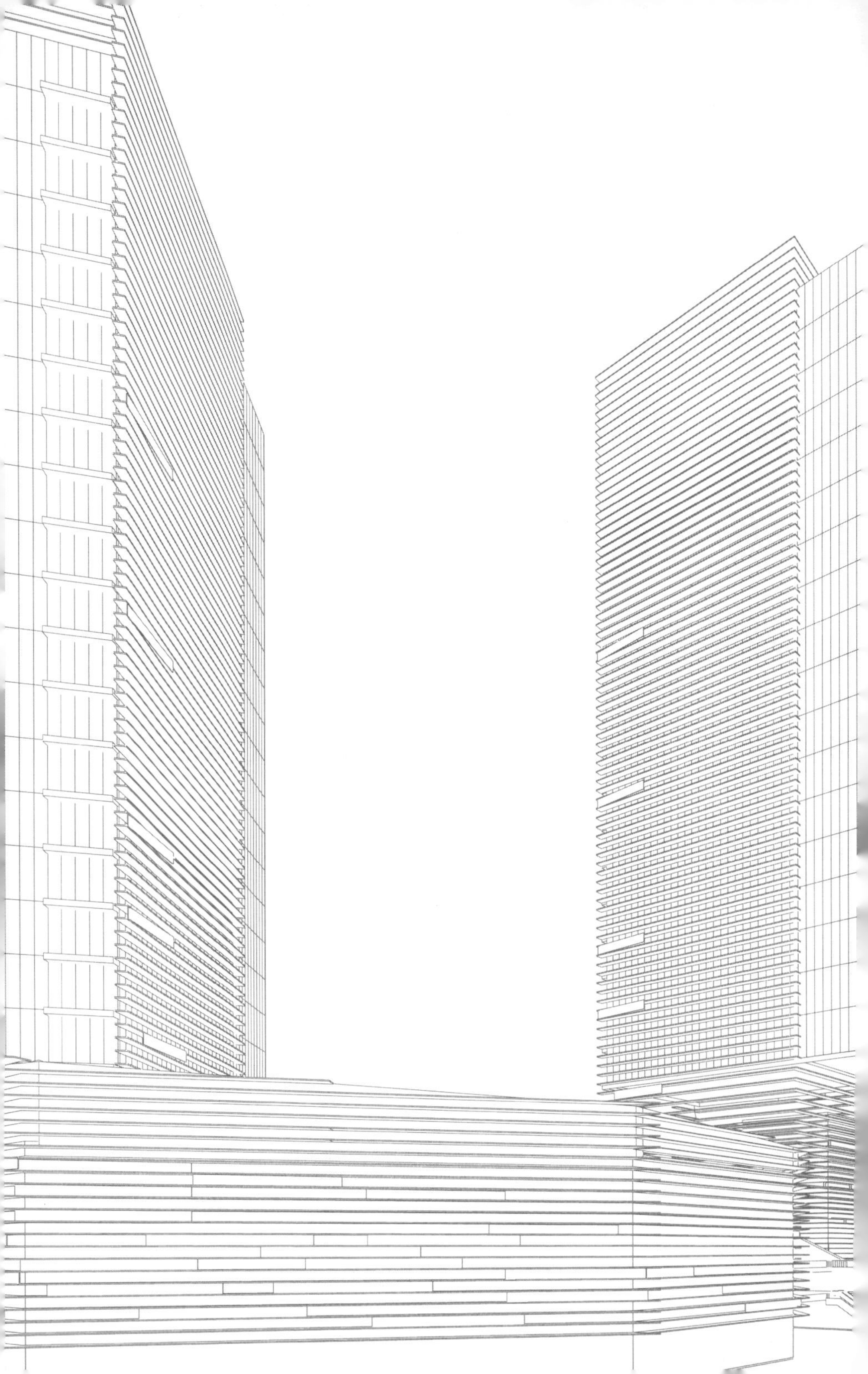

고작 며칠 쉬었을 뿐인데도 센트리움은 난리 속이었다. 화요일에 출근하니 직원들의 표정이 평소보다 더 어두워 보였다. 무슨 일이 있었냐고 물어도 동료 수의사들은 애써 외면할 뿐 아무런 대답도 하지 않았다. 어쩔 수 없이 나는 후배 하나를 닦달해 축사에서 벌어진 일을 간신히 알아냈다. 사건의 내막은 이러했다.

축사의 소들은 신경안정제를 먹인 후로 예전보다 훨씬 얌전해지긴 했지만, 부작용 때문인지 사료도 먹지 않고 잠만 내리 잤다. 사육사들이 사료를 강제로 먹이느라 하루하루 지쳐가는 가운데 소들은 갈비뼈가 드러날 정도로 야위어만 갔다. 닭들도 사정이 비슷해서 케이지 안에 있는 닭들이 모조리 잠든 건지 죽은 건지 구분이 되지 않을 정도였다.

문제는 돼지들이었다. 녀석들은 사료에 약을 섞으면

귀신같이 알고 먹지 않았다. 오히려 더 흥분하고 날뛰는 바람에 살이 파이도록 밧줄로 묶어놓을 수밖에 없었다. 그 와중에도 몇몇 돼지들은 5개월의 사육 시간을 보내고 도축장으로 보내지게 되었다.

월요일이 되자 사육사들은 아침부터 돼지 출하 준비에 나섰다. 꽁꽁 묶어두었던 밧줄을 풀고 돼지들을 조심스럽게 가축용 엘리베이터에 몰아넣기 시작했다. 지하 1층까지 보내기만 하면 그다음부터는 도축장 직원들이 돼지들을 알아서 처리했다.

다행히 돼지들은 사육사들을 고분고분하게 따라나섰고, 마지막으로 엘리베이터만 태우면 끝이었다. 그런데 엘리베이터 문이 열리자 얌전했던 돼지들이 일제히 도망치기 시작했다. 놀란 사육사들이 달아나는 돼지들에게 전기 충격기로 찔러댔지만, 아무런 소용이 없었다. 오히려 녀석들은 육중한 몸통으로 사육사들을 공격하기 시작했다. 축사는 다시 아수라장이 되고 말았다. 다행히 소리를 들은 관리동 직원들이 사육사들을 돕기 위해 몰려들었다. 그러자 코너에 몰린 돼지들은 또다시 벽에 머리를 처박기 시작했다. 결국 B동엔 비상이 선언되었다.

수의사들이 축사에 도착했을 때 돼지들은 피를 철철 흘리며 미친 듯이 날뛰고 있었다. 사육사 대부분은 축사 구석에 숨어 벌벌 떨고 있었는데, 몇 명은 돼지 대신 엘리베이터를 타고 도망친 상태였다. 수의사들은 재빨리 마취제 두 대를 돼지들에게 주사하기 시작했다. 그런데 이변이 발생했다. 마취제를 두 대씩이나 맞고도 돼지들은 쓰러지기는커녕 오히려 수의사들마저 공격하기 시작했던 것이다.

최후의 수단이라고 여겼던 마취제가 먹히지 않자, 수의사들 역시 당황하기 시작했다. 궁지에 몰린 수의사들은 곧 사육사들과 함께 달아나기 시작했다. 그러다 돼지에게 물리기 직전의 수의사 한 명이 돼지에게 주사 한 대를 더 찔러넣었다. 그러자 돼지의 움직임이 눈에 띄게 느려지기 시작하더니 바닥에 곧 쓰러지고 말았다. 그 모습을 본 수의사들은 돼지들에게 마취제 두 대가 아닌 세 대를 놓기 시작했다. 결국 돼지들은 하나같이 마취제에 쓰러진 상태로 도축장으로 보내졌다. 도축장에선 무거운 돼지들을 옮기느라 진땀을 빼야 했지만, 상황을 들은 직원들은 아무 내색도 하지 않았다.

내가 제주도에서 꿈 같은 시간을 보내고 화요일에 출근했을 땐 실의에 빠진 수의사 대표들이 또다시 회의실로 불려 간 상태였다. 뒤늦게 회의에 합석한 나는 맨 끝에 앉아 커피를 홀짝이며 사람들의 이야기를 듣기 시작했다. 준영 선배는 어디에 갔는지 보이지 않았다.

"녀석들이 케타민 두 대를 맞고도 멀쩡했단 말이지."

보고서를 훑어본 최 실장이 물었다. 며칠 사이에 옷이 헐렁해질 정도로 살이 빠져 보였다.

"네, 세 대를 맞고 나서야 얌전해졌습니다. 아무래도 케타민에 내성이 생긴 것 같습니다."

최 실장 앞에 앉아 있던 수의사가 대답했다.

"그럼 세 대씩 놓으면 될 거 아냐. 뭐가 문제야?"

"그게……, 케타민은 다량 투여하면 부작용 때문에 위험합니다."

"어떤 부작용이 생기는데?"

실장이 신경질적으로 물었다.

"케타민은 사실 해리성 마취제라 다량 투여 시 흥분과 환각을 일으키고, 그로 인해 공격성이 증가해 사람을 위협할 수도 있습니다. 게다가 과량 투여하면 호흡 억제나 경련으로 죽을 수도 있습니다."

"내성이 생겼으면 다른 약을 쓰면 되잖아!"

"대재앙 이후 국내로 반입되는 약이 제한적이어서 다른 약을 구하는 게 쉽지 않습니다."

"이거, 참 죽겠구먼. 이러지도 못하고, 저러지도 못하고."

최 실장의 말에 수의사들도 한숨을 내쉬었다. 잠시 후 최 실장이 다시 말했다.

"그럼, 마취제는 두 대 이하만 사용하고 어제처럼 발광하면 꽁꽁 묶어놔. 출하할 때도 그 상태로 내보내고. 그나저나 준영이는 왜 안 보이는 거야?"

"연구 중이라는데요."

같은 구역을 담당하는 수의사가 말했다.

"성과도 없이 맨날 연구는…. 오늘은 여기까지 하지."

사람들이 안도의 숨을 내쉬며 흩어지기 시작했다.

제주도에선 쏜살같던 시간이 센트리움에선 한 시간이 한 달처럼 느껴질 정도로 더디게 지나갔다. 예전에는 인공수정 몇 번 하고 아픈 돼지를 한두 마리 진찰하면 하루가 쉽게 끝났다. 지금은 사육사들과 함께 억지로 사료를 먹이고, 죽어가는 돼지 수십 마리를 진찰하고 나서야 퇴근 시간이 다가왔다. 준영 선배의 연구를 돕고 싶어도 좀처럼 시간이 나지 않았다. 파김치가 된 채 숙소에 돌아오면 비로소 준영 선배가 떠올랐다. 나는 저녁 식사로 맛없는 볶음밥을 먹으며 내일은 실장에게 연구를 위해 업무를 조정해달라고 부탁하기로 마음먹었다.

다음 날 눈을 뜨니 몸 여기저기가 아프기 시작했다. 온몸이 돌덩이처럼 무겁고 미열까지 있었다. 하루 병가를 내고 쉴까 했지만, 고생하는 다른 수의사들을 생각하니 차마 그럴 수 없었다. 대충 밥을 먹고 출근하려는데 준영 선배에게서 전화가 왔다.

"선배, 이 시간에 웬일이에요?"

"응, 출근했니?"

"지금 나가려고요. 선배는 벌써 출근하신 거예요?"

"아니. 나 당분간 회사에 못 나갈 것 같아. 좀 다쳤거든."

"정말요? 어쩌다가 그랬어요?"

"실은 어제 소한테 주사를 놓다가 뒷발에 가슴을 차였어. 녀석 힘이 대단하더라고."

선배는 뭐가 좋은지 껄껄 웃어댔다.

"큰일날 뻔했네요. 얼마나 다친 거예요?"

"갈비뼈에 조금 금이 갔대. 곧 괜찮아질 테니 너무 걱정마."

"누가 선배 걱정한대요? 연구는 어떻게 하실 건데요?"

"그래서 전화한 거야. 내가 하던 거 네가 좀 맡아서 해달라고."

"제가 혼자 어떻게 해요. 잘 알지도 못하는데."

"내 노트북 열어보면 그동안 연구했던 자료들 정리해 놓았어. 우울증 치료제들을 섞어서 새로운 약을 만들어 보려고 했는데, 잘 안됐어. 내가 리스트 만들어 뒀으니까, 안 해본 것 위주로 만들어봐."

"아휴, 몰라요. 듣기만 해도 머리가 아픈걸요."

"미안하다. 나머지 좀 부탁해. 축사에 있는 애들 다 죽일 순 없잖아."

"어차피 다 죽을 건데요, 뭐."

"무슨 소리야? 다 죽다니?"

"결국은 다 도축장으로 가게 되어 있잖아요. 소나 돼지 처지에서 보면 이제 죽으나 나중에 죽으나 마찬가지 아니겠어요?"

"너 어째 말하는 게 좀 이상하다. 너 고기 엄청나게 좋아하잖아. 앞으로 고기 못 먹어도 괜찮겠어?"

선배가 약 올리는 말투로 물었다.

"고기 좀 안 먹어도 살더라고요."

"오, 대단한데! 그간 심경의 변화라도 있었나 보지?"

"그런 거 아니에요. 어쨌든 자료는 살펴볼게요. 제가 할 수 있을지 모르겠지만요."

"그래도 난 녀석들이 살 수 있는 날까지 살았으면 좋겠어. 혹시 알아? 구세주라도 나타날지?"

"구세주요? 뚱딴지처럼 갑자기 구세주 타령은……."

"하여간 너만 믿는다. 최 실장에겐 너 업무에서 빼달라고 말해놨으니까, 나머지 좀 부탁해."

"알았어요. 해볼게요."

"고마워. 성공하는 모습을 보고 싶었는데 좀 아쉽네. 대신 난 병원에서 푹 쉬련다."

선배와 전화를 끊은 나는 자전거를 타고 센트리움으로 향했다. 기능성 옷이 열 차단이 아닌 보온으로 전환되었다는 알림을 전해왔다. 아버지의 말씀대로 자연은 제자리를 찾고 있는 듯했다. 그에 반해 센트리움의 상황은 나날이 나빠져만 가는 것 같아 마음이 울적했다. 도대체 뭐가 문제고, 어떻게 해결해야 하는지 몰라 답답해 미칠 지경이었다. 선배 말을 들으면 축사 환경을 바꾸는 게 맞는 것 같고, 최 실장 말을 들으면 하루라도 빨리 생산량을 늘려야 할 것 같았다.

최 실장은 한 달에 한 번 먹을 수 있는 삼겹살과 치킨을 일주일에 한 번 먹기 위해선 우리가 최선을 다해야 한다고 주장했다. 하지만 언제부턴가 준영 선배 같은 사람이 많다면, 아니 한 달에 한 번만 먹어도 만족한다면 문제는 자연스럽게 해결될 거란 생각이 들기 시작했다. 나는 페달을 밟아 속력을 높였다. 시원한 바람이 복잡한 머릿속을 시원하게 식혀주었다.

센트리움에 도착하자마자 선배의 사무실로 찾아가 책상 위에 놓인 노트북을 열었다. 선배가 알려준 아이디와 비밀번호를 입력하니 바탕 화면에 폴더 하나가 나타났다. 폴더 안에는 지금까지 했던 실험과 연구 파일들이 빼곡하게 정리되어 있었다. 나는 선배 의자에 앉아 파일들을 하나씩 읽기 시작했다. 그간 혼자서 얼마나 많은 실험을 하고 논문들을 조사했는지 정리한 자료와 기록을 읽는 데만도 적지 않은 시간이 걸렸다. 게다가 생소한 약제학 용어들을 하나하나 찾아보려니 읽는 속도가 더딜 수밖에 없었다.

대재앙 전만 해도 어딜 가나 약사나 약제사들이 있어 원하는 약을 얼마든지 만들어낼 수 있었다. 그러다 대재앙이 발생한 후 수급 조절에 어려움을 겪은 의사와 수의사들은 AI와 3D프린터를 이용해 필요한 약을 직접 만들어 조달하기 시작했다. 결국 약사란 직업은 한국 사회에서 빠른 속도로 사라지게 되었다. 하지만 남아공에 있는 동안 그러한 변화를 경험하지 못했던 나는 약을 만드는 일에 많은 어려움을 겪어야만 했다.

실험 기록을 살펴보니, 선배는 동물에게 조금이라도 이상 반응이 나타나면 약을 즉시 폐기하고 실험을 다시 시작했던 것 같았다. 사용된 약들의 분량을 확인하니, 일 그램만 더하거나 빼도 결과가 완전히 달라질 수 있다는 것을 알 수 있었다.

나는 점심도 거른 채 선배가 남긴 자료와 실험 기록을 읽고 또 읽었다. 선배의 말대로 연구는 거의 완성에 가까워 보였다. 자료들을 대강 훑어본 나는 선배가 쓰던 연구실을 찾아가 약을 직접 실험해 보기로 했다. 처음에는 3D프린터 작동법을 배우는 데만 한참이 걸렸다. 그나마 AI의 설명을 들으며 천천히 해나가다 보니 몇 시간 만에 선배가 만들었던 것과 비슷한 약을 만들어낼 수 있었다.

마지막 기록을 보니 선배가 사용했던 약품 두 개의 비중을 조금씩 바꿔보면 원하는 약을 만들 수 있을 것 같았다. 나는 두 약의 비중을 0.5 그램 단위로 달리하면서 조심스럽게 샘플들을 제작해 나갔다.

오후가 눈 깜짝할 사이에 지나갔다. 직원 식당에서 저녁 식사를 하면서도 머릿속은 온통 실험 생각뿐이었다. 식사를 마치고 연구실로 돌아왔을 땐 직원들 대부분은 이미 퇴근한 후였다. 마침내 나는 비중이 다른 샘플들을 각각 세 개씩 만들고 선배처럼 약의 성분과 용량을 노트북에 하나도 빠트리지 않고 기록했다. 그리고 만들어진 샘플들을 돼지에게 직접 주사해 보기로 했다. 만약 실험이 성공하면 마취제인 케타민이나 항우울제인 플루옥세틴을 쓰지 않고도 부작용이 적은 치료제를 만들 수 있을 것 같았다.

완성된 주사액을 들고 연구실을 나왔을 땐, 축사 전체가 이미 어둠에 잠긴 뒤였다. 당직 직원들도 어디서 야식이라도 먹는지 한 명도 눈에 띄지 않았다. 나는 관리동을 나와 B동으로 향해 걸어갔다. 발을 옮길 때마다 터벅터벅 걷는 소리가 빌딩을 타고 울려 퍼졌다. 둥둥거리는 소리가 마치 장수가 전장에 나갈 때 들리는 북소리와 비슷했다. 발꿈치를 들어 최대한 소리를 줄여보려고 했지만, 이상하게도 나의 발소리는 점점 더 커져만 갔다.

문득 하늘을 올려다보니 빌딩 사이로 달빛이 은은하게 빛나고 있었다. 나폴레옹을 보냈던 밤 수재와 함께 바라보았던 보름달과 똑같았다. 그러고 보니 나폴레옹이 죽은 지도 벌써 한 달이 다 되어가고 있었다. 꼬리를 흔들며 품에 안겼던 나폴레옹이 갑자기 미치도록 그리웠다.

그러다 문득 생각 하나가 떠올랐다. 만약 나폴레옹이 다른 돼지들처럼 미쳐버린다면 나는 과연 어떻게 했을까. 내가 만든 약을 주사해서라도 축사에서 견디도록 했을까. 아니면 나폴레옹이 죽을 수 있도록 도왔을까. 나폴레옹을 생각하다 보니 갑자기 머릿속이 복잡해지고 가슴이 답답해졌다.

결국 나는 축사로 향하던 걸음을 멈추고 말았다. 나폴레옹을 생각하니 더 이상 발걸음을 뗄 수가 없었다. 하지만 나의 몸은 이미 B동 빌딩 안에 들어선 상태였다. 입구에 서서 잠시 망설이다 손에 든 주사기를 보며 다시 천천히 걷기 시작했다.

엘리베이터에 오르자, 돼지들의 울부짖는 소리가 아득히 들려왔다. 한층 한층 올라갈수록 돼지들의 아우성은 점점 분명해졌다. 다시 한번 전쟁이 시작되고 있었다. 어디선가 북소리가 빌딩 안에 울려 퍼지기 시작했다. 나는 주사기들을 손에 꽉 쥔 채 북소리에 맞춰 축사를 향해 나아갔다.

C E N T R I U M

이윽고 녀석의 행동이 조금씩 느려지기 시작했다.
하지만 동공이 풀리거나 쓰러지진 않았다. 몇 분이 지나자 녀석은
몸부림치는 걸 그만두었고 더 이상 꽥꽥대지도 않았다.
나는 가까이 다가가 녀석의 상태를 살펴보았다. 조금 전과는 다르게 눈빛도 부드러워지고,
표정도 안정되어 보이는 게 효과가 있어 보였다.
녀석을 계속 지켜보던 나는 잠시 망설인 끝에 밧줄을 조금 느슨하게 풀어주었다.
마침내 안정을 찾은 녀석은 밧줄을 두른 채 급수대로 이동하더니 물을 마시고
사료를 조용히 먹기 시작했다.

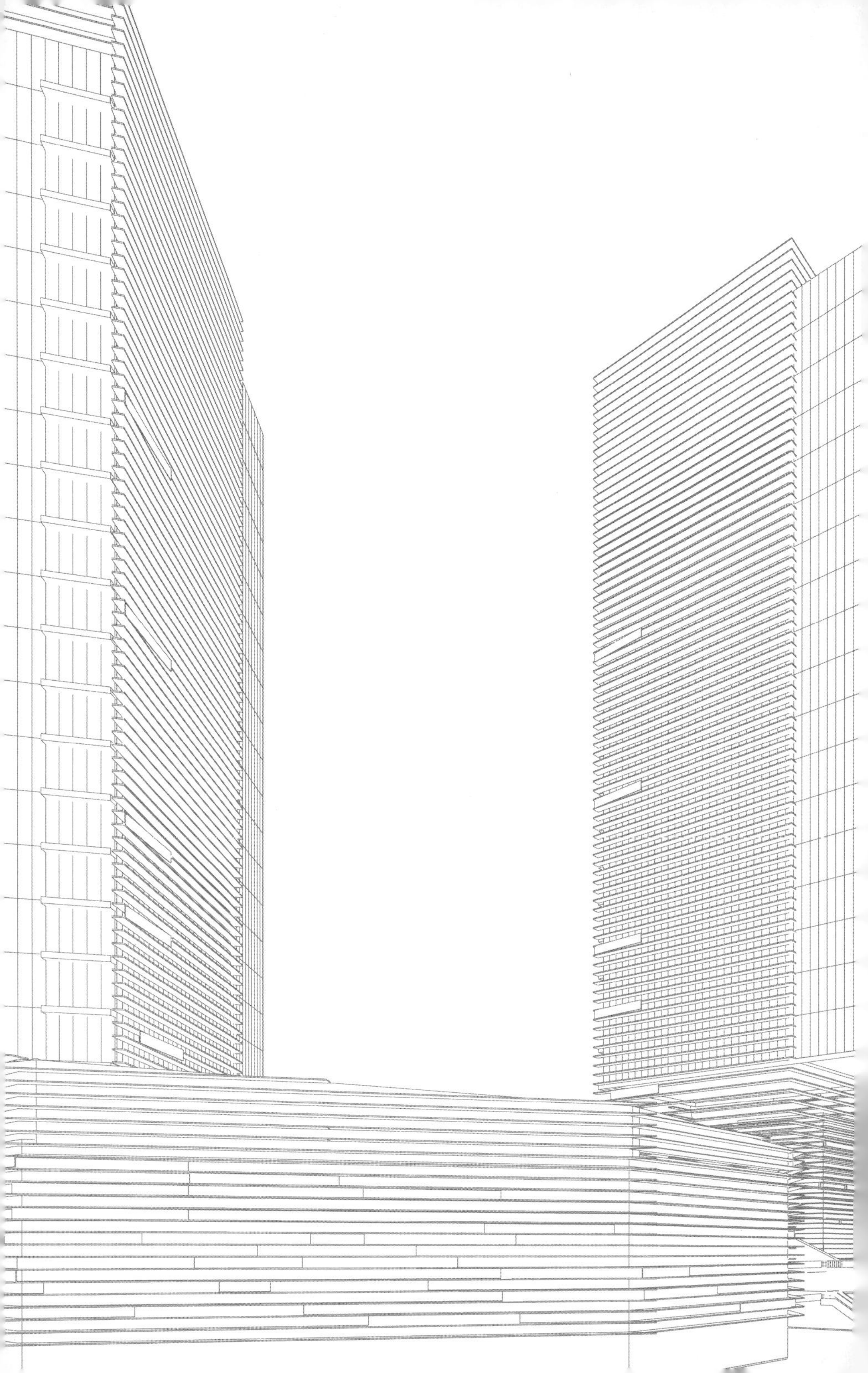

마침내 엘리베이터가 70층에 멈춰 섰다. 축사 안에는 밧줄에 꽁꽁 묶인 돼지들이 어둠 속에서 울부짖고 있었다. 멀리서 나를 본 사육사가 꾸벅 인사를 하더니 휴대전화로 다시 고개를 돌렸다. 사육사의 귀에는 소음을 차단하는 귀마개가 씌워져 있었다.

그때까지도 돼지들은 밧줄이 끊어질 정도로 몸부림치고 있었다. 저러다가 밧줄이 끊어지기라도 하면 어떡하나 싶어 걱정될 정도였다. 몇몇 돼지들은 발버둥 치다 지쳤는지 온몸에 밧줄을 감은 채 바닥에 누워 숨을 헐떡이고 있었다.

나는 벽을 더듬어 조명이 낮은 작은 등 하나를 켰다. 그리고 가장 심하게 발버둥 치는 놈을 찾기 위해 주변을 둘러보기 시작했다. 잠시 후 멀지 않은 곳에서 원하던 놈을 찾을 수 있었다. 녀석은 귀가 덜렁거리고 다리 한쪽에 심한 상처를 입은 상태에서도 온몸에 묶인 밧줄을 끊기 위해 쉬지 않고 버둥대는 암컷이었다. 적개심 가득한 눈은 밧줄만 없다면 곧바로 벽을 향해 돌진할 거란 걸 말해주고 있었다. 그런 녀석이야말로 내가 원하던 실험 대상이었다.

나는 조심스럽게 녀석의 뒤로 다가갔다. 그리고 샘플1이라고 써진 주사를 신속하게 녀석의 엉덩이에 찔러넣었다. 잠시 움찔한 녀석은 휙 하고 고개를 돌리더니 나를 노려보기 시작했다. 하지만 얼마 가지 못해 온몸을 부르르 떨면서 그 자리에 주저앉고 말았다. 나는 가까이 다가가 놈의 상태를 확인했다. 경련이 심하지는 않았지만, 동공이 풀리고 눈꺼풀을 깜빡이는 걸 보니 곧 가수면 상태에 빠질 것 같았다. 이로써 첫 번째 실험은 실패로 끝나버렸다. 선배와 내가 원한 건 녀석들이 흥분을 가라앉히고 사료를 먹을 수 있는 상태가 되는 것이었다. 녀석은 내가 샘플1에 ×자를 표기하기도 전에 쿵 소리를 내며 바닥에 쓰러지고 말았다. 아마도 내일 아침까지는 절대로 깨어나지 못할 터였다.

곧바로 다음 대상을 찾아 나섰다. 두 번째로 선택한 녀석은 몸에 큰 상처는 없지만, 밧줄을 잘근잘근 씹고 있는 비교적 어린 수컷이었다. 또다시 녀석의 뒤로 다가가 두 번째 주사를 찔러넣었다. 잠시 기다리면서 상태를 확인했지만, 놈의 반응은 첫 번째 녀석과 거의 비슷했다.

나는 계속되는 실패에 짜증을 느끼며 서둘러 다음 대상을 찾아 나섰다. 녀석은 얼마나 심하게 발버둥 쳤는지 온몸에 전기 충격기 자국이 가득한 데다 두 겹이나 되는 밧줄로 꽁꽁 묶인 상태였다. 사료를 먹지 않은 녀석의 몸은 다른 놈들의 반도 되지 않았지만, 놈은 쉬지 않고 계속해서 버둥거렸다. 이번에는 별로 조심하지도 않고 세 번째 샘플을 주사했다.

이윽고 녀석의 행동이 조금씩 느려지기 시작했다. 하지만 동공이 풀리거나 쓰러지진 않았다. 몇 분이 지나자 녀석은 몸부림치는 걸 그만두었고 더 이상 꽥꽥대지도 않았다. 나는 가까이 다가가 녀석의 상태를 살펴보았다. 조금 전과는 다르게 눈빛도 부드러워지고, 표정도 안정되어 보이는 게 효과가 있어 보였다. 녀석을 계속 지켜보던 나는 잠시 망설인 끝에 밧줄을 조금 느슨하게 풀어주었다. 마침내 안정을 찾은 녀석은 밧줄을 두른 채 급수대로 이동하더니 물을 마시고 사료를 조용히 먹기 시작했다. 나는 조심스럽게 녀석의 몸에 남아 있던 밧줄을 완전히 제거했다. 그리고 한참을 서서 지켜보았지만, 녀석은 반항의 기미조차 보이지 않았다. 세 번째 실험은 그야말로 대성공이었다. 나는 크게 소리치고 싶은 걸 참아가며 세 번째 샘플에 ○를 표기했다. 언제 왔는지 좀 전에 인사했던 사육사가 내 옆에 와 있었다.

"선생님! 어떻게 하신 거예요?"

눈이 휘둥그레진 사육사가 내게 물었다. 녀석들의 꽥꽥대는 소리가 들리지 않자 무슨 일인가 싶어 와 본 모양이었다. 사육사와 수의사들이 쓰는 귀마개는 소리를 조금 낮춰줄 뿐 완벽히 차단하지는 못했다.

"약 하나를 만들어 주사해 봤는데, 효과가 있는 모양이네요."

간신히 흥분을 감춘 채 내가 말했다.

"와! 정말 대단하세요. 요놈이 제일 문제였는데, 어떻게 이렇게 변할 수가 있죠?"

"그러게요. 효과가 있어서 다행이에요. 그런데 다른 돼지들한테는 어떨지 모르겠네요."

"그럼, 나머지 돼지들한테 얼른 주사해 보면 안 될까요?"

"우선 샘플로 만들어 본 거라 주사는 이게 다예요."

사실 철제 쟁반에는 두 개의 샘플이 남아 있었다. 하지만 나머지 주사를 사용해 혹시라도 있을 실패를 그 자리에서 목격하고 싶진 않았다. 그렇게 잠시라도 성공의 기쁨에 머물러 있고 싶었다.

"아, 그렇군요."

사육사가 실망한 목소리로 말했다. 녀석은 여전히 사료에 코를 박은 채 열심히 먹고 있었다.

"앞으로 좀 더 지켜보고 효과가 검증되면 한꺼번에 주사하도록 할게요."

"선생님, 제발 그렇게 해주세요. 정말 힘들어 못 살겠어요. 이번 달까지도 계속 이런 식이면 센트리움이고 나발이고 그만두려고 했어요."

"조금만 참아주세요. 금방 좋아질 거예요."

내가 그렇게 다독이자 사육사는 치료제를 제발 빨리 만들어달라는 말을 수없이 남긴 채 제자리도 돌아갔다. 나도 엘리베이터를 타고 빌딩을 나왔다.

밖은 축사에 들어갈 때보다 훨씬 더 어두워져 있었다. 노란 보름달만이 검은 하늘을 밝혀주고 있었다. 나는 주변에 아무도 없는 것을 확인한 뒤 허공을 향해 소리치기 시작했다. '와, 해냈다!' 그렇게라도 하지 않으면 가슴이 터질 것만 같았다. 나의 외침은 곧 빌딩 벽을 타고 이리저리 옮겨 다니다 다시 나에게로 돌아왔다. 갑자기 머릿속이 시원해지며 막혔던 가슴이 뻥 뚫리는 것 같았다. 마치 힘겨운 전투 끝에 세상을 모두 얻은 기분이었다.

이제 기록한 대로 주사를 만들면, 이 지긋지긋한 싸움도 끝낼 수 있었다. 옛 모습으로 돌아간 동물들은 주는 대로 먹으며 얌전히 지낼 것이었고, 사육사와 수의사들도 고된 업무에서 벗어날 수 있었다. 그렇게 되면 센트리움 역시 언제 그랬냐는 듯 조용하고 평화로운 과거로 돌아갈 수 있을 터였다.

한동안 기쁨에 젖어있다가 주머니에 있던 휴대전화를 꺼냈다. 당장이라도 선배에게 전화해 이 기쁜 소식을 알려주고 싶었다. 하지만 선배는 일찍 잠들었는지 전화를 받지 않았다. 최 실장에게도 연락하고 싶었지만, 예의가 아닌 것 같아 꾹 참기로 했다.

관리동으로 걸어가는데 슬슬 배가 고파왔다. 점심을 거른 데다 저녁까지 대충 먹어서 그런 모양이었다. 퇴근하는 길에 편의점에 들러 그동안 먹지 못했던 간식과 맥주를 잔뜩 사야겠다고 생각했다. 나는 한결 가벼워진 발걸음으로 연구동을 향해 걸었다.

그때 어디선가 귓가에 '쿵쿵' 거리는 소리가 들려왔다. 평화로운 정적을 깨는 둔탁하고 낮은 소리였다. 나는 걸음을 멈추고 소리가 어디에서 나는지 가늠해 보았다. 마치 북을 두드리는 것 같은 소리는 C동 빌딩에서 들려오고 있었다. 나는 관리동으로 가려던 걸음을 되돌려 C동으로 향했다. 가까이 갈수록 소리가 커지고 선명해졌다.

갑자기 불안한 마음이 들었다. 당연히 확인해야 한다는 생각 한편으로 그냥 모른 척하고 퇴근해 버리고 싶은 마음이 고개를 내밀었다. 동료 수의사들 말에 따르면 C동에 있는 소들은 안정제를 투여한 뒤로 별다른 움직임을 보이지 않는다고 했다. 눈동자가 풀리고 너무 자는 바람에 사료를 먹지 않아 걱정이긴 했지만, 돼지들에 비하면 오히려 그편이 낫다고 여기는 눈치였다. 나는 제발 아무 일 없길 바라는 마음으로 걸음을 옮겼다.

빌딩에 가까이 갈수록 소리가 점점 더 커졌다. 하지만 쿵쿵거리는 소리는 C동 위쪽이 아닌 아래층에서 나고 있었다. 그것도 건물 안쪽이 아니라 뒤편에서 나는 소리였다. 건물 뒤에는 벽이 아닌, 두꺼운 철로 만들어진 셔터가 있었다. 축사를 뒤흔드는 그 소리도 바로 셔터 안에서 흘러나왔다. 들리는 소리로 봐선 안에 있는 뭔가가 셔터를 들이받고 있는 모양이었다.

나는 안을 들여다보지 않아도 셔터를 들이받고 있는 게 뭔지 알 것 같았다. 셔터 안에는 센트리움의 보물이자, 축사에서 태어난 소들의 아버지라 할 수 있는 씨수소 'KPN1351'이 있었다. 내가 가까이 다가가자 잠시 멈췄던 소리가 점점 커지고 빨라졌다. 위치로 봐선 소리의 근원지는 KPN1351이 분명했다.

KPN1351은 센트리움에 하나뿐인 씨수소였다. 원래 센트리움에는 두 마리의 씨수소가 있었지만, 몇 달 전 나이 든 한 마리가 은퇴하면서 단 한 마리의 씨수소만 남게 되었다. 물론 센트리움에는 서른 마리가 넘는 후보씨수소가 있긴 해도 KPN1351과 같은 보증씨수소가 되려면 오랜 시간과 관문을 거쳐야 했다.

나는 빌딩 안으로 들어가 왼편에 있는 씨수소 관리실로 걸어갔다. KPN1351에 접근하기 위해서는 수의사만 접근할 수 있는 첫 번째 철문을 통과하고 소독실을 거쳐 두 번째 철문을 지나야만 했다. KPN1351은 그중에서도 제일 깊은 곳에 있었다.

철문 안으로 들어서자, 한쪽 구석에서 졸고 있는 '의빈우'들이 눈에 띄었다. 의빈우들은 센트리움에서 특별히 선별한 덩치가 크고 건강한 젊은 암소들이었는데, 수의사들이 정액을 채취할 때 씨수소를 발정시키는 역할을 했다. 하지만 씨수소와 다르게 의빈우들이 건강해야 하는 이유는 소가 아닌 사람에게 있었다. 덩치가 큰 씨수소가 올라타면 암소가 넘어질 수 있기에 수의사들이 안전하게 정액을 채취하기 위해선 암소 역시 똑같이 건장해야 했다. 게다가 축사에서 왕처럼 떠받들어지는 씨수소와 다르게 의빈우들은 처우마저 좋지 않았다. 동료 수의사들은 정액을 채취할 때마다 의빈우들이 눈물을 흘리고 입에 거품을 물만큼 무척이나 고통스러워한다고 말했다.

의빈우들을 지나니 어린 후보씨수소들이 나타났다. 하나같이 몸집이 크고 털에 윤기가 흐르는 녀석들이었다. 후보씨수소는 보증씨수소와 우량 암소를 교배해 태어난 수송아지 300마리 중에서 5년의 검증 기간을 거쳐 선별되었다. 100대 1이라는 경쟁률을 통과하려면 13개월이란 기간 동안 체중, 육종가, 이모색, 4대 질병 검사 등의 까다로운 심사를 거쳐야만 했다. 여기서 발탁된 후보씨수소들은 4년 넘게 정액을 이용해 송아지 생산에 나서게 되며 최종 선정 과정을 거쳐야만 보증씨수소가 될 수 있었다.

보증씨수소가 되면 본격적으로 인공수정용 정액을 생산하게 되는데 정액 채취는 일주일에 두 번가량 이루어졌다. 그 이틀을 제외하면 씨수소는 최고급 대우를 받으며 편안히 지낼 수 있었다. 다른 소들이 좁은 축사에서 온종일 서 있을 때 씨수소는 10배가 넘는 넓은 축사를 마음껏 뛰어다녔다. 사료엔 비타민과 무기질이 가득했고 전담 사육사들과 수의사까지 두고 있을 정도였다. 또한, 날씨가 좋은 날이면 씨수소들은 셔터 밖으로 나가 콧바람을 쐬기도 했다. 셔터 밖에는 오로지 씨수소를 위한 야외 축사가 있었는데 안쪽에는 신선한 채소와 풀들이 자라나고 있었다.

후보씨수소들의 곁을 지나자, 이번엔 통유리로 만들어진 문이 나왔다. 안을 들여다보자 넓고 쾌적한 축사 끝에 홀로 서 있는 KPN1351이 보였다. 예상대로 녀석은 크고 단단한 쇠뿔로 야외 축사로 이어지는 셔터를 연신 들이박고 있었다. 나는 조용히 문을 열고 녀석이 있는 안으로 들어갔다.

가까이서 본 KPN1351은 생각했던 것보다 훨씬 크고 건장했다. 보통 소의 두 배라고 알려진 녀석의 몸무게는 1,000킬로그램가량 되어 보였고 덩치도 어마어마하게 컸다. 갈색의 털은 방금 목욕을 마친 것처럼 길고 부드러웠는데, 윤기가 자르르 흐르는 몸통은 마치 융단을 두르고 있는 것처럼 보였다. 녀석은 누가 봐도 실로 아름답고 멋진 생명체였다. 울뚝불뚝 솟아오른 근육은 다부져 보였고 등선은 길게 쭉 뻗어 있었다. 또한, 완만한 곡선형의 배는 생명력으로 가득해 보였다.

나는 정신없이 녀석의 몸을 훑어보았다. 녀석의 아름다운 모습에 눈을 뗄 수가 없었다. 말로만 들어왔던 녀석의 실체를 보니 최 실장이 왜 그리 애지중지하는지 이해가 되었다. KPN1351은 센트리움의 큰 자산이었고 국내 유일의 유전자 공급원이었다. 얼마 전부터는 녀석의 정액이 전 세계로 팔려나가면서 녀석의 경제적 가치는 나날이 높아져 갔다. 최 실장의 사랑을 한 몸에 받게 된 이유도 바로 그 때문이었다. 하는 일이라곤 일주일에 두 번 의빈우를 올라타는 게 전부였지만 그것만으로도 녀석은 수십억 원의 부가가치를 생산해 냈다.

그런 녀석이 아무도 없는 축사에서 혼자 저런 짓을 하고 있다니 아무리 생각해도 이해가 되지 않았다. 그렇다고 다른 소들처럼 미친 듯이 벽을 들이받거나 날뛰는 것도 아니었다. 그저 두 뿔로 셔터를 퉁퉁 쳐대는 모습은 밖에 있는 누군가에게 문을 열어달라고 조르는 것처럼 보였다. 반면 강철로 만들어진 셔터는 여기저기 움푹 파이고 균열이 간 상태였다. 조금만 더 힘을 가했다가는 종이처럼 찢겨나갈 기세였다. 벌써 셔터 양옆은 밀려 나간 만큼 틈이 벌어져 있었다. 만약 녀석이 틈을 더 벌려 밖으로 도망이라도 친다면 센트리움은 그야말로 끝장이었다.

나는 녀석의 뒤로 살금살금 다가갔다. 그때까지도 나를 보지 못한 녀석은 계속해서 셔터를 두 뿔로 쳐댔다. 녀석의 건장한 몸통은 고삐조차 매여있지 않았지만, 다행히 쟁반에는 녀석을 얌전하게 만들 주사기 두 대가 남아 있었다. 나는 샘플 두 대를 한꺼번에 찔러넣을 계획으로 녀석에게 살금살금 다가갔다. 쟁반을 든 손이 나도 모르게 부들부들 떨려왔다. 마침내 사정거리 안에 들어선 나는 두 눈을 질끈 감고 녀석의 엉덩이에 주사기를 찔러넣었다. 순간 녀석이 휙 하고 뒤를 돌아보았다. 나를 바라보는 눈빛이 금방이라도 나를 집어삼킬 것 같았다. 하지만 나도 절대로 물러서지 않았다. 천성이 순한 소들은 어려서부터 자신을 돌봐온 수의사에게 절대로 덤벼들지 않는 법이었다.

한동안 나를 노려보던 녀석이 마침내 셔터에서 물러섰다. 그런데 미처 내가 물러서기도 전에 녀석은 축사 주위를 뛰기 시작하더니 점점 더 속도를 높여갔다. 놀란 나는 재빨리 문 쪽으로 달아나려 했다. 하지만 녀석은 원을 그리며 나를 가운데로 점점 몰아넣었다. 땅을 뒤흔드는 소리에 머리가 핑핑 돌고 금방이라도 고막이 터져나갈 것 같았다. 마치 거대한 폭풍 속으로 빨려 들어가는 느낌이었다.

두려움에 사로잡힌 나와 다르게 녀석은 상당히 이성적이었다. 내가 정신을 차리지 못하는 사이, 녀석은 방향을 조금 틀더니 내 손에 있던 쟁반을 뿔로 내리쳤다. 그러자 쟁반 안에 있던 주사기들이 바닥에 떨어져 산산조각이 나버렸다. 녀석은 그걸로도 성에 차지 않았는지 땅에 떨어진 쟁반을 앞발로 마구 밟아 짓이겨버렸다. 아무래도 녀석은 내가 자기 정자를 채취하러 왔다고 생각한 모양이었다. 완전히 으스러진 쟁반과 주사기를 확인한 녀석은 다시 셔터로 돌아갔고 전보다 강한 힘으로 철문을 들이받기 시작했다. 그런데 이번엔 가운데가 아닌 벌어진 오른쪽 틈을 공략했다. 녀석이 송곳처럼 생긴 뿔로 내리칠 때마다 셔터가 찢어지면서 틈새가 점점 벌어졌다. 녀석의 단단한 머리에도 어느새 피가 흐르고 있었다.

가까스로 정신을 차린 나는 어떻게 일을 수습해야 할지 궁리하기 시작했다. 우선 샘플 주사는 녀석에게 전혀 효과가 없는 듯했고, 남은 주사기마저 완전히 으스러진 상태였다. 결국 혼자서는 이 사태를 해결할 수 없다고 판단해 관리동에 도움을 청하기로 했다. 1층 로비로 가면 인터폰이 있어 관리동에 전화할 수 있었다. 나는 녀석이 셔터에 매달려 있는 틈을 이용해 재빨리 문밖으로 나갈 생각이었다. 그런데 갑자기 나의 뒤에서 녀석의 소리가 들려왔다. 셔터 밖으로 누군가를 부르는 소리가 아닌 고통에 울부짖는 소리였다.

뒤를 돌아본 나는 깜짝 놀라고 말았다. 녀석은 벽과 셔터 사이의 틈을 벌려 이미 고개를 밖으로 내민 상태였다. 하지만 날카로운 셔터와 벽 사이에 끼여 옴짝달싹하지 못하고 있었다. 녀석이 움직일 때마다 목에서 피가 흘러나왔다. 그대로 두었다간 과다 출혈로 목숨을 잃을 수도 있었다. 나는 어찌할 바를 몰라 안절부절못하고 있었다. 그때 구석 위쪽에 있는 레버가 눈에 들어왔다. 보아하니 셔터를 여닫는 장치인 것 같았다.

나는 재빨리 뛰어가 레버를 왼쪽으로 돌리기 시작했다. 육중한 셔터가 움직이면서 문이 조금씩 열리기 시작했다. 벌어진 틈새로 녀석이 머리를 빼냈다. 안도한 나는 다시 레버를 돌려 문을 닫으려 했다. 그런데 녀석이 넓어진 문틈으로 머리가 아닌 몸통을 욱여넣기 시작했다. 어느새 왼쪽 다리를 셔터 밖으로 빼낸 녀석은 몸통의 힘으로 문틈을 더욱 벌리려 했다.

그때부터 녀석과 나 사이의 힘겨운 대결이 시작됐다. 레버는 좀처럼 움직이지 않았고, 녀석도 셔터 밖으로 나가기를 절대로 포기하지 않았다. 시간이 흐르면서 레버를 쥔 나의 손에서 땀이 배어 나왔다. 녀석도 지친 모양인지 숨을 헐떡이기 시작했다. 게다가 온몸에 힘을 너무 준 나머지 녀석의 뒷다리에서 경련이 일어나고 있었다. 셔터 밖으로 녀석의 힘겨운 숨소리가 하늘 높이 울려 퍼졌다.

나는 두 손에 레버를 꽉 쥔 채 녀석이 지쳐 떨어지기만을 기다렸다. 녀석이 힘이 빠져 나가떨어지면 곧바로 레버를 당겨 문을 닫을 작정이었다. 하지만 녀석은 숨을 헐떡거리면서도 절대로 물러서지 않았다. KPN1351은 몸집만 큰 게 아니라 고집도 대단한 녀석이었다.

한동안 녀석과 대치하고 있다가 나는 레버를 고정해 놓고 살며시 녀석에게 다가갔다. 무엇보다도 안전이 최우선이었기에 녀석의 상태를 살펴봐야 했다. 가까이서 보니 녀석은 왼쪽 다리만 살짝 밖으로 내밀었을 뿐, 마음만 먹으면 충분히 안으로 들어올 수 있는 상태였다. 그 모습을 보니 화가 치밀었다. 이 밤에 왜 밖에 나가려고 하는지 녀석을 도저히 이해할 수 없었다.

녀석은 다리 한쪽과 머리를 내민 채 틈새로 밖을 하염없이 바라보았다. 가쁜 숨을 내쉴 때마다 녀석의 코에서 하얀 김이 뿜어져 나왔다. 나도 녀석을 따라 밖을 내다보았다. 좁은 셔터 사이로 노란 보름달이 떠 있는 게 보였다. 때마침 시원한 바람이 불어와 땀에 젖은 녀석과 나를 시원하게 말려주었다.

녀석은 절대로 문에서 떨어질 생각이 없어 보였다. 얼마나 밖에 나가고 싶으면 저럴까 싶어 측은한 마음이 들기 시작했다. 마침 그때 녀석의 두 눈에 눈물이 차오르는 게 보였다. 눈가에 맺힌 눈물은 또르르 굴러내리더니 부드러운 털 속으로 이내 사라져 버렸다.

아무리 씨수소라고 해도 녀석은 한 번도 센트리움을 벗어난 적 없는 식용동물에 지나지 않았다. 지금 당장은 제왕의 자리를 차지하고 있지만, 씨수소에서 물러난 뒤의 나머지 삶은 여느 소와 다르지 않았다. 녀석의 맑은 눈을 보고 있으려니 갑자기 죽은 나폴레옹이 생각났다. 애처로운 눈빛이 어미를 잃은 나폴레옹의 눈빛과 너무도 닮아 있었다.

결국 나는 레버를 다시 왼쪽으로 당기고 말았다. 둔탁한 소리와 함께 문이 서서히 열리기 시작했다. 녀석은 문이 채 열리기도 전에 밖으로 뛰쳐나갔다. 좀 전까지 눈물을 글썽이던 모습은 온데간데없었다. 나도 녀석을 따라 축사 밖으로 천천히 걸어 나갔다.

갑갑했던 축사를 벗어나니 가슴 한복판이 시원해졌다. 갇혀 있던 건 녀석이었는데 마치 내가 자유를 찾은 느낌이었다. 차가운 밤공기가 코를 타고 몸속으로 파고들자 설명할 수 없는 기쁨이 온몸을 타고 올랐다.

어느새 녀석은 야외 축사를 넘어 센트리움 밖으로 달려 나가고 있었다. 좀 전의 모습과는 다르게 지친 기색이라곤 보이지 않았다. 센트리움과 도로 사이에는 축구장 크기의 공터가 있었는데, 그곳에 다다른 녀석은 아까처럼 원을 그리며 달리기 시작했다. 공터를 달리는 녀석의 모습은 마치 자유를 찾은 파피용의 몸짓과 비슷했다. 달빛을 받은 녀석의 몸에 생기가 돌고, 되살아난 근육이 꿈틀거렸다. 녀석은 지치지도 않는 듯 한 마리 나비처럼 공터를 끝없이 맴돌았다.

그런 녀석을 보고 있노라니 나도 미치도록 뛰고 싶어졌다. 어린 시절의 나 역시 기분이 좋지 않을 때마다 운동장을 뛰곤 했다. 숨이 폐까지 차오를 때까지 뛰고 나면 복잡했던 머릿속엔 아무것도 남아 있지 않았다.

결국 나도 녀석을 따라 뛰기 시작했다. 숨을 헐떡이며 공터를 뛰다 보니 나도 모르게 웃음이 터져 나왔다. 누군가 우리를 본다면 둘 다 미쳤다고 할 게 분명했다. 한밤중에 뛰어나와 소와 달리고 있는 나의 모습은 누가 봐도 딱 미친놈이었다. 나는 미친놈답게 큰 소리로 웃기 시작했다. 멀리서 함께 뛰던 녀석도 '음매'하고 울었다. 축사에 있을 때와는 다르게 편하고 기쁨에 찬 소리였다.

얼마 지나지 않아 숨이 턱 끝까지 차오르자, 나는 그대로 땅에 대자로 드러누웠다. 녀석도 뛰기를 멈추고 내 곁으로 다가왔다. 잠시 풀을 뜯으며 나의 눈치를 살피던 녀석은 어느새 내 옆에 다가와 앉았다. 그리고 느릿느릿한 동작으로 되새김질을 시작했다. 나는 손을 뻗어 녀석의 등을 쓰다듬기 시작했다. 갈색의 고운 털이 나폴레옹의 것과 비슷했다. 녀석도 긴 꼬리를 천천히 흔들어 나에게 화답했다.

시간이 느리게 흘러갔다. 구름을 헤치고 나온 보름달이 세상을 은빛으로 물들였다. 차가운 바람이 뜨거워진 몸과 마음을 어루만지듯 지나갔다. 나는 대지에 누워 빠르게 흘러가는 구름의 춤을 지켜보았다. 구름이 스쳐 갈 때마다 달빛은 숨었다 나타나기를 반복했다. 그러다 검은 구름이 다가와 보름달을 삼켜 버렸다. 잠시 후, 얼굴 위로 선명한 물방울이 흩날리기 시작했다. 오랜만에 찾아온 소나기였다. 빗방울은 점차 굵어지더니 이윽고 세찬 빗줄기가 얼굴을 두드렸다.

땀에 젖은 몸속으로 차가운 빗방울들이 파고들었다. 순간 한기가 들면서 정신이 번쩍 들었다. 내가 무슨 짓을 저질렀는지 깨닫는 데는 채 일 분도 걸리지 않았다. 나는 센트리움의 하나뿐인 씨수소를 밖으로 빼내 도주시킨 셈이었다. 행여라도 실장의 귀에 들어가면 나는 그야말로 죽은 목숨이었다. 나는 자리에서 벌떡 일어났다. 누가 보기 전에 KPN1351을 얼른 제자리에 데려다 놓아야 했다.

나는 녀석의 엉덩이를 때리며 축사로 들어가라고 소리쳤다. 하지만 녀석은 앉은 자리에서 꿈쩍도 하지 않았다. 그 짧은 순간에 두려움과 공포가 한꺼번에 밀려들었다. 녀석을 축사로 데려가지 못하면 어쩌나 싶어 입술이 바짝바짝 타들어 갔다. 하는 수 없이 관리동에 전화해 도움을 청하기로 마음먹었다. 그런데 녀석이 자리에서 일어나더니 도로를 향해 걷기 시작했다. 다급해진 나는 녀석의 꼬리를 축사 쪽으로 잡아당겼다.

그 순간 녀석의 눈빛이 번뜩이더니 갑작스레 내달리기 시작했다. 당황한 나도 뒤쫓았지만, 녀석을 따라잡기는 힘들었다.

나는 숨을 헐떡이며 계속해서 녀석의 뒤를 쫓았다. 하지만 녀석과의 거리는 좀처럼 좁혀지지 않았다. 숨을 참지 못한 내가 멈춰서자, 앞을 달리던 녀석도 자리에 멈춰 섰다. 공터 너머로 가로등 아래에 서 있는 녀석의 모습이 보였다. 나는 있는 힘을 다해 또다시 녀석을 뒤쫓기 시작했다. 하지만 내가 달리자 멀리서 나를 보고 있던 녀석도 다시 뛰기 시작했다.

그때 녀석의 왼편에서 환한 불빛이 나타났다. 멀리서 보니 내륙과 해안을 오가는 대형 트레일러의 전조등이었다. 센트리움 근방에 다다른 트레일러는 해안으로 가기 위해 천천히 방향을 꺾기 시작했다. 순간 트레일러의 옆면이 축사의 하얀 벽처럼 보였다. 그 모습을 본 KPN1351이 트레일러를 향해 뛰기 시작했다. 녀석의 그러한 행동은 축사의 하얀 벽을 향해 돌진하던 다른 소들과 똑같았다. 그런데 이상하게도 녀석의 모습이 나를 향해 뛰어오던 나폴레옹과 겹쳐 보였다. 조금 전까지 내 곁에서 한가로이 풀을 뜯고 꼬리를 흔들던 녀석은 나폴레옹처럼 사랑스럽고 아름다웠다. 하지만 녀석은 말릴 새도 없이 트레일러를 향해 돌진했다.

"안돼, 나폴레옹!"

나는 절규하듯 외쳤다. 하지만 KPN1351은 더욱 빠른 속도로 트레일러를 향해 달려갔고, 나 역시 미친 듯이 녀석의 뒤를 쫓았다. 그런데 어디에선가 '쿵' 하는 소리가 들리더니 뛰어가던 녀석이 멈춰 섰다. 녀석을 앞서가던 불빛도 그 자리에 멈춰섰다. 잠시 후 내가 트레일러에 도착했을 땐, 녀석은 피투성이가 된 채 쓰러져 있었다.

"나폴레옹, 정신 차려! 죽으면 안 돼!"

나는 숨을 헐떡이는 녀석의 몸을 부둥켜안고 부르짖었다. 트레일러 바퀴에 부딪힌 녀석은 갈비뼈가 으스러지고 장기가 터진 상태였다. 피로 범벅된 녀석의 눈은 고통으로 가득해 보였다. 숨을 쉴 때마다 녀석의 입에서 하얀 입김이 뿜어져 나왔고, 떨어져 나간 뿔과 찢어진 머리에서 시뻘건 피가 솟구쳤다. 녀석의 눈에는 고통과 두려움으로 가득했다. 나는 흐느끼며 녀석을 더욱 끌어안았다. 녀석의 뜨거운 피가 나의 가슴을 타고 흘러내렸다.

트레일러에서 내린 운전기사와 함께 여기저기서 사람들이 몰려들기 시작했다. 소란을 들은 축사의 직원들과 수의사들도 하나둘씩 모여들었다. 하지만 그들이 다가왔을 때는 KPN1351은 이미 숨을 거둔

뒤였다. 멀리서 경찰차와 구급차의 사이렌 소리가 들려왔다. 그러나 내 귀에는 아무것도 들리지 않았다.

"잘 가, 나폴레옹. 미안해. 너를 지켜주지 못했어."

나는 떨리는 손으로 녀석을 쓰다듬으며 조용히 속삭였다. 그리고 붉게 물든 몸을 일으켜 축사를 향해 터벅터벅 걸어갔다.

사람들은 아무 말도 하지 않았다. 축사의 직원들과 수의사들도 멍하니 나를 바라볼 뿐이었다. 나는 비에 젖어 무거워진 옷자락을 질질 끌며 다시 축사로 들어갔다. 빗줄기 속에서 녀석과 나눴던 짧은 순간들이 서서히 씻겨 내려가고 있었다. 그러나 녀석의 따스한 체온은 가슴 한편에 그대로 남아 있었다.

새로운 시작

C E N T R I U M

각종 신문과 언론사들이 그간 숨겨왔던 센트리움의 잔혹한 사육 환경과
동물들에게 가한 가혹 행위들을 대대적으로 보도하기 시작했다.
특히 방송은 우울증과 스트레스를 견디지 못해 자살하려는 소와 돼지의 모습을
집중적으로 다루었다. TV를 본 사람들은
황급히 동물복지협회를 만들어 시위에 나섰고, 센트리움의 그 많던 수의사와 사육사들은
뿔뿔이 흩어지고 말았다. 어떻게 된 일인지
축사의 얼마 남지 않은 동물들도 흔적 없이 사라져 버렸다.

새롭게 단장한 국제 공항의 외관은 무척이나 아름다웠다. 원통처럼 생긴 커다란 빌딩 주위에 12개의 작은 원형의 건물들이 둘러싸고 있는 모습은 흡사 태양계의 행성들 같았다.

아버지의 말씀대로 자연은 거의 제자리로 돌아왔고, 거리를 걷는 사람들의 표정에는 여유가 넘쳐흘렀다. 그간 따가운 햇볕에 지친 사람들은 오랜만에 찾아온 가을을 만끽하기 위해 뒤늦게 단풍 여행에 나서기도 했다. 공항에는 기능성 옷 대신 등산복을 차려입은 사람들이 상기된 얼굴로 비행기를 기다리고 있었다.

KPN1351이 죽은 지 어느덧 한 달이 흘렀다. 사고가 난 다음 날, 나는 센트리움에 사표를 제출하고 숙소에서 짐을 챙겨 안가로 돌아왔다. TV를 통해 센트리움의 사고를 전해 들은 권 여사와 수재는 나에게 아무것도 묻지 않았고, 나는 모든 연락을 끊은 채 일주일 가까이 방에 틀어박혀 지냈다.

각종 신문과 언론사들이 그간 숨겨왔던 센트리움의 잔혹한 사육 환경과 동물들에게 가한 가혹 행위들을 대대적으로 보도하기 시작했다. 특히 방송은 우울증과 스트레스를 견디지 못해 자살하려는 소와 돼지의 모습을 집중적으로 다루었다. TV를 본 사람들은 황급히 동물복지협회를 만들어 시위에 나섰고, 센트리움의 그 많던 수의사와 사육사들은 뿔뿔이 흩어지고 말았다. 어떻게 된 일인지 축사의 얼마 남지 않은 동물들도 흔적 없이 사라져 버렸다.

반면 일부 사람들은 고기 파동을 예상해 삼겹살과 닭고기 사재기에 나섰다. 방송사는 마지막으로 삼겹살을 먹기 위해 줄 선 사람들과 KPN1351이 죽는 바람에 한우가 사라진 것을 너무나도 애통해하는 남자를 인터뷰해 뉴스에 내보내기도 했다. 그날 이후로 센트리움은 하루도 빠짐없이 뉴스에 등장했고 사람들은 여러 가지 이유로 분노하고 슬퍼했다.

정부는 도축장의 남은 고기를 최대한 비축하는 한편, 다른 나라에서 고기를 사들이기 위해 협상에 나서겠다며 사람들을 안심시켰다. 그 틈을 타 콩고기와 대체육을 만드는 회사들은 대대적으로 홍보에 나섰고, 곧이어 최고의 호황기를 맞이했다.

최 실장은 수십 통의 전화와 메시지를 통해 어떻게든 나의 마음을 돌려놓으려 애썼다. 실장은 KPN1351에 관한 일을 함구해 줄 테니 선배와 내가 작성한 연구 자료를 넘기라고 윽박질렀다. 그때까지도 그는 축사에 남은 동물을 치료해 센트리움을 재건할 수 있다고 믿는 모양이었다. 하지만 나는 실장에게 끝까지 연락하지 않았고, 갖고 있던 자료들마저 모두 불태워버렸다.

시간이 흐르면서 센트리움은 사람들의 기억 속에서 서서히 사라지기 시작했다. 금빛으로 찬란하던 100층짜리 축사에는 병아리 한 마리조차 보이지 않게 되었고, 얼마 뒤엔 흘러나오는 분뇨와 냄새 때문에 혐오시설로 전락하고 말았다. 그런데도 사람들은 여전히 뭔가를 먹었고, 계속해서 삶을 이어갔다.

물론 많은 생명체가 세상에서 사라졌다. KPN1351이 그랬고, 축사의 닭과 돼지도 그러했다. 마지막 해녀였던 할머니도 세상을 떠났다. 아버지로부터 할머니의 사망 소식을 전해 들은 우리 세 식구는 급하게 비행기를 타고 제주도로 향했다. 아버지는 전국에서 날아든 친지와 가족들에게 차분한 목소리로 할머니가 매일 물질을 가시던 바닷가에서 편안한 죽음을 맞이하셨다는 사실을 전하며 할머니의 뜻대로 장례식을 간소하게 치를 것이라 말씀하셨다.

할머니의 시신은 화장터에서 태워졌고 남은 재는 바다에 뿌려졌다. 아버지는 작은 배를 빌려 나와 수재가 재를 뿌리도록 했는데, 할머니가 한 줌의 재로 변했다는 사실이 우리를 슬프게 했다. 남은 가족들은 간단히 제를 올린 후 동네 사람들이 말아준 국수 한 그릇을 먹고 조용히 돌아갔다.

끝까지 눈물을 보이지 않았던 수재는 집으로 돌아오는 비행기에서 울음을 터뜨렸다.

"더 이상 할머니를 볼 수 없다는 게 너무 슬퍼, 오빠."

수재가 내 어깨에 기댄 채 말했다.

"우리는 모두 죽게 되어 있어. 이 삶이 끝나면 우리도 할머니가 계신 곳으로 가게 되겠지. 그럼 우린 편안하고 행복하게 다시 만날 수 있을 거야."

"정말 그럴까? 그러면 할머니 만난 다음에 나폴레옹을 찾을 거야."

수재가 눈물을 닦으며 말했다. 꽤 시간이 흘렀는데도 수재는 나폴레옹을 잊지 않았던 모양이었다. 나는 그런 수재의 머리를 말없이 쓰다듬었다.

수재와 달리 내가 떠올린 건 다름 아닌 KPN1351이었다. 다른 세상에서 녀석을 정말로 볼 수 있다면 제일 먼저 안아주고 싶었다. 그리고 지켜주지 못해서 미안하다고 말하고 싶었다. 아니, 그보다 먼저 녀석과 함께 뛰었던 순간만큼은 정말로 행복했다고 전하고 싶었다. 또한, 다음 생에는 그토록 바라던 자유를 누리며 주어진 생을 다하라고 녀석의 넓은 등을 쓸어 주고 싶었다.

장례식에서 돌아와 나의 꿈과 미래에 대해 그 어느 때보다도 진지하게 고민했다. 결국 나는 남아프리카공화국을 선택했다. 제일 먼저 부모님께 허락을 구하고 전에 일했던 국립공원에 연락해 일자리를 구했다.

그곳에선 모든 게 평화로웠고 자연스러웠다. 작은 동물은 풀을 먹었고, 큰 동물은 작은 동물을 먹었으며, 더 큰 동물에게 잡아먹혔다. 그곳에서 내가 할 수 있는 일이란 나무에서 떨어진 새끼를 어미에게 되돌려주고, 덫에 걸린 사슴과 곰을 구하는 게 전부였다. 때론 맹수들에게 공격당하고, 밤새워 수술해야 할 때도 있었다. 그에 비하면 수입은 많지 않았고, 음식이라곤 거친 빵과 커피가 전부일 터였다.

반면 자연이 나에게 주는 것은 절대로 적지 않았다. 먹이를 위해 치열하게 싸우는 동물의 모습을 바라보고, 생명이 나고 지는 것을 지켜보노라면 우주의 그 무한함과 질서에 절로 고개가 숙어졌다. 그 속에서 인간이 세상의 주인이 아닌, 자연의 종으로 살아간다는 건 신이 내린 크나큰 축복이라는 생각이 들었다. 내가 남아공을 선택한 것도 바로 자연의 종이 되기 위해서였다.

* * *

남아공으로 가는 비행기는 오후 1시 40분에 출발할 예정이었다. 이륙 시간까지는 한 시간 넘게 남아 있어서 탑승 전에 점심을 간단히 먹기로 했다. 주변 식당을 둘러보다 한 샐러드 전문점에 들어가 구운 연어와 병아리콩을 곁들인 샐러드를 주문했다. 의자에 앉아 음식을 기다리는데 수재에게 전화가 왔다.

"오빠, 공항에 잘 도착했어?"

수재의 밝은 목소리가 전화기를 타고 전해졌다.

"응, 시간이 좀 남아서 밥 먹고 가려고 식당에 왔어."

"오빠, 나 다음 주에 수학여행 간다!"

"그래? 어디로 가는데?"

"세상에, 우리 부산으로 간대. 아쿠아리움도 가고 바닷가도 갈 거래. 정말 신나겠지?"

얼마나 좋은지 수재는 숨도 쉬지 않고 말했다. 게다가 권 여사에게 그림 그리는 걸 허락받아서인지 목소리에 활기가 넘쳤다. 그러고 보면 센트리움이 그렇게 된 게 나쁜 일만은 아니란 생각이 들었다.

"그래, 좋겠다."

"오빠, 수학여행 가는 거 처음이란 말이야. 맨날 박물관이나 전시회만 다녀왔는데 친구들이랑 기차 타고 갈 생각하니까 너무 떨려."

"지금 오빠는 더 떨리거든."

내가 웃으며 말했다.

"아, 맞다! 오빠는 더 멀리 가지. 그래도 집에 자주 와야 해, 알았지?"

갑자기 시무룩해진 수재가 물었다.

"그럼, 자주 오지. 크리스마스 전엔 올 테니까 수학여행 가서 사진이나 많이 찍어와."

"오빠도 사진 많이 찍어와. 약속하는 거다."

"알았어. 그런데 엄마는?"

"참, 엄마가 바꿔 달래."

수재가 마지막으로 잘 다녀오라며 권 여사에게 전화기를 넘겼다.

"아들, 출국수속은 잘 마쳤고?"

권 여사가 여전히 씩씩한 말투로 물었다.

"네, 다 끝내고 점심 먹으러 식당에 왔어요."

"그래? 한국에서 먹는 마지막 식사네."

"마지막은요. 몇 달 있다가 다시 올 텐데요. 크리스마스 휴가가 제법 길어서 한국에 오래 있다가 갈 거예요."

"그래? 다행이네. 그때까지 농사 잘 지어서 엄마가 직접 김치 담가 줄게."

"농사요? 엄마가 농사를 짓는다고요?"

"응. 요즘 날씨가 하도 좋아져서, 뒷마당에 배추를 기르기로 했어. 윤 씨 아줌마가 배추 모종을 얻어다 줘서 심었거든. 세상에 너무 잘 자라는 거 있지!"

흥분한 권 여사의 말을 듣고 있자니 웃음이 절로 나왔다. 그렇게 농사짓는 걸 반대하더니 아빠도 기르지 못한 배추를 덜컥 심다니.

"네, 엄마. 기대할게요."

"그래, 몸 건강히 잘 다녀오고. 도착하면 연락해."

"네, 그럴게요."

전화를 끊고 나니 서빙 로봇이 다가왔다. 로봇은 음식과 포크와 나이프가 담긴 쟁반을 테이블에 올려놓고 소리없이 주방으로 되돌아갔다.

나는 포크와 나이프를 들고 음식을 먹기 시작했다. 데리야키 소스에 구워진 연어가 식욕을 돋우었다. 함께 있던 아삭한 양상추와 토마토 샐러드도 음식에 풍미를 더해 주었다. 나는 뒤에 있는 정수기에서 물을 가져와 한 모금 마신 뒤 음식을 천천히 먹기 시작했다. 하지만 구워진 연어는 포크로 두세 번 떠먹자 금세 바닥나고 말았고, 접시엔 먹지 않은 양배추와 병아리콩 몇 개만 남게 되었다. 음식은 맛있는데 양이 너무 적은 게 흠이었다. 나는 연어구이를 하나 더 시켜 먹을까 고민하다가 시계를 보고 포기했다. 다시 음식을 주문하고 기다리기엔 시간이 빠듯했다. 게다가 탑승 전에 반드시 들려야 할 곳도 있었다.

그 무렵 아버지는 커피 농사에 성공해 제법 큰 투자를 받고 농장을 확대했다. 뉴스에 나온 아버지는 직접 재배한 커피콩을 선보이며 다음엔 더 많은 수확을 기대하고 있노라며 농부로서의 포부를 밝혔다. 제일 먼저 아버지의 커피를 팔기 시작한 곳이 바로 국제 공항이었다.

아빠가 사진으로 보내준 카페는 바로 식당 맞은편에 있었다. 안에 들어서자 은은하고 구수한 커피 향이 나를 반겼다. 나는 아버지의 이름이 들어간 커피를 주문하고 테이블에 앉았다. 아버지의 이름을 카페에서 본다는 게 무척이나 신기했다.

아직까진 비싼 가격 때문인지 손님이 많아 보이지는 않았다. 커피를 주문하고 테이블에 앉아 기다리는데 서빙 로봇이 다가와 커피를 내려놓았다. 커피는 너무 뜨겁지 않아 마시기에 적당했다. 맛도 신맛보다 구수함이 강해 한국인 입맛에 제격이었다. 나는 커피를 마시며 한국에서의 마지막 느긋함을 즐겼다. 감미로운 재즈가 곁들어졌다면 금상첨화겠지만, 벽에 붙은 TV에선 시끄러운 뉴스만 계속해서 흘러나왔다.

조용하던 카페에 갑자기 속보가 전해졌다. 놀란 손님 한 명이 소리를 높여달라고 하자, 카페 주인이 TV의 볼륨을 키웠다.

"좀 전에 들어온 속보입니다. 오늘 아침 서울 남서쪽에 있는 양식장에서 물고기들이 떼죽음을 당했습니다. 전문가들은 양식장 물고기의 체중이 급격하게 감소한 것으로 보아 영양실조로 인해 사망한 것으로 결론지었습니다. 게다가 양식장에 이어 수족관에 있는 고래와 상어들도 죽은 채로 발견돼 충격을 더하고 있습니다. 이에 관계자들은 센트리움에 이어 물고기 사이에 '자살병'이 도진 게 아니냐며 우려를 표했습니다. 정부는 양식장과 수족관에 과학자들을 파견해 철저하게 조사하게 하는 한편, 만일에 대비해 다른 나라에 협조를 구하기로 했습니다……."

뉴스는 물고기들이 떼지어 죽어 있는 양식장의 모습과 수족관 바닥에 가라앉은고래와 상어의 모습을 연달아 보여주었다. TV를 시청하던 몇몇 사람들이 수군대기 시작했다. 또다시 살아난 바이러스가 소와 돼지에 이어 다른 동물에까지 손을 뻗치고 있는 게 아니냐며 걱정했다.

커피를 다 마신 뒤, 나는 조용히 자리에서 일어나 카페를 나섰다. 마음이 착잡했지만, 한편으론 당연하다는 생각이 들었다. 물고기들은 생을 마감한 게 아니라 자유를 향해 떠났을 뿐이었다. 물론 한국에 다시 돌아왔을 땐 어떤 변화가 있을지 궁금하기는 했다. 나는 마지막으로 연어구이를 더 먹지 못한 걸 아쉬워하며 게이트를 향해 걸어갔다.

사람들 사이를 걸어가는데 갑자기 준영 선배가 떠올랐다. 선배는 병원에 입원한 후로 한 번도 연락이 닿지 않았다. 나도 전화하지 않았고, 선배도 마찬가지였다. 하지만 늘 궁금했다. 선배는 어떤 기분으로 어떻게 살아가는지.

게이트 앞에 도착한 나는 망설인 끝에 가방 속의 휴대전화를 꺼냈다. 어쩐지 선배에게만은 한국을 떠난다고 전해야 할 것 같았다. 하지만 어디서부터 이야기를 시작해야 할지 엄두가 나지 않았다. 때마침 스피커에서 남아프리카공화국으로 떠나는 손님들은 게이트로 빨리 와 달라는 안내방송이 흘러나왔다. 나는 전화를 가방에 도로 집어넣고 게이트를 향해 성큼성큼 걸어갔다. 새로운 전쟁이 시작되고 있었다.

C E N T R I U M

에필로그

나는 오랫동안 이 글을 쓰기로 계획했고, 시작만 하면 한 달 안에 끝낼 수 있으리라 생각했다. 하지만 나의 예상과는 다르게 넉 달이란 시간이 흘렀다. 중간에 마누라가 병이 나는 바람에 병시중을 들어야 했거니와 건넌 마을에 사는 친구의 장례도 치러야 했기 때문이다. 그는 나의 동료이자 선배인 준영 선배였다. 그 영감은 건강검진 결과가 좋다며 자랑을 늘어놓더니, 결국 교통사고로 목숨을 잃고 말았다. 신호등의 초록색이 얼마 남지 않았는데 기다리지 않고 건너려다 승용차에 부딪힌 것이다.

참으로 어리석은 친구가 아닐 수 없다. 우리 나이에 뭐 바쁜 일이 있다고 그런 짓을 벌였는지 모르겠다. 그놈의 건강검진이 좋다는 말만 듣지 않았다면 좀 더 자중했으련만. 하여간 예나 제나 건강에 있어서만은 절대로 자만해서는 안 된다.

말은 이렇게 해도 얼마나 속이 상했는지 모른다. 세상에서 제일 친한 친구를 잃는다는 건 아무리 나이가 들어도 슬픈 법이다. 물론 얼마 있으면 나도 그를 따라가겠지만, 저세상에서 다시 반드시 만나리란 법은 없으니 말이다.

참, 내가 이야기에서 빼먹은 게 하나 있다. 죽은 영감탱이, 준영 선배에 관한 일이다. 남아프리카공화국에 도착한 나는 대자연과 야생동물 틈에서 평화로운 나날을 보냈다. 그곳에선 어떤 동물도 우울해하지 않았으며 자살 따위도 하지 않았다. 사실 그럴 여유가 없어 보이긴 했다. 그들에겐 세상이 먹고 먹히는 하나의 큰 전쟁터였으니까. 그런데도 그들의 삶은 평화로웠고 행복해 보였다.

그렇게 잘 살고 있던 나를 한국으로 불러들인 건 바로 죽은 영감탱이였다. 남아공에서 다시 일하게 된 지 3년쯤 되던 해였다. 그때 나는 들과 산에서 동물들을 구조하고 치료하며 그야말로 대활약을 펼치고 있었다. 그런데 선배는 내가 있는 곳을 어떻게 알았는지 사무실로 전화해 다짜고짜 한국으로 돌아오라고 했다. 본디 그는 내가 잘 지내는 꼴을 못 보는 인간이었다.

선배는 전화로 나의 도움이 절실하게 필요하다고 했다. 센트리움이 사라진 뒤로 사람들은 더 이상 고기를 먹지 않게 되었고, 센트리움 주변은 동물보호 구역으로 지정돼 남아 있던 동물들이 활개를 치며 살고 있다고 했다.

선배가 속사포처럼 쏟아놓은 이야기 중에서 가장 놀라웠던 건 센트리움의 남아 있던 동물을 풀어 준 게 바로 선배였다는 사실이었다. 결국 선배가 그런 짓을 저지르는 바람에 우리가 오늘날까지 동물을 떠받들며 살게 된 것이다.

더욱 가관인 건 고기가 없어 못 먹게 된 우리나라를 세계가 하나둘씩 추앙하기 시작했다는 것이다. 유럽은 어떤 나라도 해내지 못한 일을 결국 한국이 해냈다며 K컬처의 위대함을 떠들어대기 시작했다. 결국 유럽을 비롯한 세계의 여러 나라는 한국을 본받아 육식을 완전히 금한다는 법안을 만들었고, 세계는 곧 채식주의자의 세상이 되어버렸다.

선배는 자신이 운영하는 동물병원과 야생동물 보호센터의 사진들을 보내며 계속해서 나를 설득했다. 이제야말로 선배와 내가 애송이들에게 본때를 보여줄 때가 왔다며 달콤한 말로 나를 유혹했다. 결국 나는 그의 꼬임에 넘어가 한국으로 돌아와 버렸다. 그 영감탱이만 아니었다면 나는 여생을 남아공에서 느긋하고 평화롭게 보냈을 텐데 말이다.

한국에서 나를 기다리고 있던 건 더 큰 전쟁이었다. 할아버지 목장을 허물고 지었다는 선배 병원에서는 몇 명 안 되는 직원들이 수백, 수천 마리의 동물들을 치료하고 돌보느라 눈코 뜰 새 없이 바쁜 나날을 보내던 중이었다. 선배와 함께 일하게 되면서, 나는 낮에는 이래저래 다친 가축들을 돌보느라 정신이 없었고, 밤에는 로드킬로 다친 야생동물들을 새벽까지 수술해야 했다. 그나마 인공수정은 안 해도 돼서 얼마나 다행이던지.

그렇게 나는 일흔이 다 되도록 전쟁 같은 삶을 이어왔다. 그 바쁜 와

중에도 나는 동물보호사였던 지금의 아내를 만나 결혼했고, 아들 하나를 얻었다. 현재 동물병원은 아들과 며느리가 이어 운영하고 있다. 준영 선배는 동물들과 결혼했다며 결혼조차 하지 않았으니까.

글을 쓰는 건 생각보다 훨씬 힘들고 고통스러웠다. 허리가 아파 의자에 앉아 있기도 힘들었거니와 손가락 마디마디가 쑤셔왔다. 게다가 눈은 또 얼마나 침침하고 쓰리던지. 그래도 나는 끝까지 포기하지 않았다. 이건 나에게 주어진 마지막 임무였기 때문이다.

그래도 이제는 마음이 편안하다. 정리도 모두 마쳤고, 유서도 오래전에 미리 써두었다. 내가 쓴 이야기는 일주일 후 아들에게 이메일로 전달되도록 다 조치해 두었다. 이 이야기를 어떻게 할지는 전적으로 아들에게 달려있다.

이제 내게 남은 일은 삶을 아름답게 끝내는 것이다. 그렇다고 어설프게 손목에 칼을 긋거나, 흉측하게 목을 매달 생각은 전혀 없다. 굳이 그렇게까지 하지 않아도 죽음은 자연스럽게 다가올 테니 말이다.

죽을 장소는 이미 봐두었다. 현재 닭과 돼지의 보호구역으로 정해진 아름다운 공원으로 정했다. 그곳은 오랫동안 서울과 인천 사이에 놓인 황무지였고, 한때 나의 직장이었던 센트리움이 있던 곳이다. 생각건대 내가 그곳에서 죽음을 맞이하는 것은 꽤 의미 있는 일이라 여겨진다.

나는 내일 그곳에서 죽음을 맞이할 생각이다. 일기 예보를 보니 날씨도 나쁘지 않을 것 같다. 누군가는 백 살이 죽기엔 너무 이른 나이라고 말할 수도 있다. 하지만 나의 몸 상태는 그렇지 않다. 온몸의 기운이 다 빠진 나의 육체는 세상 누구에게도 도움이 되지 않는다. 온갖 약물과 치료로 연명하는 삶이 대체 무슨 의미가 있단 말인가.

나의 육체는 이미 생명을 다했다. 나는 죽음이 이미 근처에 와 있다는 걸 안다. 그걸 어떻게 아느냐고? 내 나이가 되면 그쯤은 알 수 있다. 이제 남은 일은 그곳으로 가 조금 기다리면 된다. 그러면 기다리고 있던 죽음이 다가와 나를 데려갈 것이다. 나는 그곳에서 조용하고 편안한 죽음을 맞이할 것이다. 나의 할머니가 그랬던 것처럼. 그리고 나의 아버지가 그랬던 것처럼.

CENTRIUM

작가의 말

소설 『센트리움』은 예전에 읽었던 어느 소설 속 '동물의 자살'이라는 한 구절에서 시작되었다. 보는 순간 나의 가슴을 서늘하게 했던 그 단어는, 나의 머릿속에서 조금씩 자라나기 시작하더니 어느새 완벽한 몸체를 이루었다. 내가 한 일이라곤 이미 완성된 그것을 풀어내는 일뿐이었다.

소설을 쓰기 시작하면서 수의학에 관한 책부터 축사, 동물 복지 등의 동물에 관한 다양한 책들을 사들였다. 하지만 그 책들을 모두 읽을 필요는 없었다. 인류가 행했거나 행하고 있는 동물에 대한 학대는 시대와 지역을 불문하고 거의 유사했기 때문이었다.

물론 최첨단의 축사와 나날이 발전하는 동물의 환경을 설명하는 책도 간혹 있긴 했다. 하지만 우리와 동등한 생명체인 동물들을 단순히 먹이로만 바라보는 시선과 태도는 전혀 변함이 없었다.

인류가 탄생한 이래 우리는 동물을 죽여 그 살과 피를 먹어왔다. 지금까지도 우리는 소와 돼지, 닭과 오리를 비롯한 많은 동물의 희생을 당연하게 여긴다. 그런데 정말로 그게 당연한 걸까. 내가 아는 한 세상에 당연한 일이란 존재하지 않는다. 마찬가지로 동물의 생명을 취하고 그들의 살과 뼈를 먹는 행위도 절대로 당연하지 않다.

그 사실을 깨달은 순간부터 나의 고통이 시작되었다. 동물들의 울부짖음과 피비린내가 나의 주변을 계속해서 맴도는 것만 같았다. 냉장고에 전시된 동물들의 살을 보는 일도, 그걸 요리하는 일도 나에겐 고통이었다. 얼마 전까지 엄연한 생명체였던 존재의 살을 씹고 삼킨다는 게 너무나 끔찍하고 두려웠다.

물론 몸속 깊이 새겨진 육식의 습관을 단칼에 잘라내기란 쉽지 않았다. 동물들이 울부짖는 환청에 시달리면서도 저녁 무렵 아파트 단지에서 풍겨오는 치킨 냄새는 여전히 나를 배고프게 만들었다. 결국 나는 수많은 실패와 성공 끝에 부분적인 육식만 허용하겠다는 결정에 타협하고 말았다.

이처럼 구차하고 결국 자기합리화에 지나지 않았던 일련의 과정에도 전혀 소득이 없는 건 아니었다. 소설을 내놓아야겠다고 결심한 이유도 바로 거기에 있다. 누군가의 살가죽을 벗기고, 그들의 살을 먹는 것을 결코 당연하게 여겨서는 안 된다는 것. 또한, 우리가 어떤 잘못을 저지르고 있는지 정도는 의식해야 한다는 것. 그것들이야말로 내가 이 소설을 끝낼 수 있게 만든 크나큰 원동력이었다.

나는 언제나 유토피아를 꿈꾼다. 그리고 인류의 선함을 믿는다. 따라서 육식의 종말과 함께 우리가 동물들과 더불어 사는 세상을 절대로 포기하지 않을 생각이다.

C E N T R I U M

센트리움

초판 1쇄 발행일 2024년 12월 28일

지은이 복일경
펴낸이 이문용
편집 조주호
디자인 페이퍼컷 장상호
펴낸곳 도서출판 세종마루
등록 제841-98-01732호
주소 세종시 마음로 322, 2201-602
전화 0507-1432-6687
E-mail sjmarubook@gmail.com

ISBN 979-11-983476-4-0 03810

이 도서는 2024년 문화체육관광부의 '중소출판사 성장부문 제작 지원' 사업의 지원을 받아 제작되었습니다.